DANIELA ARNOLD

Sterbensstill

Über das Buch:

Die Berlinerin Isa ist auf der Flucht vor ihrem gewalttätigen Ehemann. Gemeinsam mit ihrem fünfjährigen Sohn Tim findet sie Zuflucht im Haus ihrer verstorbenen Großtante an der Küste Englands. Isas Gefühl von Sicherheit stellt sich schnell als Trugbild heraus, nachdem Tim zunehmend unter Wahnvorstellungen und Albträumen leidet, sich Nacht für Nacht unerklärliche Vorfälle häufen. Als Isa schließlich hinter ein erschütterndes Familiengeheimnis kommt, das mit acht grauenhaften Mordfällen zusammenhängt und deren Hintergründe mit Isas Vergangenheit verwoben scheinen, schweben Tim und sie längst in tödlicher Gefahr.

Parallel dazu wird London von einer brutalen Mordserie heimgesucht. Die Opfer sind junge Frauen, die vor ihrem Tod bestialisch gefoltert wurden. Chief Inspector Sandy Matthews und ihr Kollege Inspector Jonas Stevens arbeiten mit Hochdruck an der Aufklärung des Falles, doch der Killer ist ihnen weit mehr als nur einen Schritt voraus. Gerade als sie den Zusammenhang mit einer 20 Jahre zurückliegenden Mordserie erkennen, gerät Sandy selbst ins Visier des Killers und für Jonas und sein Team beginnt ein erbitterter Wettlauf gegen die Zeit.

Für meinen Sohn Tim

www.daniela-arnold.com
autorin@daniela-arnold.com

Covergestaltung: © ZERO Werbeagentur GmbH, München
Covermotiv: © FinePic / shutterstock.com

Lektorat/Korrektur: http://www.sks-heinen.de
Buchsatz: Die Autoren-Manufaktur

ISBN 978-1-97379-254-3

Daniela Arnold

Sterbensstill

Thriller

Prolog

London / Bognor Regis
Januar 1996

Kates Herz hämmerte heftig gegen ihren Brustkorb, als sie die Treppen hinunter in Richtung Subway lief. Sie musste sich beeilen, durfte den Bus nach Hause auf keinen Fall verpassen. Sie hatte Collin versucht zu erreichen, wollte ihn bitten, Annie aus der Schule abzuholen, doch wie so oft war er auf einem Einsatz gewesen, bei dem er nicht gestört werden durfte. Kate seufzte. Eigentlich wäre heute ihr Konferenzabend gewesen, dem sie dringend hätte beiwohnen müssen, um die Partner der Kanzlei nicht zu verärgern. Mitchels Gesichtsausdruck, als sie vorhin – übrigens zum dritten Mal diesen Monat – darum gebeten hatte, früher gehen zu dürfen, war eindeutig gewesen. Ihr Vorgesetzter und Inhaber der Anwaltskanzlei missbilligte zutiefst, dass sie ihre Pflichten hinten anstellte und die Familie stets an erster Stelle stand. Als überzeugter Junggeselle konnte William Mitchel natürlich nicht nachvollziehen, wie es war, Verantwortung für ein kleines Kind zu haben, Erziehung, Familie und Job unter einen Hut bringen zu müssen. Kate seufzte. Selbstverständlich verstand sie Mitchels Einstellung ihr gegenüber, ärgerte sich im Grunde auch nicht über ihn, sondern über Collin.

Ihr Mann war leitender Ermittler in London und seit Monaten damit beschäftigt, einen Serienkiller, der bereits sechs Frauen ermordet hatte, dingfest zu machen. Er und sein Team taten wirklich alles Menschenmögliche, hatten erst letzte Woche einen entscheidenden Schritt in Richtung Lösung des Falles gemacht, trotzdem ärgerte Kate sich, dass vor allem Annie darunter litt, ihren Vater im Moment kaum zu Gesicht zu bekommen. Hinzu kam, dass ihre Großmutter seit Tagen an einer schweren Lungenentzündung litt und ihre Mutter mit deren Pflege und ihrem eigenen Job vollkommen ausgelastet war. Was so viel hieß wie – sie musste ihre Probleme irgendwie selbst gebacken bekommen.

Kate befand sich noch auf dem ersten Absatz der Treppe, als die Bahn einfuhr, und hastete, drei Stufen auf einmal nehmend, hinunter. Sie schaffte es gerade noch rechtzeitig, in eines der Abteile, bevor die Türen zuglitten und die Bahn sich in Bewegung setzte.

Erleichtert ließ sie sich auf einen freien Sitz fallen und schloss für einen Moment die Augen.

Als sie zweieinhalb Stunden später durch das Tor der St.-Georg-Schule trat, fühlte sie sich ausgelaugt und vollkommen verspannt. Die erste Stunde im Bus hatte sie eingezwängt zwischen einer Gruppe deutscher Touristen stehen müssen, die schwarz gekleidet mit toupierten Haaren auf dem Weg nach Bognor Regis waren, um ihrem Idol, das dort etwas außerhalb in einer Villa am Strand wohnen sollte, einen Besuch abzustatten. Kate hatte sich ein Grinsen nicht verkneifen können, kannte sie den Mann doch und wusste, dass er sich mit seiner Frau bereits seit Wochen im Urlaub auf einer der Kanalinseln befand.

Die jungen Leute hatten ihr leidgetan, war doch offensichtlich, wie sehr sie sich freuten, bald schon vor dem Anwesen ihres Idols zu stehen und um ein Autogramm zu bitten.

Als der Bus sich langsam leerte, hatte Kate sich an einen der Fensterplätze gesetzt und war trotz des Lärms ziemlich bald eingedöst.

Sie blickte auf ihre Uhr und nickte einer der Lehrerinnen zu, die bei ihrem Anblick blass wurde und die Stirn runzelte.

Augenblicklich schoss Kates Puls in die Höhe und ihr wurde kalt.

Die Lehrerin namens Milla kam näher. »Annie ist schon lange nicht mehr da. Jemand hat sie abgeholt.«

Kate schnappte nach Luft. »Jemand? Was soll das bedeuten? Wer hat sie geholt?«

Milla schluckte. »Da muss ich nachfragen. Wir hatten heute ein ziemliches Kuddelmuddel, weil Jamie vom Klettergerüst gefallen ist. Wir mussten den Krankenwagen rufen, Sie können sich sicher vorstellen, dass es drunter und drüber gegangen ist.«

»Wo ist Annie?«, fragte Kate ungeduldig und fixierte die junge Lehrerin. »Ich will mit Ihrer Vorgesetzten sprechen. Sofort!«

Milla nickte und ging wortlos voran in Richtung des Büros der Rektorin. Schließlich klopfte sie an die Tür und drückte die Klinke hinunter.

»Annies Mutter ist hier und will mit Ihnen sprechen. Sie wissen nicht zufällig, wer die Kleine heute abgeholt hat?«

Lynn Walker schüttelte den Kopf. »Ich nehme an, Ihr Ehemann hat Annie geholt. Jemand anderem hätte sie keiner von uns mitgegeben.«

»Milla sagte, es ging drunter und drüber …«

Lynn nickte ernst. »Ein Kind hat sich heute beim Spielen wehgetan, sodass wir den Arzt rufen mussten. Aber nichtsdestotrotz hat keiner von uns eines der Kinder jemand Unbefugtem mitgegeben. Bestimmt konnte ihr Mann es kurzfristig einrichten und hat sie mitgenommen. Gehen Sie nach Hause, Sie werden sehen, alles ist in bester Ordnung.«

In ihrer Wohnung herrschte noch genau dasselbe Chaos wie am Morgen, als Collin, Annie und sie sich auf den Weg gemacht hatten. Das Frühstücksgeschirr stand auf dem Küchentisch, die

Betten waren ungemacht und überall herrschte eine Unordnung, bei der Kate sich fragte, wo das alles noch hinführen sollte. Gleich heute Abend, nahm sie sich vor, würde sie mit Collin über die Option einer Haushaltshilfe sprechen.

Sie atmete tief durch. »Annie? Collin? Seid ihr da?«

In Sekundenschnelle durchsuchte sie alle Zimmer der Wohnung, fragte sich, wo ihr Mann mit der gemeinsamen Tochter um diese Zeit hingegangen sein konnte. Kaufte er endlich ein, wie er es bereits seit Tagen versprochen hatte?

Sie ging zum Telefon, überprüfte, ob er eine Nachricht für sie hinterlassen hatte.

Erleichterung machte sich in ihr breit, als sie das Blinken des Lämpchens sah.

Sie drückte auf den Knopf und hörte die Nachricht ab, spürte, wie sich die feinen Härchen überall an ihrem Körper aufrichteten.

Dann wurde ihr speiübel.

Die Stimme ihrer kleinen Tochter schallte aus dem Lautsprecher des Anrufbeantworters und füllte zuerst jeden Quadratmillimeter der Wohnung aus, fraß sich schließlich unaufhaltsam in ihr Bewusstsein.

Die Ungeheuerlichkeit der Worte ihres kleinen Mädchens gingen Kate durch Mark und Bein.

Stöhnend sackte sie auf die Knie, schnappte nach Luft.

Was um Himmels willen hatte das zu bedeuten?

Warum tat er ihr das an?

Womit hatte sie das verdient?

Annies verzweifeltes und blechern klingendes Schluchzen umhüllte sie, nahm ihr die Luft zum Atmen.

Plötzlich war es still.

Sterbensstill.

Zitternd stand Kate auf, drückte erneut auf den Knopf des Anrufbeantworters, um die Nachricht noch einmal zu hören. Es war wie ein Zwang. Sie musste unbedingt, um jeden Preis begreifen, was da vor sich ging!

Ein Rascheln ertönte.

Kurz darauf ein leises Wimmern, das sich zu einem Heulen steigerte.

ANNIE!

Oh Gott, Annie …

»Mommy? Mommy, bitte, du musst herkommen. Daddy sagt, er tut mir weh, wenn du nicht kommst. Bitte, Mommy, komm schnell, ich hab solche Angst.«

Kapitel 1

Berlin
Mai 2016

Isa stöhnte leise. Ihre rechte Schulter schmerzte und ihr Arm fühlte sich irgendwie fremd an. Hatte er ihn ihr wieder ausgekugelt? Vielleicht sogar verstaucht oder gebrochen? Sie ließ die Schulter kreisen, bewegte langsam ihren Arm, biss die Zähne zusammen, konzentrierte sich auf ihre Muskeln und Fasern, atmete gegen den Schmerz an. In Gedanken verfluchte sie sich für ihre Feigheit. Wieso hatte sie sich nicht gewehrt? Ihn angeschrien und von sich weggeschubst, ihm Einhalt geboten, bevor er ihr wehtun konnte? Ihre Augen brannten, als sie sich mit Tränen füllten. Die Antwort auf ihre Frage war einfach. Sie hatte es wegen Tim getan. Ihrem kleinen, süßen, fünfjährigen Jungen, der trotz allem an seinem Vater hing.

Isa seufzte. Sie kam nicht umhin, zuzugeben, dass sie es ihrem Exmann missgönnte, dass sein Sohn ihn von ganzem Herzen liebte. Egal, was er ihnen beiden angetan hatte und noch immer antat.

Es fing kurz nach der Hochzeit an. Zuerst hatte er sie nur kontrolliert, ihr den Kontakt zu Freunden untersagt, war eifersüchtig und besitzergreifend gewesen. Irgendwann hatte er ihr »ans Herz gelegt«, ihren Job als Arzthelferin zu kündigen, damit er sie noch intensiver bewachen, sie noch mehr unter Kontrolle halten konnte. Schließlich war es zum ersten körperlichen Übergriff gekommen. Er hatte ihr eine Ohrfeige gegeben, dann noch eine, und sie schlussendlich so heftig zusammengeschlagen, dass sie nur noch wimmernd daliegen und darum flehen konnte, dass er endlich von ihr abließ. Rückblickend gab es in ihrer Ehe unzählige solcher Situationen, die alle auf dieselbe Weise geendet hatten: Bernd hatte sich entschuldigt, sich anschließend einige Tage rührend um sie gekümmert und auf Händen getragen, bis alles wieder von vorne losging.

Es war ein stetiger Wechsel von gewaltsamen Auseinandersetzungen und liebevollen Gesten gewesen, sodass Isa am Ende sogar selbst glaubte, was er ihr einzureden versuchte.

Dass alles ihre Schuld sei, sie verdient habe, was er ihr antat und dass es ihm alles andere als Freude bereite, sie maßregeln zu müssen.

Die Erinnerung daran ließ Isabells Abscheu noch weiter wachsen. Abscheu gegen ihren baldigen Ex-Ehemann. Abscheu gegen sich selbst.

Nicht zum ersten Mal fragte sie sich, warum sie es überhaupt so weit hatte kommen lassen.

Sie hätte bereits nach dem ersten Übergriff ihre Sachen packen und ihn verlassen müssen.

Ein Stromschlag fuhr durch ihren Körper.

Was zur Hölle dachte sie da eigentlich?

Wenn sie Bernd damals verlassen hätte, gäbe es Tim nicht. Sie hätte nicht jahrelang leiden und die Schläge ihres Mannes ertragen müssen, doch der Preis dafür wäre, dass das Wichtigste in ihrem Leben heute nicht existieren würde.

Wie auf Befehl spürte sie eine kleine, weiche Hand an ihrem Bein. Sie klammerte sich an der Kante der Arbeitsplatte fest und konzentrierte sich darauf, die Tränen zurückzudrängen und ein Lächeln aufzusetzen.

»Warum weinst du, Mami? Ist es wegen Papa?«

Kurz überlegte Isa, Tim anzulügen und zu behaupten, dass sie – wie so oft nach einem anstrengenden Tag – Kopfschmerzen habe, doch dann entschied sie sich für die Wahrheit. Sie nickte. »Ja, es ist wegen Papa. Er hat mir sehr wehgetan.« *Nicht nur heute und nicht zum ersten Mal,* setzte sie in Gedanken hinzu.

»Ist es, weil ihr euch nicht mehr lieb habt?«

Tim sah Isabell mit seinen großen grünen Kulleraugen an, die er von seinem Vater geerbt hatte und die Isa so sehr liebte, obwohl sie sie an Bernd erinnerten.

»Nein, er hat mir wirklich wehgetan, als er mich vorhin gegen die Wand gedrückt hat.«

Tim überlegte kurz. Dann nickte er traurig.

»Er fehlt dir, nicht wahr?«

Wieder ein Nicken.

Schnell hob Isabell ihren Sohn auf ihren Arm und drückte ihn fest an sich. »Ich weiß, es ist schwer, mein Schatz, aber glaub mir, so ist es besser. Für uns beide.« Sie setzte ihn wieder auf dem Boden ab, versuchte sich an einem optimistischen Gesichtsausdruck. »Magst du dir einen Film ansehen?«

Tims Augen begannen zu leuchten.

Normalerweise mochte Isa es gar nicht, wenn ihr Sohn fernsah, aber heute musste sie dringend ein wenig zur Ruhe kommen, benötigte ein paar Minuten nur für sich, daher kam es ihr gerade recht, dass Tim den neuen Animationsfilm aus dem Hause Disney noch nicht gesehen hatte.

Als er gebannt vor dem Fernseher saß, zog Isabell sich in die Küche zurück, um das Abendessen zuzubereiten. Sie würde Tim eine Freude machen und ausnahmsweise ihr gemeinsames Wochenendritual, das den Freitagabend einläutete, auf Mittwoch vorziehen. Das bedeutete, dass es lauter teure Leckereien geben würde, die jede Woche einen Großteil ihres Haushaltsbudgets auffraßen, doch Tims Strahlen, wenn er den reich gedeckten Tisch sah, entschädigte Isa für alles. Also machte sie sich daran, die leckeren und mit Speck umwickelten Datteln anzubraten, Knoblauch auszupressen, mit gutem Olivenöl zu vermischen und auf das Baguette zu träufeln. Anschließend wickelte sie zwei cremige Camemberts von der Käserei vom Stadtmarkt aus dem Papier und verfrachtete beide in hitzebeständige Keramikschälchen. Als alles im Ofen verstaut war, machte sie sich an den Tomatensalat. Während sie die Tomaten in winzig kleine Würfelchen schnitt, schweiften ihre Gedanken zum heutigen Nachmittag. Tim und sie waren gerade schwer beladen aus dem Supermarkt gekommen, als Bernd sich ihnen in den Weg gestellt hatte. Sofort war ihm Tim jubelnd um den Hals gefallen, was ihr Ex zum Anlass genommen hatte, einen Streit vom Zaun zu brechen.

»Siehst du nicht, was du unserem Jungen antust?«, hatte er mit leiser und gespielt trauriger Stimme gefragt und Isa mit seinem stechenden Blick so lange gemustert, bis sie gewusst hatte, dass sie aus dieser Situation so schnell nicht wieder rauskommen würde. Schnell hatte sie ihr Kind im Wagen verstaut – einem steinalten Ford Fiesta, der an allen Ecken und Enden schepperte – und sich ihrem Exmann entgegengestellt. »Ich tue das, um ihn zu schützen«, hatte sie erwidert. »Er soll nicht in einer Familie aufwachsen müssen, in der Gewalt gegen seine Mutter an der Tagesordnung ist. Was, wenn du eines Tages auch ihm gegenüber die Beherrschung verlierst?«

Ihr Ex hatte einen bösen Grunzton ausgestoßen und sie verächtlich gemustert, sich aber keinen Millimeter zurückgezogen. Stattdessen hatte er ihr aufgezählt, wo und wie sie die letzten Tage verbracht hatte, und dass ihm nichts, aber auch gar nichts entgehe, weil er überall seine Informanten habe.

Sie hatte wissen wollen, warum er sie verfolgte, und was er sich davon versprach, dass er jedes Mal genau dort auftauchte, wo auch Tim und sie sich gerade aufhielten.

Natürlich hatte er ihre Frage unbeantwortet gelassen, ihr eine goldblonde Strähne aus dem Gesicht gestrichen, sie dabei mit eiskaltem Gesichtsausdruck gemustert.

»Ich hab gehört, dass du eine Stelle als Putze angenommen

hast. Ist das nicht unter deinem Niveau?« Seine Stimme hatte belustigt geklungen und sofort hatte Isa wieder den Zorn in sich aufwallen spüren und wünschte, den Mut zu besitzen, ihm eine so heftige Ohrfeige zu geben, an die er sich noch nach Wochen erinnerte.

Am Ende war es darauf hinausgelaufen, dass sie ruhig geblieben war, bis Bernd sie grob gepackt und gegen das Auto gestoßen hatte.

Selbst jetzt, über zwei Stunden später, hallten noch immer seine letzten Worte in ihr nach, jagten ihr eine Heidenangst ein.

Ihre Finger zitterten, als das Klingeln des Telefons durch die kleine Wohnung drang.

»Darf ich drangehen?«, rief Tim aus dem Wohnzimmer. »Vielleicht ist es Papi.« Sekunden später hörte sie das Tippeln seiner kleinen Füße auf dem Fliesenboden im Gang.

Sie schluckte, betete in Gedanken, dass es nicht Bernd war, der seinen Psychoterror nun telefonisch fortzusetzen gedachte.

»Okay«, sagte sie schließlich und atmete gegen die Angst an, umklammerte das Messer in ihrer Hand so fest, dass sie glaubte, es zu zerbrechen.

Keine Sekunde später kam Tim in die Küche, hielt ihr das Telefon hin. »Tante Susi will dich sprechen.«

Sie stieß die Luft aus, ließ das Messer auf die Arbeitsplatte fallen, griff nach dem Hörer.

»Warte einen Moment«, sagte sie zu ihrer langjährigen Freundin am anderen Ende der Leitung und warf Tim einen liebevollen Blick zu. »Geh noch ein wenig ins Wohnzimmer, bis ich hier fertig bin.« Sie wartete, bis sie ihren Sohn hörte, wie er mit Anlauf auf das Sofa sprang, dann atmete sie tief durch. »Bernd hat Tim und mich heute beim Einkaufen erwischt.« Sie hielt kurz inne, versuchte verzweifelt, gegen die Tränen anzukämpfen, die sie erneut zu übermannen drohten. Diesmal allerdings mit nur mäßigem Erfolg. Ein heiseres Schluchzen brach aus ihrer

Kehle hervor. »Ich weiß nicht, was ich machen soll. Das Schwein hat gedroht, mir Tim zu nehmen, wenn ich nicht zurückkomme.« Sie hielt inne, sah plötzlich wieder das Gesicht des Mannes vor Augen, der für all die Tränen verantwortlich war, die sie in den letzten Jahren vergossen hatte. Seinen eiskalten Blick, das spöttische Lächeln, seine überhebliche Körperhaltung.

Susis Worte drangen nur noch wie aus weiter Ferne an ihr Ohr, als ein ungeheuerlicher Gedanke sich in ihr manifestierte.

Was, wenn Bernd recht behielt und das Gericht ihm das Aufenthaltsbestimmungsrecht zusprach? Dann würde sie die nächsten Jahre damit zubringen, sich seine Gemeinheiten gefallen zu lassen, musste Angst um ihren Jungen haben, den er bereits jetzt als Spielball benutzte, um ihr wehzutun. Würde sie jemals in Frieden mit ihrem Kind leben können?

Wohl kaum.

Jedenfalls nicht, solange sie nicht beweisen konnte, wie gewalttätig Bernd war.

Nicht zum ersten Mal wünschte Isa sich, nicht so naiv gewesen zu sein und ihm viel früher seine Grenzen aufgezeigt zu haben. Stattdessen war sie immer wieder auf seine leeren Versprechungen hereingefallen, hatte darauf gehofft, dass jeder seiner Übergriffe und Gewaltausbrüche der letzte sein würde.

Ihr damaliges Schweigen war der Grund dafür, dass er sie heute weiter schikanieren, sie stalken, ihr Gewalt antun würde, bis eines Tages vielleicht etwas wirklich Schlimmes geschah. Er würde so lange damit weitermachen, bis sie entweder tot war oder sich bereit erklärte, zu ihm zurückzukehren.

»Bist du noch dran?« Susi klang besorgt.

»Ja, ich bin noch dran. Können wir nachher noch mal telefonieren, wenn Tim im Bett ist? Im Moment kann ich keinen klaren Gedanken fassen.«

»Isa, du hättest schon längst zur Polizei gehen müssen! Nur dort kann man dir helfen. Du musst Anzeige erstatten. Das hättest du schon tun sollen, als er dich zum ersten Mal geschlagen hat. Dann wäre alles gar nicht erst so weit gekommen. Dass er selbst Bulle ist, gibt ihm noch lange nicht das Recht, dir so etwas anzutun. Ganz davon zu schweigen, wie sehr er dadurch eurem Sohn schadet.«

Isa wischte sich die Tränen von der Wange und atmete tief durch. »Hast du eine Idee, was ich tun soll, oder willst du mich nur weiter in den Boden stampfen?«, fragte Isa schärfer als beabsichtigt.

Eine Weile herrschte Stille in der Leitung, dann folgte ein leises Rascheln. »Tut mir leid«, kam es schließlich von Susi. »Ich weiß, du hast nicht viel Geld und kommst kaum über die Runden. Und mir ist klar, dass du Angst hast. Angst um dein Kind und davor, was er noch tun wird, um dich unter Druck zu setzen. Aber bitte, du musst mir versprechen, dass du, egal, was passiert, nicht in Erwägung ziehst, zu diesem Idioten zurückzugehen.«

Isa und Tim waren gerade mit dem Abendessen fertig, als das Telefon erneut klingelte.

Der Ton jagte ihr einen kalten Schauer über den Rücken. Nachdem Susi bereits angerufen hatte und es außer ihr, Tim und Bernd niemanden in Isas Leben gab, konnte es nur noch ihr Ex sein, der ihr den Abend vermiesen wollte. Sie stand auf, griff nach dem Hörer, meldete sich mit zitternder Stimme.

Am anderen Ende der Leitung war ein älterer Mann, der sie auf Englisch vollplapperte und den sie trotz ihrer eigentlich hervorragenden englischen Sprachkenntnisse kaum verstand. Als der Mann merkte, dass Isa überfordert schien, versuchte er sich in brüchigem Deutsch.

»Mein Name ist Walther Higgins«, stellte er sich mit einem feierlichen Unterton in der Stimme vor. »Ich bin Nachlassverwalter und habe eine halbe Ewigkeit nach Ihnen gesucht. Jetzt, wo ich Sie endlich gefunden habe, muss ich Sie dringend bitten, sich mit mir zu treffen. Es geht um Ihre vor über einem Jahr verstorbene Großtante mütterlicherseits. Ihr Name lautete Adele Normann und weil Sie die einzige, noch lebende Angehörige sind, haben Sie das Glück, ihre gesamte Hinterlassenschaft zu erben.«

Kapitel 2

London
Mai 2016

Der Anblick hatte etwas zutiefst Verstörendes, Trostloses, beinahe Niederschmetterndes. Nicht die Leiche an sich, sondern der Fundort als solcher und die Art und Weise, wie der Täter den leblosen, blassen Körper der Frau drapiert hatte.

Inspector Sandy Matthews und ihr jüngerer Kollege Jonas Stevens blickten einander betroffen an.

Sandy fing sich zuerst. »Wer das getan hat, kann kein Mensch sein«, kam es leise über ihre Lippen. Sie räusperte sich, trat näher an die Tote heran, die mit ihren weit abgespreizten und unnatürlich verrenkten Gliedmaßen an ein Insekt erinnerte.

»Hoffentlich musste die arme Frau diese Qualen nicht bei lebendigem Leib ertragen«, murmelte Stevens und strich sich die Haare aus der Stirn. Dann machte er sich an die Arbeit, schoss eine Reihe Fotos von der Toten, die ihnen bei der Identifizierung hilfreich sein würden.

Als er bis auf wenige Zentimeter an das Gesicht der toten Frau herankam, in ihre leeren und blicklosen Augen starrte, sah es ganz danach aus, als müsste er sich jeden Augenblick übergeben.

Sein Gesichtsausdruck verdüsterte sich. »Sieht ganz danach aus, als handelte es sich dabei um unseren gesuchten Irren. Was das bedeutet, wissen wir beide …«

Sie schwiegen einen Augenblick, hingen jeder für sich ihren Gedanken nach. »Wir müssen Professor Bachmann hinzuziehen«, brach Sandy schließlich das Schweigen. »Wenn uns jemand bei dieser Scheiße helfen kann, dann er.«

Aus der Ferne vernahmen sie die Sirenen des näher kommenden forensischen Teams.

»Ich nehme an, dass es dir lieber wäre, wenn ich der Obduktion beiwohne?«

»Wenn es dir nichts ausmacht?« Stevens blickte unangenehm berührt zu Boden. »Ich weiß nicht, aber irgendwie geht mir das alles wahnsinnig nahe. Die Grausamkeit, mit der dieser Wahnsinnige vorgeht, das Leiden der drei toten Frauen.« Er atmete tief durch, suchte nach Worten. »Lass uns der Realität ins Auge blicken … auch diese Frau musste durch die Hölle gehen, bevor es ihr vergönnt war, zu sterben.«

Als Sandy am Abend ins Büro kam, fing sie den beunruhigten Blick ihres Kollegen auf. Sie seufzte. »Sei froh, dass du so eine nette Kollegin hast, die den ganz großen Mist von dir fernhält. Sie versuchte sich an einem Grinsen, das ihr kläglich misslang. Sie setzte sich, stemmte ihre Hände auf die Oberschenkel, als müsste sie all ihre Kräfte bündeln. »Der Frau wurden sämtliche Knochen ihrer Extremitäten mehrfach gebrochen.« Sie hielt inne, schloss für einen Moment die Augen. Als sie sie wieder öffnete, suchte ihr Blick den von Jonas. »Der Täter hat ihr das angetan, als sie noch am Leben war. Des Weiteren hat er sie mit einem stumpfen Gegenstand sexuell misshandelt, sie geschlagen. Es besteht kein Zweifel daran, dass es sich bei dem Täter um denjenigen handelt, der bereits Elisabeth Moyer und Linda Waterman ermordete.«

Jonas nickte bedrückt. »Und ich hab auch eine schlechte Nachricht. Es handelt sich bei unserer Leiche um die seit Tagen vermisste Mia Arquette. Ich hab die Fotos vom Tatort mit denen aus dem Vermisstenaufruf verglichen. Ihre Kollegin und Mitbewohnerin hatte sie als vermisst gemeldet, alle Angaben stimmen genau überein.« Er brach ab, sah zu Boden. »Sie hat sich ihr

Geld als Prostituierte verdient, der Täter hatte also ein besonders leichtes Spiel mit ihr.«

Sandy wusste, worauf ihr Kollege hinauswollte, und nickte düster. Das erste Opfer – Elisabeth Moyer – war Krankenschwester gewesen und hatte Nachtdienst gehabt, als der Täter sie in der Umkleidekabine überwältigte und aus dem Krankenhaus entführte.

Das zweite Opfer – Linda Waterman – leitete eine Kindertagesstätte und wurde in aller Herrgottsfrühe im Parkhaus ihrer Wohnanlage entführt.

Bei beiden Frauen hatte niemand etwas gesehen oder gehört, was dafür sprach, dass der Täter nicht spontan handelte, sondern seine Taten von langer Hand plante, die Frauen zuvor über Wochen beobachtete, ihre Gewohnheiten studierte, nichts dem Zufall überließ.

Was das Motiv des Täters anging, waren sie noch keinen Schritt weitergekommen, und auch was die Gemeinsamkeiten der Opfer anging, tappten sie nach wie vor im Dunkeln. Die drei Frauen sahen einander bis auf ihre Haarfarbe weder auffallend ähnlich noch stammten sie aus derselben Gegend. Auch beruflich und gesellschaftlich verband die drei Frauen nicht das Geringste.

Linda entstammte einer steinreichen Familie, die mit Investment ein Vermögen verdient hatte, während Elisabeth als Krankenschwester gerade so über die Runden gekommen war – wofür ihre spartanische Wohnungseinrichtung gesprochen hatte. Und was ihr letztes Opfer – Mia – anging, hatte auch sie nicht gerade in Saus und Braus gelebt, sich die Miete für das winzige Appartement mit einer Kollegin vom Straßenstrich geteilt. Beide Frauen hatten etliche polizeiliche Einträge wegen Prostitution, Drogenbesitz und Ladendiebstahl, waren mehrfach vorbestraft gewesen und regelmäßig zu Gast im Präsidium.

»Hast du mit der Mitbewohnerin gesprochen?«, wollte Sandy wissen.

Jonas nickte. »Rhonda ist sicher, dass es Joe gewesen ist, ihr Zuhälter.«

Sandy nickte. »Dann müssen wir ihn zumindest befragen, auch wenn klar ist, dass es sich um unseren Täter handelt.«

Jonas grinste. »Hab ich längst getan. Sobald feststand, dass es sich bei unserer Leiche tatsächlich um Mia handelt, bin ich zuerst zu Rhonda gefahren und danach zu Joe Smith. Er hat natürlich alles bestritten, sich vehement gewehrt, mich hierherzubegleiten.«

»Hast du ihn trotzdem einkassiert?«

Er schüttelte den Kopf. »Dazu gab es keinerlei Anlass. Er hat ein Alibi für den Tatzeitpunkt, zumindest wenn wir dem Arzt am Tatort Glauben schenken können.«

Sandy nickte. »Dr. Saltman hat es während der Obduktion bestätigt. Mia Arquette wurde vor über 72 Stunden ermordet.«

»Dann kann Smith es keinesfalls gewesen sein, denn zu dem Zeitpunkt war er wegen einer anderen Geschichte in Untersuchungshaft.«

Sandy hob die Augenbrauen fragend empor.

Jonas grinste. »Die Drogenfahndung hatte ihn als wichtigsten Zeugen einer Razzia in Gewahrsam genommen. Ich glaube, ihn können wir getrost von der Liste streichen. Wenn du trotzdem mit ihm sprechen möchtest, können wir uns aber gerne noch auf den Weg zu ihm machen.«

Als Sandy am späten Abend die Tür zu ihrer Wohnung aufschloss, zwang sie sich, an etwas anderes zu denken, als an die leblosen Körper der drei ermordeten Frauen. Stattdessen sagte sie sich immer wieder, dass eine kurze, aber erholsame Nacht vor ihr lag, die sie unbedingt zu genießen gedachte. Sie öffnete den Kühlschrank, nahm eine Flasche Weißwein heraus, entkorkte sie. Dann ging sie damit ins Wohnzimmer, nahm zwei Gläser aus der Vitrine und fing an, langsam aus ihren Klamotten zu schlüpfen. Sie sehnte sich nach einer eiskalten Dusche, die ihre Sinne beleben und die negativen Gedanken vertreiben würde. Nur einen Sekundenbruchteil später spürte sie einen Windhauch auf der nackten Haut ihres Rückens, genoss das Kribbeln, das sich langsam in ihrem Innern ausbreitete und in einem Inferno in ihrem Unterleib gipfelte.

»Ich dachte schon, das wird heute nichts mehr.« Seine Stimme klang heiser und rau, vibrierte leicht. Betont langsam drehte sie sich um, legte einen, wie sie hoffte, lasziven Gesichtsausdruck auf. Als ihre Blicke sich trafen, legte sie ihren Kopf in den Nacken und lachte. Sie erschauerte, als sie spürte, wie seine Lippen ihre Brustwarze umschlossen und an ihr saugten.

Nur zu gern ließ sie sich von ihm auf seine starken Arme heben und ins Schlafzimmer tragen.

»Eigentlich könnte ich dich wegen sexueller Nötigung verklagen«, flüsterte sie, als er sich zwischen ihren Schenkeln niederließ.

Ein heiseres Lachen erfüllte den Raum.

»Und du denkst, das glaubt dir irgendjemand? Immerhin bist du meine Chefin. Was willst du tun, wenn ich einfach behaupte, dass du mich zu all dem zwingst, mir eine Beförderung in Aussicht stellst, um mich zu ködern?«

Sie hob in gespielter Empörung den Kopf, musterte ihn, zog eine Schnute. »Du hast vergessen, zu erwähnen, dass ich nicht nur deine Chefin bin, sondern zudem deine Großmutter sein könnte.«

Ein Lachen brach aus Jonas' Kehle hervor, während er mit einem heftigen Stoß in sie eindrang.

Sie keuchte, krallte ihre Hände ins Laken.

»Du bist nur zwölf Jahre älter«, murmelte er nah an ihrem Ohr, zog sich zurück und stieß ein zweites Mal heftig zu.

Sandy bemerkte, dass Jonas wie Espenlaub zitterte, schob ihn von sich weg, bis er aus ihr herausglitt. Dann griff sie mit der Hand nach ihm, streichelte ihn sanft, bis sie spürte, dass er sich ein klein wenig beruhigt hatte.

Sie küssten sich. Als sie sich voneinander lösten, sah Jonas ihr tief in die Augen. »Ich halte das nicht mehr lange aus.«

Sandy umklammerte seine Hüften, nahm ihn wieder in sich auf. »Tu dir keinen Zwang an«, flüsterte sie kichernd.

Jonas sah ernst auf sie herab, bewegte seine Hüften langsam kreisend, sein Atem ging kurz und stoßweise.

»Das meinte ich nicht und du weißt es.«

Sandys Herzschlag beschleunigte sich, trotzdem hielt sie seinem Blick stand. »Ich habe Angst.«

Er nickte. »Ist mir klar.«

»Nicht vor der Reaktion unserer Kollegen und Vorgesetzten.«

Jonas hielt inne. »Wovor dann?«

Sandy stieß die Luft aus. »Momentan ist alles spannend für uns. Wir arbeiten zusammen, schlafen zusammen. Wir halten unsere Beziehung geheim. Was wird, wenn all das vorbei ist? Wenn wir offiziell nicht mehr nur ein berufliches Team sind, sondern auch privat?«

Er grinste, strich sich eine dunkle Strähne aus der Stirn. »Du hast also keine Angst davor, was die anderen denken könnten?«

Sie dachte einen Augenblick nach, versank in seinen blauen Augen. »Nein, hab ich nicht.«

»Sondern davor, dass auch uns irgendwann der Alltag einholt, wenn alles nicht mehr geheim ist?«

Sie nickte. »So ist meine Ehe kaputt gegangen. Am Alltagsstress, daran, dass wir den jeweils anderen für selbstverständlich genommen haben.«

»Ich bin nicht Nick«, erwiderte Jonas.

Sandy lachte. »Nein, das bist du wirklich nicht.«

Seine Bewegungen wurden schneller.

Sie spürte, wie das Brennen in ihrem Unterleib zu einem unerträglichen Pochen wurde.

Ihr Unterleib begann zu zucken, als Jonas mit einem Schrei auf ihr zusammensackte.

Nachdem sich ihre Atmung beruhigt hatte, strich sie sanft durch sein Haar. »Gib uns noch ein paar Tage. Nur so lange, bis wir diesen beschissenen Fall gelöst haben.«

Jonas hob den Kopf, sah ihr eine kleine Ewigkeit schweigend in die Augen.

Kurz befürchtete Sandy, er könnte beleidigt sein, doch dann verzog sich sein Mund zu einem Lächeln.

»Hat dir schon mal jemand gesagt, dass die Farbe deiner Augen an flüssigen Honig erinnert?«

Sandy lachte. »Schmeichler. Du willst nur deinen Kopf durchsetzen, stimmst?«

Er wickelte sich eine ihrer rotblondgelockten Strähnen um den Finger, küsste sie dann auf den Mund. »Okay, Prinzessin, geben wir uns noch eine Galgenfrist, bis wir diesen Irren hinter schwedischen Gardinen haben, wo er verdammt noch mal auch endlich hingehört.«

Ein Rascheln weckte sie. Sie blinzelte gegen die Dunkelheit an, erkannte Jonas' Umrisse, wie er in seine Jeans schlüpfte.

»Was machst du da?«, fragte sie und setzte sich auf. Verwirrt starrte sie auf den Wecker. »Es ist noch nicht mal drei Uhr.«

»Konnte nicht mehr schlafen«, sagte er und kam zu ihr, setzte sich neben sie aufs Bett.

»Was willst du jetzt machen?«

Er hob die Schultern. »Ich fahre ins Büro, wälze die Akten. Vielleicht finde ich was, das wir bis jetzt übersehen haben.«

»Jonas …«, mahnte Sandy liebevoll und griff nach seiner Hand. »Willst du mir nicht endlich sagen, was los ist? Du bist schon den ganzen Tag so seltsam drauf. Eigentlich seit wir Mias Leiche gefunden haben.«

Er seufzte tief, entzog seine Hand der ihren. »Meine kleine Schwester, ihr Name war Jenny, sie wurde ermordet. Das Ganze ist lange her, trotzdem kommt das alles wieder an die Oberfläche, wenn ich mit Fällen konfrontiert werde, die mich an sie erinnern.«

»Und Mia erinnert dich an Jenny?«, fragte Sandy sanft.

Jonas nickte. »Rein äußerlich auf jeden Fall. Sie war erst siebzehn, als es passierte. Das Dreckschwein hat sie vergewaltigt und ihr dann den Schädel eingeschlagen.«

»Hat man ihn gefasst?«

Schweigen erfüllte den Raum. Dann begannen Jonas' Schultern zu zucken.

»Scheiße«, murmelte Sandy betroffen und umschlang seinen Körper mit beiden Armen.

Als Jonas seine Fassung wieder erlangt hatte, sah er Sandy an, küsste sie.

Sie bemerkte, dass er noch immer zitterte, zog ihn noch fester an sich. »Sie haben ihn nicht gefasst?«

Kopfschütteln.

»Und deine Familie? Wie ist sie damit umgegangen?«

Räuspern. »Meine Mutter ist zwei Jahre später an Krebs gestorben und was mein Vater macht … keine Ahnung.«

»Ihr habt keinen Kontakt?«

Erneutes Kopfschütteln. »Seiner Meinung nach sind Bullen alles Schwachköpfe.«

Sandy sah Jonas überrascht an. »Er akzeptiert nicht, dass du Polizist geworden bist, weil der Tod deiner Schwester nie aufgeklärt wurde?«

Jonas nickte. »Du hast es erfasst. Er verachtet mich dafür, hat mir nach meiner Polizeiprüfung ins Gesicht gesagt, dass ich nicht mehr sein Sohn sei.«

Etwas hatte sich zwischen ihnen verändert, das spürte Sandy ganz deutlich, als sie Jonas über ihre Akte hinweg musterte, wie er sich durch die internen Datenbanken klickte.

Vielleicht war es die Tatsache, dass sie sich seit der vergangenen Nacht sicher sein konnte, dass er sie nicht nur als Karrieresprungbrett sah, sie wirklich zu mögen schien, ihr so sehr vertraute, dass er ihr sogar seine traurige Familiengeschichte erzählt hatte. Und auch sie, Sandy, konnte nicht mehr länger leugnen, dass sie mehr für Inspector Jonas Stevens empfand, als sie sich zuvor eingestanden hatte.

Sie war fünfundvierzig Jahre alt, bereits einmal geschieden, Mutter eines beinahe erwachsenen Sohnes, der bei seinem Vater lebte, und bis über beide Ohren in ihren zwölf Jahre jüngeren Kollegen verschossen.

Sie vertiefte sich in die vor ihr liegenden Papiere, konnte sich aber kaum konzentrieren.

Da waren drei tote Frauen, die auf verschiedene Art und Weise gefoltert worden waren, aber alle durch Strangulation starben. Sandy legte die Fotografien der drei toten Frauen nebeneinander vor sich auf den Tisch.

Es stand außer Frage, dass sie es mit einem Serientäter zu tun hatten, der nicht aufhören würde, bis sie ihn stoppten. In Gedanken machte Sandy sich eine Liste, was sie am heutigen Tag in Angriff nehmen musste. Sie würde eine Teamkonferenz einberufen, bei der die Aufgaben neu verteilt würden. Eine Konferenz, zu der sie Helmut Bachmann aus Manchester einfliegen lassen würde, sofern dies seine Zeit zuließ. Sie wollte gerade nach dem Telefonhörer greifen, als die hausinterne Leitung zu blinken begann.

Sandy nahm den Anruf an, meldete sich. Als sie begriff, was Eva aus der Zentrale ihr mitzuteilen versuchte, wurde sie blass.

»Stimmt was nicht?«, wollte Jonas wissen, der bemerkt hatte, dass Sandys Haltung sich verkrampfte.

Sie beendete das Telefonat, stützte ihren Kopf auf die Hände, schloss einen Moment die Augen.

»Sandy … was ist los?«, fragte Jonas drängend.

Sie sah auf, gestattete sich für den Bruchteil einer Sekunde, in seinen warmen dunkelblauen Augen zu versinken.

Als sie sich wieder unter Kontrolle hatte, atmete sie tief durch. »Wir haben eine neue Vermisstenmeldung. Britney Coreman, zwanzig Jahre jung, Kellnerin in einem Pub am Piccadilly Circus. Ihre Schwester hat sie als vermisst gemeldet, nachdem sie heute Morgen nicht wie verabredet zum Schminken gekommen ist.«

»Zum Schminken?« Jonas sah ratlos aus.

»Die junge Frau ist Schauspielerin und jobbt nur nebenbei als Servicekraft. Ihre Schwester ist ausgebildete Maskenbildnerin und Make-up-Artist, wollte Britney den letzten Schliff verpassen. Die hatte heute Mittag nämlich einen Termin zum Vorsprechen, zu dem sie ebenfalls nicht erschienen ist.« Sandy brach ab, seufzte.

»Eine junge Schauspielerin, die freiwillig ein Vorsprechen versäumt?«, insistierte Jonas. »Wohl kaum.« Er stand auf, ging zum Fenster, blickte schweigend auf den grau gepflasterten Hinterhof hinunter. »Das hört sich ganz und gar nicht gut an«, stieß er schließlich hervor.

Sandy nickte und stand ebenfalls auf. »Machen wir uns auf den Weg und quetschen die Schwester der Vermissten aus. Vielleicht haben wir Glück und finden irgendeine Verbindung zu den anderen Frauen. Bachmann kann ich unterwegs kontaktieren und wegen der Konferenz heute Abend schicke ich später eine Sammelmail an alle raus.«

Kapitel 3

Berlin
Mai 2016

Seit Stunden wälzte Isa sich hin und her, in der Hoffnung, etwas Ruhe oder wenigstens eine Mütze voll Schlaf zu finden. Stattdessen waren ihre Gedanken immer um dieselbe Frage gekreist: Was konnte sie tun, um ihren Sohn, ihr Ein und Alles, vor Bernd zu schützen. Am Ende waren ihr Susis letzte Worte in den Sinn gekommen. Stand es zur Option, zu Bernd zurückzugehen? Noch waren sie nicht geschieden, zumindest nicht auf dem Papier. Doch was dann? Anfangs würde er sich wahrscheinlich zusammenreißen, sie nicht anrühren, ihr kein Haar krümmen, doch irgendwann ... da war sie ganz sicher, käme seine gewalttätige, aggressive Natur an die Oberfläche zurück und sie musste all den Zorn, die unterdrückte Wut von Neuem ertragen. Ihr Magen krampfte sich zusammen, als ihr Tims Gesichtchen einfiel, als er Zeuge dessen geworden war, wie sein Vater seine Mutter eines Abends im Wohnzimmer zusammengeschlagen hatte. Zuerst hatten sie ihn gar nicht bemerkt, weder Bernd noch sie selbst. Als Tim schließlich ein jämmerliches, ängstliches Winseln ausgestoßen hatte, waren sie auf ihn aufmerksam geworden und Bernd hatte von ihr abgelassen. Er hatte Tim weiszumachen versucht, dass das, was er gesehen hatte, nicht schlimm sei, dass es sich lediglich um einen harmlosen Streit gehandelt habe, doch diesmal hatte der Junge sich nicht einlullen lassen. Zwar hatte er genickt und sich bereitwillig von seinem Vater zurück ins Bett bringen lassen, doch seinen erstarrten Blick, den er ihr aus seinen traurigen Augen zugeworfen hatte, würde sie ihr Lebtag nicht mehr vergessen können. In jener Nacht hatte Isa beschlossen, dass sie es tun musste. Sie musste ihren Mann verlassen, solange es noch nicht zu spät war. Denn eines stand völlig außer Zweifel: Irgendwann würde die unschuldige Seele ihres Jungen großen Schaden an all dem Druck, der Angst und der Gewalt innerhalb ihrer Familie nehmen und das musste sie um jeden Preis verhindern.

Ihr Herz hämmerte in ihrer Brust, als sie schlaflos in die Dunkelheit starrte. Schließlich schlug sie die Bettdecke zurück und stand auf. Sie war gerade auf dem Weg in die Küche, als sie ein seltsames Kratzen vernahm, das von der Wohnungstür zu kommen schien. Die feinen Härchen überall an ihrem Körper richteten sich kerzengerade auf, als sie das Licht anschaltete und leise, Schritt für Schritt auf die Wohnungstür zuging. Als sie nur noch wenige Zentimeter entfernt war, hielt sie unwillkürlich den Atem an.

Sie konnte nicht mehr klar denken, in ihrem Kopf überschlugen sich die Gedanken.

Nachdem sie sich bewusst auf einige Atemzüge konzentriert hatte, ganz so, wie es ihr Dr. Blau – ihr Therapeut – beigebracht hatte, spürte sie, dass sie ruhiger wurde.

Schließlich stellte sie sich die alles entscheidende Frage: Wer konnte das da draußen sein?

Und die Antwort: Bernd war der einzige Mensch in ihrem Leben, der dazu in der Lage wäre.

Blitzschnell überschlug sie die verschiedenen Möglichkeiten. Frau Herrmann, ihre Nachbarin, war an die neunzig Jahre alt und fast taub. Von ihr war keine Hilfe zu erwarten. Und Herr Siegfried, ihr Nachbar, der unter ihr wohnte, trug imaginäre Scheuklappen, weil er sich für niemand anderen interessierte als für sich selbst. Dann war da noch Familie Grundmeier, ein Pärchen um die dreißig mit seinen zwei Kindern. Von denen hatte sie auch keine Hilfe zu erwarten, stattdessen würden sie ihr – nicht zum ersten Mal übrigens – vorwerfen, verantwortlich zu sein, dass die Nachtruhe ihrer Kleinen unterbrochen worden war.

Und dann war da noch Tim. Wie würde er reagieren, wenn es seinem Vater – wahrscheinlich wieder volltrunken – gelänge, sich gewaltsam Zutritt zu ihrer Wohnung zu verschaffen? Wenn er, wie so oft in diesem Zustand, vollends die Beherrschung verlöre und ihr diesmal so großen Schaden zufügte, dass sie nicht mehr in der Lage wäre, sich um ihr Kind zu kümmern?

Sie stieß einen tiefen Seufzer aus. Wie sie es auch drehte und wendete, es kamen nur zwei Möglichkeiten infrage: Entweder rief sie die Polizei oder sie musste sich der Situation freiwillig stellen, bevor diese eskalierte.

Aus gutem Grund entschied sie sich für Variante zwei. Als sie ihn nach der Trennung das erste und gleichzeitig letzte Mal wegen Stalkings und Belästigung angezeigt hatte, hatte er sich seinen Einfluss als leitender Ermittler bei der Forensik sowie seiner familiären finanziellen Mittel zunutze gemacht und sich vor seinen Kollegen als auch vor Gericht als das Opfer dargestellt.

Als den liebenden Ehemann und treu sorgenden Vater, dem die herzlose Ehefrau das Kind entzog.

Klar, seit sie sich von Bernd getrennt hatte, war es zu keiner offiziellen Begegnung zwischen Vater und Sohn gekommen, obwohl es ihm als Vater zustand, sein Kind regelmäßig zu sehen. Sie reagierte nicht auf seine Anrufe und SMS, ging ihm so gut wie möglich aus dem Weg, ignorierte ihn, sagte Vater-Kind-Treffen wegen Krankheit ab. Als die Richterin gefragt hatte, weshalb sie ihrem Noch-Ehemann das gemeinsame Kind entzog, hatte sie natürlich versucht, zu erklären, welche Gefahr aus ihrer Sicht von ihm ausging, doch die Richterin hatte nur abgewunken. Anschuldigungen dieser Art müssten genauestens untersucht werden, das Kind müsse einem Psychiater vorgestellt werden, damit eine sinnvolle Entscheidung zum Wohl des Kindes getroffen werden könne.

Am Ende hatte sie notgedrungen zugestimmt, als Bernd ein gemeinsames Treffen vorgeschlagen hatte. Sie waren in den Zoo gegangen, hatten Eis gegessen wie eine normale Familie. Tim hatte den Tag genossen, und sie hatte alles versucht, sich nicht anmerken zu lassen, wie hilflos sie sich fühlte, wie angewidert, wie ohnmächtig.

Als sie sich voneinander verabschiedet hatten, hatte Bernd sie einfach nur angesehen, boshaft und amüsiert. Sein Blick hatte keinen Zweifel daran gelassen, dass er wusste, dass er Rechte hatte und diese auch durchzusetzen gedachte. Nichts an seiner Körpersprache hatte Liebe für seinen Sohn ausgedrückt, stattdessen waren seine Haltung, seine Reaktion, seine Worte einfach und allein darauf gepolt, seinen Besitz abzustecken. Denn mehr waren sie und Tim nicht für ihn: Dinge, die zu besitzen seinem Ego schmeichelten.

Isa vernahm einen gedämpften Fluch durch die Tür.

Ihr wurde klar, dass sie nicht weglaufen konnte. Nicht heute Nacht. In ihrem Kopf formierten sich die Gedanken zu einem Plan. Alles, was sie benötigte, um ihn in die Tat umzusetzen, war Zeit. Nicht lange, nur ein paar Tage, dann würde sie weitersehen. Mit pochendem Herzen trat sie auf die Tür zu. »Bernd?«, fragte sie und versuchte, ihrer Stimme einen festen Klang zu geben. »Du weckst Tim, also hör damit auf.«

Einen Augenblick herrschte Ruhe im Treppenhaus, dann ein heftiger Tritt, der das Türblatt erzittern ließ. »Mach auf.«

Seine Stimme klang rau, er musste deutlich einen über den Durst getrunken haben, konnte wahrscheinlich kaum noch gerade stehen.

»Du machst uns Angst, bitte, geh einfach.«

»Erst wenn du aufmachst. Ich will … muss meinen Jungen sehen, muss dich sehen.« Seine Stimme klang plötzlich weinerlich, beinahe reuevoll, fast hätte man glauben können, er meinte es ernst. »Ich liebe euch doch«, setzte er zu Isas Ekel hinterher.

Sie musste alle Kraft aufbringen, sich zusammenreißen, um nicht zu sagen, dass er gar nicht wisse, was es bedeute, jemanden wirklich zu lieben, doch am Ende schwieg sie.

Ein Schweigen, das er selbstverständlich falsch verstand.

»Wirklich, ich meine es ernst. Alles, was passiert ist, tut mir leid. Lass es mich wiedergutmachen. Lass mich dir beweisen, dass ich anders sein kann. Besser.«

Isa schloss die Augen. Sie spürte, wie sich überall an ihren Gliedmaßen Gänsehaut bildete und sie zu frieren begann. In ihrem Mund schmeckte sie bittere Galle.

»Isa, bitte sag doch was. Du weißt, dass es wahr ist. Dass ich alles tun würde, um Tim und dich glücklich zu machen.«

Sie schloss die Augen, biss sich auf die Lippen.

Aus seinem Mund hörte es sich so an, als wäre er Ehemann und Vater des Jahrtausends. Stattdessen bezog sich seine Ansicht eines guten Ehemanns und Vaters einzig darauf, sie mit unnützen Geschenken zu überhäufen. Bei Tim kam dies natürlich gut an, doch sie selbst hatte sich die letzten paar Mal überwinden müssen, Freude über seine Präsente zu heucheln.

»Hör zu«, stieß sie aus und setzte alle Kraft in den Willen, ihre Stimme sanft und verständnisvoll klingen zu lassen. Sie presste ihre Stirn an den Türstock und schloss die Augen. »Geh nach Hause, schlaf dich aus und ich verspreche dir, dass ich darüber nachdenke, zurückzukommen. Nicht heute, nicht morgen, aber vielleicht nächste Woche. Allerdings brauche ich Zeit. Ich muss herausfinden, was wir beide tun können, damit das mit uns in Zukunft funktioniert.«

Sie spürte einen Anflug von Übelkeit, als die Worte heraus waren, und schluckte dagegen an.

»Ich glaube dir nicht.« Plötzlich klang Bernds Stimme klar und schneidend, beinahe abschätzend. War er am Ende gar nicht betrunken? Vielleicht spielte er dies nur, um im Fall der Fälle als nicht zurechnungsfähig zu gelten?

»Komm raus, damit ich dir in die Augen sehen kann. Ich muss wissen, ob deine Worte ehrlich gemeint sind.«

Isas Herzschlag beschleunigte sich noch mehr. Einen letzten Blick in Richtung des Kinderzimmers werfend, entriegelte sie mit zitternden Fingern die Tür. Kurz bevor sie öffnete, schickte sie ein stilles Stoßgebet gen Himmel.

Es musste einfach klappen. Er musste ihr glauben.

Als sie einander stumm gegenüberstanden, tobte in ihrem Innern ein Sturm, doch ihr Äußeres schien Bernd zu überzeugen, denn er grinste überheblich. »Wusste ich es doch, dass du noch immer verrückt nach mir bist.« Seine Stimme klang rau, als er sie zu sich heranzog, sie mit seinem stechenden Blick durchdrang, schließlich seinen Mund grob auf den ihren presste, ihr seine ekelhaft glitschige Zunge zwischen die Lippen schob.

Isa schloss die Augen und betete, dass sie den Kampf gegen die aufsteigende Übelkeit gewann.

»Am Wochenende«, murmelte Bernd schließlich und schob sie von sich weg. »Du hast bis Samstag Zeit, über alles nachzudenken. Ich komme gegen Mittag, um Tim und dich nach Hause zu holen.«

Als Bernd gegangen und sie endlich allein war, verriegelte sie das Schloss und ließ sich am Türblatt langsam zu Boden sinken. Tränen quollen aus ihren Augen und liefen ihr die Wangen hinunter, dann kam der Ekel zurück, ließ sie würgen. Isa schaffte es gerade noch, aufzuspringen und sich ins Bad zu schleppen, bevor sie sich heftig übergeben musste. Als sie vollends entkräftet neben der Toilettenschüssel auf den Boden sank und ihre heiße Wange auf die kühlen Fliesen drückte, wurde ihr klar, dass es keine andere Möglichkeit gab. Sie musste handeln und Tim weit weg von hier bringen. Nach England beispielsweise, wo laut Walther Higgins das Haus ihrer bislang unbekannten

Großtante Adele stand, das nun ihr gehörte und nur darauf wartete, verkauft zu werden.

In Gedanken rechnete sie sich aus, wie viel Geld ihr nach Abzug der Nachlassverwaltungskosten und Steuer übrig blieb, um irgendwo mit Tim neu anzufangen. Higgins hatte davon gesprochen, dass ein Haus in dieser Gegend durchaus eineinhalb Millionen Pfund einbrachte, hinzukamen noch circa zweihunderttausend Pfund auf Adeles Konto, die auch ihr gehörten. Alles, was sie tun musste, um dieses Erbe anzutreten, war nach London zu reisen und einen Vertrag mit Higgins abzuschließen, der ihm seinen Anteil an dem Erbe sicherte. Sie hob ihren Kopf, blickte auf ihre Armbanduhr, rappelte sich auf. Es war kurz vor Mitternacht, sie konnte um diese Zeit also weder bei Walther Higgins noch bei Susi anrufen. In Windeseile ging sie ins Schlafzimmer, zog einen Koffer vom Schrank herunter, stopfte wahllos Klamotten hinein. Dann nahm sie eine Reisetasche und schlich in Tims Zimmer. Während sie im Dunkeln nach seinen beiden Lieblingsspielzeugen tastete und etwas Kleidung in die Tasche warf, überschlug sie im Geist, wie viel Geld sie zur Verfügung hatte.

Sie seufzte, als ihr klar wurde, dass dieser Betrag nie im Leben dafür reichen würde, Tim und sie länger als ein paar Monate über Wasser zu halten. In Gedanken verfluchte sie sich für ihre Entscheidung, auf Bernds Ehegatten-Unterhalt verzichtet und stattdessen einen unterbezahlten Job angenommen zu haben. Andererseits hatte dieser Schritt ihr ein Stück von ihrem Selbstvertrauen zurückgegeben, welches sie jetzt dazu benötigte, um ihren zugegebenermaßen vollkommen überstürzten Plan in die Tat umzusetzen.

Isas Herz quoll über vor Liebe, als sie an das Bett ihres Sohnes herantrat und ihn beim Schlafen beobachtete. Ihr Blick glitt zu der prall gefüllten Reisetasche in ihrer Hand. Dann sah sie auf das beleuchtete Zifferblatt ihrer Uhr. Sie stellte sich vor, wie

Bernd am Samstag vergebens darauf wartete, dass sie ihm die Tür aufmachte.

Kurz dachte sie daran, dass er ihre Flucht gegen sie verwenden konnte und dass auch vor Gericht alles so aussehen würde, als wäre sie diejenige, die gegen die Regeln verstieß. Entschlossen schob sie den Gedanken beiseite.

Niemand wusste von ihren familiären Wurzeln in England. Sie selbst hatte es ja gerade erst erfahren. Bis man sie gefunden hatte, würden Monate vergehen und zu dieser Zeit wären Tim und sie längst über alle Berge.

Sie würde ihre gesamte Barschaft auf einmal abheben und den Landweg nach Großbritannien nehmen, alles cash bezahlen, um keine Spuren zu hinterlassen. Im Grunde konnte sie ihre alte Klapperkiste irgendwo stehen lassen, falls diese auf der langen Fahrt ihren Geist aufgab und sich einen Wagen mieten, der sie ans Ziel brachte.

Ihr Mund verzog sich zu einem Lächeln.

»Morgen«, flüsterte sie leise in die Dunkelheit. »Morgen Abend um diese Zeit sind wir in London, wo wir die ersten Schritte in Richtung eines neuen Lebens gehen werden.«

Kapitel 4

London
Mai 2016

»Mrs Jameson, bitte, Sie müssen sich konzentrieren. Uns kann jedes noch so winzige Detail helfen, Britney zu finden.«

Die rothaarige junge Frau nickte schluchzend. Ihr Mann drückte sanft ihre Schulter. »Es wird alles wieder gut, mein Schatz«, murmelte er betroffen und suchte in Sandys Augen nach etwas, das einer Bestätigung gleichkam, dass am Ende wirklich alles gut würde. »Wir müssen nur Vertrauen haben.«

Alexandra Jameson sog die Worte ihres Mannes auf wie ein Schwamm, setzte sich auf, sammelte sich. Sie suchte nach Worten, nestelte nervös am Saum ihres Kleides, dann ging ein Ruck durch ihren Körper. »Bri hatte so einen Tick«, fing sie an. »Aus heiterem Himmel verfiel sie in eine Rolle, sodass ich manchmal nicht wusste, ob es jetzt meine Schwester war, die zu mir sprach oder eine ihrer Figuren, für die sie vorsprechen musste.« Alexandra fuhr sich durch die Haare, seufzte tief. »Neulich fing sie aus heiterem Himmel an zu weinen, erzählte mir, dass jemand sie verfolge, dass sie außerdem den Eindruck habe, ihre Wohnung sei nicht sicher.« Alexandras Schultern hoben und senkten sich immer schneller, es schien beinahe, als verfiele sie in eine Art Panikattacke. Erst als ihr Mann sanft ihren Arm streichelte und leise auf sie einsprach, beruhigte sie sich wieder. »Meine Frau leidet seit der Geburt unserer Tochter vor drei Monaten an einer depressiven Verstimmung«, erklärte er offen. »Alles hängt mit dem Unfalltod meiner Schwiegereltern vor zwei Jahren zusammen. Alex ist nie wirklich darüber hinweggekommen, klammert seither extrem an ihrer Schwester.«

»Sie ist ja auch der einzige Mensch, der mir von meiner Familie geblieben ist«, stieß Alexandra Jameson hervor. »Und als Britney beim letzten Treffen mit dieser haarsträubenden Geschichte anfing, war das eben zu viel für meine Nerven.«

»Sie hatten einen Zusammenbruch?«, fragte Jonas sanft.

Die junge Frau nickte zögernd. »Bri und ich hatten einen riesigen Streit deswegen. Ich warf ihr vor, dass sie nur an sich und ihren Traum vom großen Durchbruch denke, sich für nichts und niemanden sonst interessiere.« Sie brach ab, blickte zu Boden, suchte nach Worten. »Mir ist erst klar geworden, dass mehr dahinterstecken könnte, als ich ihren verletzten Gesichtsausdruck gesehen habe.«

»Was ist danach passiert?«, wollte Sandy wissen.

Alexandra Jameson hob die Schultern. »Sie ist aufgestanden, um zu gehen, ließ sich weder von mir noch von meinem Mann davon abbringen. Als ich sie fragte, ob sie für eine Rolle geübt oder die Wahrheit gesagt habe, hat sie mich nur angesehen und gesagt, dass ich diese Sache einfach abhaken solle.«

»Dann könnte es im Grunde also auch so sein, dass Britney wütend auf Sie und Ihren Mann war und deswegen nicht zum verabredeten Zeitpunkt erschienen ist?«

Alexandra schüttelte schnell den Kopf. »Nein, meine Schwester und ich haben am selben Abend noch mal miteinander telefoniert, weil mir unser Streit nicht mehr aus dem Kopf ging«, erzählte sie. »Wir haben noch mal über alles gesprochen und Bri gab zu, dass sie Quatsch gemacht hat. Sie sagte, dass ich mir keine Sorgen um sie machen solle, dass alles in bester Ordnung sei.«

Jonas nickte verständnisvoll. »Dann haben Sie Ihren Streit also beigelegt und die Fronten geklärt?«

Nicken.

»Und es stand außer Frage, dass der Termin zum Schminken in Vorbereitung auf das Vorsprechen stattfinden würde?«

Erneutes Nicken. Dann ein Schluchzen.

»Was, wenn Sie gelogen hat, um mich nicht noch mehr zu beunruhigen? Was, wenn da wirklich jemand war, der ihr etwas Böses wollte?« Sie brach in Tränen aus.

Sandy ließ ihr einen Moment, damit sie sich sammeln konnte, dann räusperte sie sich. »Wissen Sie, ob Britney Feinde hatte? Oder …«, sie warf einen Blick auf das Foto der vermissten jungen Frau auf dem Wohnzimmertisch, »vielleicht gibt es jemanden, der in sie verliebt ist und dessen Liebe ihre Schwester nicht erwiderte?«

Alexandra riss den Kopf hoch und starrte Sandy an. »Meine Schwester ist beliebt, da ist niemand, von dem ich wüsste, dass er es nicht gut mit ihr meint.«

»Und ein enttäuschter Verehrer? Wie sieht es damit aus?«

Alexandra Jameson biss sich auf die Unterlippe. »Bri bringt mich um, wenn sie erfährt, dass ich mit zwei Polizisten darüber gesprochen habe …« Sie stockte. »Es gibt da jemanden. Einen sehr viel älteren Mann, mit dem sie regelmäßig verkehrte.«

Sandy runzelte die Stirn. »Was meinen Sie mit … verkehrte? Schlief sie mit ihm?«

Alexandra Jamesons Blick glitt zu Boden. Dann nickte sie. »Bri war ganz verrückt nach ihm und todunglücklich, weil er verheiratet war und nicht im Traum daran dachte, seine Frau zu verlassen. Sie hat mir im Vertrauen erzählt, dass er Regisseur am Theater war und ihr hin und wieder Termine zum Vorsprechen zuschanzte.«

»Also scheint es sich bei dieser … Affäre um etwas Längerfristiges zu handeln? Wieso sollte der Mann sonst irgendetwas für Ihre Schwester tun, wenn es nur um Sex ging?«

»Es sei denn, dass er sie auf diese Art und Weise um den Finger wickeln wollte«, gab Jonas zu bedenken. »Männer können manchmal echte Ratten sein.«

Alexandra schüttelte den Kopf. »Das mit den beiden ging schon ein paar Monate, jedenfalls nach dem, was ich von Bri weiß. Er hielt sie hin, machte ihr leere Versprechungen, seine Frau zu verlassen, doch getan hat er es nie. Und die Termine zum Vorsprechen … ich schätze, die sollten eine Art Entschuldigung darstellen.«

Sandy nickte. »Hört sich plausibel an. Sie wissen nicht zufällig, wie der Mann heißt, mit dem Ihre Schwester sich trifft?«

»Doch«, Alexandra straffte die Schultern. »Ich kenne seinen Vornamen und weiß, welche Stücke er produziert hat. Den Rest kann man sich sehr schnell zusammenreimen.«

Sandy und Jonas sahen die Frau fragend an.

»Sein Name ist Valentin. Sein aktuelles Stück ist momentan in aller Munde.«

Jonas' Mund klappte auf. »Valentin Folkner?«

Nicken.

»Aber seine blutjunge Frau hat gerade erst ein Baby bekommen. Sind Sie absolut sicher, dass er es ist?«

Alexandra zog stumm ihr Handy aus der Hosentasche und klickte auf dem Display herum. Als sie gefunden hatte, wonach sie suchte, hielt sie Jonas das Gerät unter die Nase. »Reicht Ihnen das als Sicherheit?«

Sein Mund klappte auf und wieder zu.

Das Foto auf dem Display war erst wenige Tage alt und zeigte Britney Coreman in inniger Umarmung mit Valentin Folkner.

»So ein gottverdammtes Arschloch«, tobte Jonas und ballte seine Hände zu Fäusten. Das Gespräch mit den Jamesons hatte ihn so sehr erzürnt, dass Sandy es vorgezogen hatte, selbst zu fahren. »Der hat doch eine wunderschöne junge Frau zu Hause, ein Baby, warum muss jemand wie er eine Affäre haben? Ich begreife so was einfach nicht.«

Sandy grinste. »Ganz einfach, weil es Männer da draußen gibt, die mit dem Schwanz denken.«

Jonas sah Sandy düster an. »Du findest das wohl auch noch witzig oder wie?«

Sie hob die Schultern. »Mich überrascht das alles nicht halb so sehr wie dich, verstehst du? Ein junges Ding fällt auf einen älteren Typen rein, der ihr das Blaue vom Himmel verspricht. Wenn sich jemand darüber aufregen darf, dann doch wohl seine Frau.« Sie atmete tief durch. »Du musst runterkommen, hörst du? Auf keinen Fall trittst du Folkner derart aufgebracht unter die Augen.«

Jonas' Kiefer verkrampfte sich. »Vielleicht solltest du mit ihm reden. Ich kann das nicht, ohne bissig zu werden.«

»Weichei«, scherzte Sandy, griff aber nach seiner Hand und drückte sie. »Deswegen mag ich dich. Du bist anders. Nett, sensibel. Gibt es da, wo du herkommst, noch mehr von deiner Sorte?«

Jonas knuffte Sandy in gespielter Entrüstung gegen die Schulter. Dann wurde er schlagartig ernst. »Was hältst du von der Sache?«

»Du meinst Britney Coreman?«

Nicken.

»Ich hab nicht die geringste Ahnung. Da kann alles Mögliche dahinterstecken. Sie könnte wütender auf ihre Schwester sein, als diese annimmt, und sich mit Absicht rar gemacht haben. Als nächste Möglichkeit kommt ein Streit mit Folkner in Betracht. Vielleicht hat der ihr auch diesen Termin zum Vorsprechen besorgt, im Falle eines Streits ist es gar nicht abwegig, dass sie ihn sausen lässt.« Sie hielt inne, sah Jonas an. »Und da ist da noch die Ehefrau. Gehen wir mal davon aus, es stimmt, dass Britney sich beobachtet fühlte. Vielleicht ahnte Folkners Frau etwas und hat jemanden auf ihn angesetzt, kam so hinter die Affäre. Vielleicht wurde Britney Coreman von Folkners Frau gestalkt. So was gibt es immer wieder. Vielleicht hat sie aber auch endlich begriffen, dass er seine Frau niemals verlassen wird, schon allein des Babys wegen nicht, und ist untergetaucht. Sie schämt sich vielleicht, jetzt wo ihr klar ist, wie dämlich und naiv sie war, ihm zu glauben.«

Jonas verzog das Gesicht. »Genauso sehe ich die Sache auch. Wir wissen gar nichts, weil es einfach so viele Möglichkeiten gibt, was passiert sein könnte. Also bleibt uns im Grunde nur, in jede Richtung zu denken, in der Hoffnung, dass eine davon uns weiterbringt.«

Sandys Blick wurde ernst. »Die Frage ist, ob wir es uns leisten können, in einem Vermisstenfall zu recherchieren, bei dem niemand wissen kann, ob er zu unserer Mordserie gehört.«

»Du willst die Sache aussitzen?«, fragte Jonas erstaunt. »Was, wenn es sich auch hierbei um unseren Täter handelt? Willst du riskieren, schuld zu sein an Britney Coremans Tod? Was, wenn sie noch lebt und wir geben sie auf, weil wir ihr Verschwinden fälschlicherweise mit einer Dreierbeziehung in Verbindung bringen?«

Sandy hob beschwichtigend die Hände. »Ich sage doch nicht, dass wir nicht weiter ermitteln. Aber ich sage, dass wir ein anderes Team drauf ansetzen sollten. Jemanden, der Zeit hat, sich darum zu kümmern, während wir uns weiterhin mit dem Tod von Elisabeth, Linda und Mia beschäftigen. Ich muss die Konferenz für heute Abend noch bestätigen, mich um Bachmann kümmern, der jeden Moment hier eintrudeln sollte.«

»Okay«, erklärte Jonas und sah Sandy an. »Ich mach dir einen Vorschlag. Du fährst zum Präsidium und steigst aus, kümmerst dich intern um alles Wichtige. Ich erledige währenddessen die restlichen Befragungen, die wir für die Konferenz heute Abend brauchen.« Er hielt inne, starrte einige Sekunden aus dem Seitenfenster. »Ich hab da so ein diffuses Gefühl im Bauch«, fuhr er schließlich fort und räusperte sich. »Und dieses Gefühl sagt mir, dass Britney Coreman weder untergetaucht ist noch sich selbst etwas angetan hat. Ehrlich gesagt glaube ich nicht einmal, dass Folkner etwas mit ihrem Verschwinden zu tun hat.«

»Du glaubst, sie ist unserem Mann über den Weg gelaufen?«

Stille. Dann ein betretenes Husten. »Ja«, sagte Jonas schließlich knapp. »Und deswegen bitte ich dich darum, mir die Erlaubnis zu erteilen, mit dem Ehepaar Folkner sprechen zu dürfen.«

Sandy zog die Augenbrauen empor.

Jonas verzog das Gesicht und hob die Hände. »Ich schwöre, dass ich keine anderen Beweggründe habe, den Mann mit seiner Affäre zu konfrontieren. Ich will einfach nur wissen, ob an der Stalkingeschichte was dran ist und ob die Ehefrau dahinterstecken könnte. Oder ob es Streit zwischen Folkner und Coreman gab, der ausgeufert ist. Wir brauchen einfach Gewissheit, ob es sich bei ihrem Verschwinden um ein Beziehungsdrama handelt oder ob wir davon ausgehen müssen, in Kürze einen Anruf zu bekommen, dass eine Leiche gefunden wurde.«

Die Reifen quietschten, als Sandy den Wagen auf dem Parkplatz zum Stehen brachte. »Alles klar«, sagte sie und sah Jonas nachdenklich an. »Machen wir es so, wie du sagst. Kümmere du dich um den Fall Coreman inklusive der Ortung ihres Handys, ich übernehme Bachmann und die Vorbereitungen der Konferenz. Wir treffen uns in zwei Stunden im Büro und gehen alles gemeinsam durch, anschließend sehen wir, ob es zu schaffen ist, noch mit einigen der Angehörigen von Elisabeth, Linda und Mia zu sprechen. Im Grunde müssen wir alles noch mal ganz von vorn durchgehen, die Opferprofile vergleichen, die Aussagen der Angehörigen, das private und berufliche Umfeld. Vielleicht haben wir beim ersten Mal etwas übersehen.«

Als Jonas gegen viertel nach vier im Büro eintraf, herrschte rege Betriebsamkeit. Die Kollegen der forensischen Abteilung plapperten alle durcheinander, die Mitarbeiter der Recherche hatten ebenfalls ihre Köpfe zusammengesteckt und diskutierten eifrig.

Jonas grinste. Sandy hatte ihr Team ziemlich gut im Griff, führte ein strenges Regime, war dabei aber immer verständnisvoll und fair. Er klopfte einmal, dann trat er ein, zuckte zusammen, als er Sandys blasse Gesichtsfarbe und die Schweißtropfen auf ihrer Stirn sah. »Was ist los?«, fragte er besorgt.

Sie hob die Schultern, biss sich auf die Unterlippe. »Hitzewallungen, ist nicht weiter schlimm«, murmelte sie.

»Du wirst dir doch wohl nichts eingefangen haben?«, fragte Jonas und sah Sandy liebevoll an. »Da draußen geht gerade eine Sommergrippe rum, vielleicht solltest du mal zum Arzt gehen.«

»Ach Quatsch!«, wehrte Sandy ab, ihre Stimme klang dabei schroffer als beabsichtigt. »Lass uns auf den Punkt kommen: Was hat Folkner gesagt?«

Jonas setzte sich auf die Kante von Sandys Schreibtisch und suchte nach Worten. »Er wusste von nichts«, fing er schließlich an. »Coreman und er hatten sich ja erst vor ein paar Tagen gesehen und waren sich noch nicht einig gewesen, wann sie sich das nächste Mal treffen wollten. Er wusste auch nichts davon, dass sie nicht beim Vorsprechen war und fand es ziemlich daneben, dass erst Coremans Schwester und nun wir in seinem Privatleben herumpfuschen.«

»Was meint er damit?«

»Alexandra Jameson muss sich bei ihm nach Britney erkundigt haben. Leider war er bei ihrem Anruf nicht zu Hause, deswegen hat sie seine Frau nach ihrer Schwester gefragt, was zu Verwirrungen seitens der Ehefrau führte.«

»Verstehe«, sagte Sandy und grinste. »Und nachdem jetzt auch noch die Bullen auftauchten und nach Britney fragten, nehme ich an, dass seine Frau eine Erklärung erwartete.«

»Stimmt genau. Er war fuchsteufelswild, gab sich zu Anfang wenig kooperativ. Erst als ich anmerkte, dass wir die Befragung auch hier weiterführen könnten, wurde er handzahm.«

»Und zu was für einem Schluss bist du gekommen?«

Jonas' Gesicht nahm einen noch ernsteren Ausdruck an. »Valentin Folkner wusste nichts von ihrem Fernbleiben beim Vorsprechen. Außerdem hatte es beim letzten Treffen keinerlei Streit zwischen ihnen gegeben, und auch seine Ehefrau war vollkommen ahnungslos. Wer immer Britney gestalkt hat – wenn sie denn gestalkt wurde –, von den Folkners war es niemand.«

»Hast du mit ihr gesprochen?«

»Was denkst du denn? Ich hab sie konfrontiert und ihre Reaktion war echt. Sie wusste nichts, bis ich es ihr gesagt habe. Unser Loverboy hat heute also noch einen schönen Abend vor sich ...«

»Und Folkner selbst? Könnte er in Bezug auf deine Frage nach einer Auseinandersetzung gelogen haben?«

»Nicht wenn es nach den WhatsApp-Nachrichten geht. Die letzte von Britney ist süß wie Honig, keine Veranlassung an einen Streit zu denken.«

»Hast du noch mal bei den Jamesons wegen des Mobilfunkanbieters angerufen?«

»Ja und der Schwager konnte mir genau Auskunft geben. Ich hab dann sofort eine Mailanfrage losgeschickt und kurz drauf den Rückruf erhalten.«

Sandy sah ihren Kollegen erwartungsvoll an, doch der schüttelte nur frustriert mit dem Kopf.

»Keine Chance, schnell an irgendwelche Einzelheiten zu kommen. Der Anbieter weiß genau, was für Rechte und Pflichten er hat. Solange nicht sicher ist, dass ein Verbrechen vorliegt, wird er sich an den Datenschutz seiner Kunden halten.«

»So ein Dreck!«, entfuhr es Sandy. »Dann bleibt uns jetzt nur, einfach weiterzusuchen, in der Hoffnung, ein Krümelchen zu entdecken, das uns weiterbringt.« Sie blickte auf ihre Uhr, dann zu Jonas, wischte sich mit dem Unterarm über ihre vor Schweiß triefende Stirn. »Du übernimmst das Telefonat mit Mias Mitbewohnerin und versuchst anschließend, die Mutter noch mal an die Strippe zu bekommen. Ich rede währenddessen mit Lindas Lebensgefährten und ihren Eltern. Wenn wir Glück haben, schaffen wir anschließend noch ein paar von Elisabeths Kollegen, bis die Konferenz losgeht.«

»Was sagt Bachmann? Hat er schon eine Ahnung, in welche Richtung das Motiv geht?«

Sandy schüttelte den Kopf. »Er hat sich in die Kantine zurückgezogen und will versuchen, sich bis zur Konferenz ein Bild von dem Fall zu machen.«

Plötzlich herrschte Aufruhr draußen auf dem Gang, wenige Sekunde später hämmerte jemand an die Tür. Dann stand Valentin Folkner in der Tür, funkelte Jonas an. »Dafür werden Sie bezahlen«, schrie er außer sich vor Wut. »Ich hetze meine Anwälte auf Sie, bis Ihnen Hören und Sehen vergeht.«

»Herr Folkner, bitte, beruhigen Sie sich«, mischte sich Sandy ein.

Der Mann holte tief Luft und ballte seine Hände zu Fäusten, als wollte er auf sie losgehen. Dann wich alle Anspannung aus ihm und er brach in Tränen aus. »Meine Frau«, jammerte er, »sie hat unser Kind genommen und mich verlassen. Und das alles nur wegen dieses … Flittchens.« Er schluchzte eine Weile vor sich hin, dann verebbten seine Tränen langsam. Als er seine Fassung wiedererlangt hatte, schluckte er schwer und sah unheilschwanger von Sandy zu Jonas. »Das ist alles eure Schuld. Ich habe vielleicht meine Ehefrau betrogen, doch das hat rein gar nichts zu bedeuten gehabt. Ihr Scheißbullen hingegen habt eine Familie zerstört und dafür werdet ihr büßen!«

Kapitel 5

London / Bognor Regis
Mai 2016

Isa konnte kaum noch ihre Augen offen halten, als sie auf die Zufahrt zum Haus einbog und langsam den Schotterweg entlangfuhr. Sie war inzwischen seit mehr als 48 Stunden auf den Beinen, spürte selbst jetzt noch einen Rest von Angst und Anspannung ihrer fluchtartigen Fahrt in den Knochen. Sie hatte es geschafft, mit ihrer alten Klapperkiste bis über die belgische Grenze zu kommen, danach war sie gezwungen gewesen, sich einen Mietwagen bis zur Fähre zu nehmen. Sie hatte Higgins über ihr Kommen informiert, der außer sich vor Freude über den bevorstehenden finanziellen Ausgleich seiner Recherchen angeboten hatte, ihr in Dover einen neuen Wagen bereitstellen zu lassen. In seinem Büro war ein Großteil ihrer Anspannung von ihr abgefallen, als er ihr zugesichert hatte, dass er – sollte der unwahrscheinliche Fall eintreten, dass ihr Ehemann ihre Spuren zurückverfolgen konnte – ihm nicht verraten würde, wo sich Adeles Haus befand. Beim Anblick des alten Gemäuers sog sie den Atem scharf ein und spürte, wie sich die feinen Härchen im Nacken aufstellten. Das Haus war eher eine Villa mit einem hübschen, verschnörkelten Balkon auf der Vorderseite, der dazu einlud, ihn mit vielen bunten Blumentöpfen zu schmücken. Die Fassade des Hauses allerdings sah grau verdreckt aus, blätterte an einigen Stellen großflächig ab, die schwere Holztür wirkte eher abschreckend als einladend. Beinahe glaubte Isa zu hören, wie das alte Gemäuer ihr zuflüsterte, dass sie sich zum Teufel scheren solle. Ihre Finger zitterten, als sie den Wagen abstellte und ausstieg. Sie öffnete die hintere Autotür, befreite ihren schlafenden Sohn aus seinem Sitz und nahm ihn in die Arme. Langsam ging sie auf die Haustür zu, als Tim sich in ihren Armen rekelte und seine Augen öffnete.

»Sind wir da, Mami?«, fragte er und gähnte herzhaft.

Isa nickte schmunzelnd und ließ Tim herunter, der sogleich anfing, aufgeregt umherzulaufen. »Lauf aber nicht zu weit weg«, rief sie ihm nach. »Und halte dich vom Wasser fern.« Sie zog den Schlüssel aus ihrer Handtasche, den der Nachlassverwalter ihr nach Abschluss des Vertrages übergeben hatte, und steckte ihn ins Schloss, drehte nach einem Augenblick des Zögerns herum. Die Tür sprang mit einem lauten Quietschen auf, das Isa erschaudern ließ. Vorsichtig trat sie ein, blickte sich im muffig riechenden Eingangsbereich um. Walther Higgins hatte ihr erklärt, dass in dem Haus Platz für zwei große Wohnungen war und dass ihre Tante Adele die untere der beiden bewohnt hatte. Sie ging auf die Wohnungstür zu, die sich rechter Hand von der wenig vertrauenerweckenden Treppe befand, und schluckte. So wie sie das beurteilte, würde eine vollständige Renovierung des Hauses eine Unmenge an Geld verschlucken. Geld, welches sie nicht hatte. Higgins hatte sie zwar auf den jämmerlichen Zustand des Hauses vorbereitet, doch die Realität sah noch viel düsterer aus, ließ alles noch trostloser erscheinen.

»Mami, ich find es total cool hier«, rief Tim und hüpfte aufgeregt auf und ab. Er strahlte übers ganze Gesicht. »Hinter dem Haus ist ein alter Schuppen, der voller Spielsachen ist. Ich hab Kartons voller Bücher gefunden, einen Roller und ein kaputtes Fahrrad. Wenn wir irgendwo Werkzeug finden, kann ich versuchen, es zu reparieren.«

Isa nahm Tim bei der Hand und zog ihn zu sich heran. »Dann magst du es hier?«, fragte sie und studierte sein Gesicht. Der

Junge riss begeistert seine Augen auf und nickte. »Wir haben viel Platz zum Spielen und können baden gehen, ohne wegfahren zu müssen. Das Wasser ist auch gar nicht soooo kalt.«

Erst jetzt fiel Isa auf, dass Tim barfuß war. »Wo hast du denn deine Schuhe und Socken gelassen?«, fragte sie stirnrunzelnd. Tim hob die Schultern. »Ich wollte ausprobieren, ob ich schon baden gehen kann.«

»Ich hatte doch gesagt, dass du dich vom Wasser fernhalten sollst. Es ist gefährlich für einen kleinen Jungen, ohne Aufsicht an den Strand zu gehen. Versprichst du mir, dass du das nicht noch mal machst?«

Tim verzog das Gesicht zu einer Grimasse und sah aus, als wollte er jeden Moment in Tränen ausbrechen.

Schnell ging Isa in die Hocke und nahm ihren Sohn in die Arme. »Ich meine das doch nicht böse. Ich mag mir nur keine Sorgen um dich machen müssen, verstehst du?«

Tim nickte und klammerte sich an seiner Mutter fest.

»Was sagst du«, schlug Isa mit gespielter Munterkeit vor, »sollen wir uns das Haus mal näher ansehen?«

Der kleine Junge nickte erfreut.

»Okay, zuerst Adeles Wohnung«, entschied Isa und probierte alle Schlüssel des Schlüsselbundes durch, bis sie den richtigen gefunden hatte. Als sie in den dunklen Korridor der Wohnung ihrer Großtante traten, verschlug es ihr den Atem. Auch Tim rümpfte die Nase angesichts der abgestandenen Luft. Sie suchte die Wand nach dem Lichtschalter ab und atmete erleichtert auf, als sie ihn gefunden hatte. Überall an den Wänden klebte eine altmodische Blumentapete aus den Siebzigern, die an Hässlichkeit nur noch übertroffen wurde von den dicken dunkelgrünen Samtvorhängen, die so voller Staub waren, dass Isa das Gefühl hatte, zu ersticken, als sie sie zurückzog, um die Fenster zu öffnen. Sie sah sich seufzend um. Allein das Saubermachen der mit kleinen Schränken, Beistelltischchen und Regalen vollgestellten

Wohnung würde eine Unmenge an Zeit und Geld für Putzmittel erfordern. Geld, das sie eigentlich nicht hatte.

Obwohl … Isa schüttelte den Kopf. Eigentlich hatte sie doch Geld. Abzüglich der zwanzig Prozent, die sie an den Nachlassverwalter bezahlen musste, blieben ihr noch über achtzigtausend Pfund Bargeld sowie hundertvierundsechzigtausend Pfund in Aktienpapieren übrig, die Adele ihr hinterlassen hatte. Walther Higgins hatte vorgeschlagen, das Geld in die Renovierung zu investieren, doch wenn sie ein klein wenig davon ausgab, um ihr neues Zuhause ein bisschen wohnlicher zu machen, wäre dies sicherlich auch im Interesse ihrer Großtante gewesen. Die Frage aller Fragen war nämlich, was sie am Ende mit dem Haus machen würde. Laut Walther Higgins würde sich der Wert der Immobilie nach deren Renovierung mehr als verdoppeln, sodass ihr am Ende mehr Geld übrig bliebe. Geld, welches sie für ihren Neuanfang mit Tim dringend brauchte. Andererseits war die Villa auch in diesem Zustand eine knappe Million Pfund wert. Hinzu kamen das Bargeld und die Aktienpapiere. Isas Herzschlag beschleunigte sich. So oder so – noch nie zuvor hatte sie auch nur annähernd so viel Geld besessen. Selbst während ihrer Ehe mit Bernd hatte sie jeden Cent dreimal umdrehen müssen, weil er darauf bestanden hatte, dass sie sein Geld nicht einfach aus dem Fenster warf, sondern mit dem auskam, was er ihr wöchentlich zur Verfügung stellte. Und das war – je nach Laune – mal mehr mal weniger großzügig gewesen. In dieser Zeit hatte Isa gelernt, aus wenig mehr zu machen. Sie hatte Wochenangebote studiert, Supermärkte nach Angeboten durchkämmt, bis es eines Tages dazu gekommen war, dass Bernd ihr unterstellte, eine Affäre zu haben, mit der sie den Großteil ihrer Zeit verbrachte. Alles Beteuern, dass sie mit einkaufen beschäftigt war, konnte ihn nicht besänftigen, sodass es zum Riesenkrach gekommen war, bei dem sie anschließend ihr erstes blaues Auge davongetragen hatte sowie das Verbot, ohne Bernd nicht mehr das Haus verlassen zu dürfen.

Isa spürte, wie sich allein durch die Erinnerung daran der Zorn in ihren Eingeweiden festfraß.

Sie ballte ihre Hände zu Fäusten und schrak zusammen, als sie Tims Wimmern vernahm. »Du tust mir weh«, stammelte das Kind und entwand sich ihr. Erschrocken registrierte Isa, dass sie Tims Hand gequetscht hatte.

»Oh mein Kleiner, das tut mir so leid«, entschuldigte sie sich und hob ihn auf ihre Arme, drückte ihn an sich. »Ich mach dir einen Vorschlag: Wir sehen zu, dass wir unsere Besichtigungstour zu Ende bringen, dann gucken wir nach, was an Putzmitteln vorhanden ist und beseitigen gemeinsam den gröbsten Schmutz in den Zimmern, in denen wir leben werden. Anschließend machen wir uns auf den Weg, um ein paar Vorräte einzukaufen. Wenn du magst, darfst du dir auch ein neues Spielzeug aussuchen.«

Knappe zwei Stunden war Isa durchgeschwitzt, aber zufrieden, was den Erfolg ihrer Putzaktion anging. Sie hatte die Betten im Schlafzimmer und Gästezimmer neu bezogen, die Küchenschränke ausgewischt und die Böden gesaugt. Anschließend hatte sie das größere der beiden Badezimmer gründlich gesäubert, damit sie Tim am Abend bedenkenlos in die Wanne setzen konnte.

Sie sah auf die Uhr und atmete tief durch. Jetzt musste sie nur noch zusehen, dass Tim und sie etwas in den Magen bekamen und dann hätten sie den ersten Tag in ihrem neuen Zuhause auch schon beinahe hinter sich gebracht.

Auf der Fahrt in den nahe gelegenen Ort sah Isa noch etliche Häuser, die im selben Stil wie Adeles Villa gebaut waren, der einzige Unterschied war, dass diese bereits renoviert worden waren. Isa registrierte erstaunt, was für einen enormen Unterschied es machte, wenn allein die Fassade neuen Glanz ausstrahlte. Sie sah Kinder in den Vorgärten der Häuser spielen, Mütter, die ihre Wäsche aufhängten, Hunde, die ausgelassen und fröhlich umhertollten.

Kurz horchte sie in sich hinein, fragte sich, wie es wohl sein mochte, für immer hier zu leben.

Sie stellte sich Adeles Haus mit einem hellgelben Anstrich vor, mit weißen Fensterumrandungen und einem restaurierten Balkon, der ebenfalls in Weiß gestrichen wäre. Im Innern des Hauses würde es vorerst ausreichen, die Tapeten gegen einen hellen Anstrich und die Vorhänge gegen durchsichtige Organzaschals auszutauschen, um für eine wohnlichere Atmosphäre zu sorgen. An Adeles Möbeln war an sich nichts auszusetzen. Die alte Récamiere mit dem hellen geblümten Stoffbezug eignete sich hervorragend, um an Regentagen und stürmischen Herbstabenden in eine Decke gekuschelt ein gutes Buch zu lesen. Die Schränke und Tischchen konnten mit ein paar hübschen Teelichtern aufgewertet werden und die beige Sitzgruppe im Wohnzimmer bedurfte lediglich einer gründlichen Polsterreinigung.

Als Isa im Vorbeifahren einen kleinen Teeladen wahrnahm, trat sie auf die Bremse und parkte den Wagen am Straßenrand. Mit Tim an der Hand trat sie über die Schwelle des Geschäftes und sog den beruhigenden Duft der Teekräuter in sich auf, lächelte beim Anblick all der hübschen Dinge, die es außer dem Tee noch zu kaufen gab. In Gedanken rechnete sie ihr Budget durch und entschloss sich spontan, zwei der hübschen Teelichtgläser sowie einen Kerzenständer im Vintage Style zu erwerben. Zusätzlich kaufte sie eine Monatsration Earl Grey, einen Früchtetee für Tim sowie eine Kräutermischung für den Abend.

Nach weiteren zehn Minuten Fahrt durch die quirlige Innenstadt fand sie schließlich einen relativ großen Supermarkt, der aussah, als könnte er alles im Angebot haben, was sie benötigte.

Sie setzte ihren vor Müdigkeit quengeligen Sohn in den Einkaufswagen und machte sich zielstrebig in die Abteilung mit dem Haushaltszubehör, legte Putz- und Waschmittel, Kaminanzünder, Hygieneartikel zu Tim in den Korb.

Als sie schließlich an den Regalen mit dem Spielzeug vorbeikamen, kletterte Tim aufgeregt heraus und rannte den Gang auf und ab, wusste nicht, was er zuerst in die Hand nehmen sollte. Schließlich entschied er sich für ein großes Segelschiff, das sich sowohl dafür eignete, in der Wanne damit zu spielen, als auch am Strand.

Stolz trug er das Spielzeug durch die Gänge des Supermarktes, war voll und ganz damit beschäftigt, sich auszumalen, welch spannende Spielstunden ihm und seinem neuen Heiligtum bevorstanden, während Isa den Wagen bis obenhin mit Lebensmitteln befüllte. Sie schmunzelte, als Tim selbst dem Regal mit Süßigkeiten keinerlei Beachtung schenkte, und legte in kluger Voraussicht eine Tafel Cadburry mit Smarties, zwei Packungen Gummibärchen sowie ein paar Lutscher zu den anderen Einkäufen. Sich selbst gönnte sie eine große Packung englisch Toffees zum Tee und machte sich schließlich auf den Weg zu den Kassen.

Als sie den Preis für ihre Errungenschaften hörte, schluckte sie. Abzüglich dieses Großeinkaufs blieb ihr gerade noch genügend Geld übrig, um die nächsten drei, vier Wochen zu überbrücken. Spätestens dann würde sie erstmals auf Adeles Konto zugreifen müssen und hoffte inständig, dass Higgins bis dahin alle erforderlichen Maßnahmen in die Wege geleitet hatte, um sie dafür zu autorisieren.

Zurück an ihrem Mietwagen hatte sie große Mühe, die riesige Menge an Einkäufen im Kofferraum zu verstauen, musste schließlich ein paar der Tüten zu Tim auf die Rückbank stellen, wo er natürlich die Süßigkeiten entdeckte und in laute Begeisterungsschreie ausbrach.

Grinsend erlaubte sie ihm, obwohl es bald Zeit zum Abendessen war, sich einen Lutscher zu nehmen, während sie sich hinters Lenkrad setzte und den Wagen aus der Parklücke manövrierte. »Und jetzt ab nach Hause«, murmelte sie leise und sah ihren Sohn durch den Rückspiegel an. »Weißt du eigentlich, dass es in Erfüllung geht, was man in der ersten Nacht in einem fremden Bett träumt?«

Tim riss seinen Blick von seinem Segelboot los und strahlte. »Vielleicht träume ich ja, dass ich ein Kapitän werde.«

Isa nickte. »Du träumst, woran du vor dem Einschlafen zuletzt denkst. Im Grunde hast du es selbst in der Hand.«

Vier Stunden später ließ Isabell sich im Wohnzimmer auf das Sofa fallen. Zwar hatte sie die Polster gut abgesaugt, trotzdem staubte es noch leicht, als sie sich darauf niederließ. Sie sah sich im Raum um und lächelte zufrieden. Sie waren erst seit einigen Stunden hier, trotzdem strahlte die Wohnung ihrer Tante schon jetzt eine gewisse Behaglichkeit aus, was an den flackernden Kerzen und Teelichtern liegen musste sowie an ihrer Putzaktion und dem Geruch nach Knoblauch und Kräutern ihrer Bolognesesoße.

Sie hatte eine kleine Ewigkeit gebraucht, Tim dazu zu bewegen, ins Bett zu gehen, denn er hatte steif und fest behauptet, nicht müde zu sein, obwohl er seit dem Abendessen ununterbrochen gähnte.

Jetzt schlummerte er friedlich in dem großen Doppelbett in Adeles Schlafzimmer, nachdem Isa ihm erlaubt hatte, die erste Nacht bei ihr zu schlafen.

Als sie den Tag noch mal Revue passieren ließ, fiel ihr die Besichtigung der oberen Wohnung ein und damit die extreme Beklemmung, die sie in den Räumen empfunden hatte. Selbst Tim musste die merkwürdig drückende Atmosphäre gespürt haben, denn er hatte zu weinen begonnen und sich fest an Isa geklammert, sodass sie gezwungen war, ihre Besichtigung nach

Küche und Wohnzimmer abzubrechen. Kurz überlegte sie, ob sie es riskieren konnte, Tim für wenige Minuten allein zu lassen, um ihre Tour durch Haus fortzusetzen, entschied sich dann aber dagegen. Selbst der Gedanke an die mit weißen Laken bedeckten Möbel in der oberen Etage jagten Isa kalte Schauer über den Rücken.

Sie sah auf ihre Armbanduhr und stellte fest, dass es fast Mitternacht war, und musste wie auf Befehl herzhaft gähnen. Nachdem sie ihren Tee ausgetrunken hatte, brachte sie die Tasse in die Küche und machte sich auf den Weg ins Bad, um sich die Zähne zu putzen. Unterwegs warf sie einen Blick ins Schlafzimmer, um nach Tim zu sehen, spürte, wie sich ihr Innerstes zusammenzog, als sie ihr Kind nicht wie erwartet auf seiner Hälfte des Doppelbettes liegen sah. Sie öffnete den Mund, schnappte nach Luft, wünschte aus ganzem Herzen, eine Erklärung für sein Verschwinden zu haben. Hatte ihr Mann sie gefunden? Doch wie sollte er? War er ihr gefolgt? Ein winziger Ruck ging durch ihren vor Panik erschlafften Körper, sodass sie es gerade eben schaffte, sich ins Bad zu schleppen. Doch auch dort war der Junge nicht. Plötzlich kam Leben in ihre Gliedmaßen. Leben in ihren Geist. Ein Schrei gellte durch die Wohnung und Isa brauchte eine Weile, um zu begreifen, dass sie selbst es gewesen war, die geschrien hatte. Sie rannte in die Küche, ins Wohnzimmer, konnte Tim jedoch nirgends finden.

»Tim, Süßer«, rief sie verzweifelt und drehte sich ein paar Mal um die eigene Achse. »Bitte, du machst Mami eine Heidenangst.« Doch es nutzte nichts, Tim war und blieb verschwunden. Sie rannte in den Korridor, wo ein alter Telefonapparat mit Wählscheibe auf einem der Tischchen stand und betete inständig, dass der Anschluss freigeschalten war. Vergeblich. Die Leitung war tot.

Dann fiel ihr die Prepaid-Karte ein, die sie sich für ihr Handy gekauft hatte, da sie die alte SIM-Karte bereits in Deutschland aus Sicherheitsgründen wegwerfen musste. Sie wollte gerade in ihrer Tasche danach suchen, als sie ein Rascheln hinter sich bemerkte. Sie wirbelte herum, sah Tim vor sich stehen, seinen Lieblingsteddy unter dem Arm.

»Wo warst du?«, fragte Isa lauter als beabsichtigt und sogleich sank sie erleichtert neben ihren Sohn auf den Boden. »Ich hab mir solche Sorgen gemacht.«

Tim sah aus wie das personifizierte schlechte Gewissen. Dann brach er in Tränen aus, stammelte eine Entschuldigung.

Isa atmete tief durch und zog ihren Sohn fest an sich heran. »Schon gut, mein Kleiner, ist ja nichts passiert.« Sie wartete ab, bis er sich beruhigt hatte, dann sah sie ihn ernst an. »Verrätst du mir trotzdem, wo du gewesen bist?«

Tim nickte und zeigte auf eine spaltbreit geöffnete winzige Tür zwischen Bad und Schlafzimmer, die an einen Verschlag erinnerte. Verwundert ging sie darauf zu, bückte sich, griff nach dem kleinen Knauf, um die Tür ganz zu öffnen, und starrte in die Dunkelheit. »Dort drin warst du?«, fragte sie ungläubig. Erst jetzt fiel ihr auf, wie verschmutzt Tims Schlafanzug war. »Hattest du denn gar keine Angst?«

»Doch«, erklärte der kleine Junge schlicht und hob die Schultern. »Ziemlich große sogar.«

»Aber warum bist du dann dort hineingekrochen?«, wollte Isa wissen, die sich keinen Reim auf das alles machen konnte.

Tim schluckte und senkte den Blick. Als er wieder aufsah, wirkte er viel selbstsicherer als noch Sekunden zuvor. »Ich bin aufgewacht, weil ich jemanden bitterlich weinen gehört habe. Ein kleines Kind. Vielleicht ein Mädchen.« Er hob seine Hand und streckte den Finger in Richtung der Tür. »Das Weinen kam aus diesem Raum.«

Kapitel 6

London
Mai 2016

Nach Valentin Folkners Ausbruch im Revier herrschte eine gedrückte Stimmung unter den Kollegen. Es war egal, wem von ihnen Sandy in die Augen sah, jeder fühlte sich irgendwie beklommen, mitschuldig am Schicksal eines Mannes, der nichts falsch gemacht hatte, außer sich etwas außerehelichen Sex zu gönnen. Vor allem Jonas, dies fiel Sandy besonders auf, schien unter der Situation zu leiden, weil er es gewesen war, der die Katze aus dem Sack gelassen hatte. Wann immer ihre Blicke sich begegneten, verdüsterte sich sein Blick und er sah betreten weg.

»Du weißt schon, dass das nicht deine Schuld ist«, sagte Sandy und fixierte Jonas. »Spätestens wenn herauskommt, dass es sich um ein Verbrechen handelt, hätten wir jeden Stein umdrehen, jedem noch so kleinen Hinweis nachgehen müssen und wären so irgendwann auch von selbst auf Folkner gekommen. Wir hätten ihn so oder so in die Mangel genommen, ob nun früher oder später macht keinen Unterschied.«

»Dann gehst du wohl inzwischen auch davon aus, dass Britney Opfer unseres Irren wurde?«

Sandy seufzte. »So ungern ich es auch zugebe, aber ja.« Sie hielt abrupt inne, schien sich zu sammeln. »Alles spricht dafür. Sie war eine glückliche junge Frau, warum soll sie untertauchen, sich eine Chance beim Vorsprechen durch die Lappen gehen lassen. Und der Streit mit ihrer Schwester ist wegen einer solchen Lappalie gewesen, ganz davon abgesehen, dass beide die Sache telefonisch aus der Welt geschafft haben. Alles sieht ganz danach aus, als wäre das Mädchen entführt worden. Und was das bedeutet, muss ich ja nicht …« Sie brach ab, sah ihren Kollegen unheilschwanger an.

»Weißt du was«, wechselte Jonas das Thema. »Lass uns in den Konferenzraum gehen. Wir können Kaffee aufsetzen und was vom Inder bestellen. Wie es aussieht, steht uns ein langer Abend bevor.«

Zwanzig Minuten später war jeder Stuhl im Raum besetzt und alle elf Augenpaare auf Sandy gerichtet. Professor Bachmann stand neben Sandy und schien noch immer in die Akte vertieft zu sein, denn er hob weder den Blick, als sein Name genannt wurde, noch reagierte er auf Jonas' Frage, ob er Kaffee wolle.

Sandy grinste in sich hinein. So war er, ihr Mentor. Eine Mischung aus Superhirn und verwirrtem Geist, was auch auf seine Optik zutraf, die wirkte, als wäre er gerade erst aufgestanden.

»Wie ihr alle wisst, haben wir drei tote Frauen und eine Vermisste«, begann Sandy und blickte reihum. »Eine 27-jährige Krankenschwester namens Elisabeth Moyer, die 38-jährige Leiterin einer Kindertagesstätte namens Linda Waterman sowie Mia Arquette, eine Prostituierte, die erst kürzlich 19 Jahre alt geworden ist. Hinzu kommt die vermisste Britney Coreman, eine 20-jährige junge Dame, die als Servicekraft jobbte und davon träumte, als Schauspielerin den Durchbruch zu schaffen.«

Einer der Forensiker, Sandy meinte, sich zu erinnern, dass er Sherman hieß, meldete sich zu Wort. »Ist es denn sicher, dass Coreman Opfer unseres gesuchten Täters wurde?«, wollte er wissen. »Immerhin gilt sie bis jetzt ja nur als vermisst.«

Sandy nickte freundlich und blickte in die Runde. »Deswegen machen Sie in Gedanken bitte ein Fragezeichen hinter dem

Namen Britney Coreman.« Sie holte Luft, schien ihre Gedanken zu sortieren. Dann straffte sie die Schultern. »Im Grunde haben wir bereits getan, was wir konnten, um den Täter dingfest zu machen, leider war dies bislang nicht genug. Wir stehen vor dem Nichts, haben nicht die geringste Spur, der Mörder ist uns weit voraus.« Sie ließ ihre Worte einen Augenblick im Raum stehen, dann räusperte sie sich. »Ich würde vorschlagen, dass wir noch einmal von vorn anfangen, weil möglich wäre, dass etwas übersehen wurde. Wir gehen die Festplatten der Computer, die Handys und Telefonabrechnungen sowie die Kontoauszüge der Toten erneut durch. Außerdem weiten wir die Befragungsoptionen des Umfelds großzügig aus, gehen zurück bis in die Kindheit der Frauen, befragen ehemalige Sexualpartner und durchsuchen die Wohnungen noch einmal gründlich. Und jetzt«, Sandy drehte sich zu Bachmann und deutete eine kleine Verbeugung an, »möchte ich Ihnen den Mann vorstellen, der bahnbrechend ist auf dem Gebiet der operativen Fallanalyse, insbesondere dem Erstellen von Täterprofilen. Professor Bachmann wird auch die Opfer genau unter die Lupe nehmen und versuchen, uns ein erstes Bild zu übermitteln, mit dem wir weiterarbeiten können.«

Sie machte einen Schritt zurück, überließ somit dem Professor das Wort.

Der hüstelte verlegen und blickte sich in der Runde um. »Die Psyche des Menschen ist das Terrain, auf dem ich seit Jahren wandle, mit dem ich mich auskenne«, begann er. »Dennoch bin auch ich darauf angewiesen, dass der Täter etwas am Tatort zurücklässt und sei es seine persönliche Handschrift, mit der er seine Taten plant und begeht, die Wahl seiner Opfer, die Art zu töten, das anschließende Ablegen der Leiche. Anhand dieser Punkte gelingt es mir oft, in seinen Kopf zu sehen, zu erkennen, was ihn antreibt, seine Emotionen ansatzweise nachzuempfinden.« Er brach ab, sah zu Boden. »Ich kann es noch nicht in Worte fassen und auch nicht erklären, doch ich bin sicher, dass bei den Taten dieses Täters etwas merkwürdig ist.« Er suchte nach Worten, kramte schließlich eines der Tatortfotos aus der Akte hervor, die er nach wie vor in der Hand hielt. Das Foto zeigte die Leiche von Elisabeth Moyer. »Was fällt Ihnen auf?«, fragte Bachmann in die Runde.

Ein Anwärter zum Inspector meldete sich zu Wort. »Die Pose des Opfers, die Nacktheit, die weit gespreizten Beine, die verstümmelten Genitalien – all das soll Demütigung vermitteln. Das Gesicht des Opfers jedoch …«, der junge Mann schluckte, »das Gesicht wurde vom Täter mit einer alten Zeitung bedeckt, als wollte er nicht, dass Elisabeth Moyer ihn ansieht.«

Bachmann nickte, schwieg jedoch. »Noch jemand, der etwas sagen möchte?«

Im Raum herrschte Stille.

Bachmann nickte bedächtig. »Der Täter hat das Opfer bei lebendigem Leib gefoltert, der Frau etliche Knochen gebrochen, sie gewürgt und geschlagen. Doch eines hat er nicht getan, als sie noch lebte: ihre Genitalien verstümmelt. Das hat er erst post mortem gemacht. Die Frage ist also, warum er so handelt? Warum quält er die Frauen, solange sie noch am Leben sind, demütigt sie aber erst nach ihrem Tod?«

Sandy starrte Bachmann wie vom Donner gerührt an. Dann sah sie zu Jonas, der ebenfalls ganz bleich geworden war.

»Seine Taten sollen aussehen, als wären sie sexueller Natur, doch das sind sie im Grunde gar nicht«, warf Sandy ein. »Er foltert sie, tötet sie, empfindet kein Mitleid, aber doch so etwas wie Respekt für seine Opfer, sodass er davon absieht, sie sexuell zu missbrauchen und zu demütigen, solange sie am Leben sind. Er fügt ihnen die Verstümmelungen erst nach ihrem Tod zu, bringt ihnen in seinen Augen etwas wie Achtung entgegen, will sagen, siehst du, wenigstens das habe ich dir erspart.«

Bachmann sagte nichts, starrte nur stumm auf den Boden, schien vollkommen in Gedanken versunken. »Auch das scheint mir nicht ganz der richtige Ansatz zu sein. Da ist noch weit mehr, als es im Moment den Anschein macht. Aber die Grundidee ist richtig, wir müssen einfach weiter in diese Richtung überlegen.«

Sandy nickte. »Bleiben Sie während der Ermittlungen vor Ort?«

Bachmann nickte knapp. »Und jetzt möchte ich Ihnen ein mögliches Profil mit auf den Weg geben, muss aber dazu sagen, dass wir nicht hundert Prozent sicher sein können, dass alles genauso zutrifft, wie ich es vermute, dazu haben wir einfach noch viel zu wenig Hinweise, die uns der Täter dagelassen hat. Das alles sind Mutmaßungen, die unsere Möglichkeiten etwas eingrenzen, was ja nicht verkehrt ist, um punktueller ermitteln zu können.«

Er atmete tief durch. »Der Täter ist zwischen fünfundzwanzig und vierzig Jahre alt, weißer Hautfarbe und hat eine gewisse Bildung genossen. Er geht einem geregelten Job nach, scheint ein normales Umfeld zu haben, ist jedoch in einer Familie aufgewachsen, in der sein Vater dominierte, vielleicht sogar die Familie – insbesondere die Mutter des Täters – schikanierte. Ich könnte mir gut vorstellen, dass der Täter in den Frauen jemanden sieht, der ihn bitter enttäuscht hat, für den er aber kein sexuelles Verlangen empfindet. Da käme die Mutter in Betracht. Vielleicht hat diese die Familie wegen des Vaters verlassen, ihren Sohn beim Vater zurückgelassen. Das würde für die Folterungen sprechen, die im Grunde Bestrafungen ähneln. Die Schläge und Knochenbrüche, das Würgen. Vielleicht sieht er seine Mutter in den Opfern, deswegen verstümmelt er ihre Genitalien auch erst nach deren Tod. Und er verdeckt ihr Gesicht, weil er in gewisser Weise Scham für seine Tat empfindet. Vielleicht sogar Abscheu. Unser Täter ist kein Freiwilliger, sondern ein Getriebener. Er nimmt die Leben nicht aus Lust am Töten, sondern weil er keine Wahl zu haben scheint. Er tut, was er glaubt, tun zu müssen, und ich denke, dass er damit noch lange nicht am Ende ist.«

Jonas hob die Hand. »Dann wäre ein Anfang, wenn wir das Umfeld aller drei Opfer und auch das von Britney nach einem Mann durchkämmen, dessen Mutter die Familie verlassen hat und der ab einem gewissen Alter beim Vater aufwuchs. Das grenzt die Suche doch deutlich ein.«

Bachmanns Gesichtsausdruck verdüsterte sich. »Wie ich schon sagte, basiert dieses Profil auf dem wenigen Wissen, das uns die Tatorte und die Morde selbst vermitteln. Ich gebe keine hundertprozentige Garantie darauf, das sollten Sie bedenken.« Jonas nickte ungeduldig und sah Sandy an. »Dann sollten wir uns ab morgen um das Durchleuchten des Umfeldes der Frauen in Bezug auf das erstellte Täterprofil kümmern, während der Rest des Teams die zuvor besprochenen Aufgaben übernimmt.« Er hielt inne, wartete die Reaktion seiner Kollegin ab.

Es dauerte eine weitere Minute, bis durch Sandys Körper ein Ruck ging, dann nickte sie. »Hört sich gut an. Und jetzt sollten wir alle zusehen, dass wir eine Mütze voll Schlaf bekommen, morgen wird ein anstrengender Tag für alle.«

Eine Stunde später, Sandy hatte sich gerade ein Glas Wein eingeschenkt, klopfte es an der Tür. Ihr Herzschlag beschleunigte sich, dann begann ihr Unterleib zu pulsieren. Sie schüttelte amüsiert den Kopf, machte sich über sich selbst lustig, fragte sich, wie weit das mit Jonas und ihr noch gehen würde, wenn schon ein einfaches Türklopfen ausreichte, um sie scharfzumachen. Kurz überlegte sie, dann schlüpfte sie in Windeseile aus ihren Klamotten und ging betont lässig zur Tür. Die Polizistin in ihr warf einen vergewissernden Blick durch den Türspion, was ihr eine weitere heiße Welle im Unterkörper bescherte, als sie Jonas grinsend im Hausflur stehen sah. Sie löschte das Licht im Korridor, öffnete die Tür, darauf achtend, nicht so viel von ihrer Nacktheit preiszugeben.

Als Jonas bemerkte, dass Sandy splitterfasernackt vor ihm stand, klappte ihm die Kinnlade hinunter. So oft sie innerhalb der letzten Monate auch miteinander geschlafen hatten, so offensichtlich hatte sie ihn noch nie wissen lassen, dass sie den Sex mit ihm genoss, seinen Körper nahezu brauchte, wie die Luft zum Atmen.

Eine Zeit lang standen beide einander schwer atmend gegenüber, dann fielen sie wie Ertrinkende übereinander her. Sandy wusste nicht, wie er es geschafft hatte, dass Jonas in weniger als einer Sekunde ebenfalls nackt war und seinen heißen Körper fest an sie presste, sie zu ihrem Bett drängte.

Als sich ihre Münder endlich fanden, sie währenddessen in die Kissen sanken, war das nicht nur ein einfacher Kuss, sondern ein hungriges Reißen an den Lippen des jeweils anderen, ein lustvolles Beißen, ein Saugen, ein Erforschen.

Jonas war es, der es irgendwann schaffte, sich schwer atmend von Sandy zu lösen und mit seiner Hand zwischen ihre nassen Schenkel griff, mit seinen Fingern in ihrer heißen Mitte spielte, bis sie keuchte und wimmerte, darum bettelte, dass er sie endlich vollkommen in Besitz nahm.

Ein enttäuschtes Stöhnen entrang sich ihrer Kehle, als Jonas seinen Mund zu einem Grinsen verzog und seine Finger aus ihr herausgleiten ließ, sich von ihr zurückzog, nur um wenig später seinen Kopf zwischen ihre Schenkel zu senken und sie zum Schreien zu bringen.

Als Sandy Minuten später wieder ruhig atmen konnte und bei einigermaßen klarem Verstand war, wollte sie gerade nach Jonas greifen, ihn auf sich ziehen, als das Telefon zu klingeln begann. »Da muss ich drangehen«, erklärte Sandy seufzend und krabbelte aus dem Bett, kicherte, als sie Jonas' Hand an ihrer Pobacke spürte, warf ihm einen zärtlichen und zugleich unanständigen Blick über die Schulter zu. Sie hoffte inständig, dass er eine Mischung aus *Bleib, wo du bist, ich bin gleich wieder da* demonstrierte.

Als sie den Hörer abnahm und sich meldete, hoffte sie inständig, dass es ihr Sohn war, der nur kurz von sich hören lassen wollte, oder ihr Exmann, um sie daran zu erinnern, dass der Unterhalt fällig war. Stattdessen meldete sich Eva von der Zentrale, die sich beklagte, dass sie nicht ans Handy gegangen war.

»War unter der Dusche«, erklärte Sandy knapp und wartete, dass Eva den Grund ihres Anrufs nannte.

»Da kam eben ein Anruf rein«, erklärte die Telefonistin sachlich. »Eine junge Frau war am Pier mit ihrem Hund spazieren, als dieser plötzlich unruhig wurde und sich losriss. Um eine lange Rede kurz zu machen – der Hund muss die Leiche gerochen und so lange Terror gemacht haben, bis sein Frauchen ihm nachgekommen ist. Wie es aussieht, handelt es sich um eine junge Frau, also gut möglich, dass wir Britney Coreman gefunden haben.«

Kapitel 7

Bognor Regis
Mai 2016

»Ich will nach Hause, Mami«, sagte Tim und sah Isa aus großen Augen an. »Hier ist es unheimlich.«

Isa, die gerade damit beschäftigt war, Tims Lieblingsfrühstück – American Pancakes – zuzubereiten, drehte sich erschrocken um.»Aber wir sind doch gerade erst angekommen.« Sie sah Tim mitfühlend an. »Liegt es an deinem Traum von letzter Nacht? Willst du deswegen nicht hierbleiben?«

Tim verzog das Gesicht zu einem zornigen Flunsch. »Ich hab nicht geträumt. Da hat wirklich jemand geweint, ich bin ja nicht blöd.«

»Das hab ich auch nicht behauptet«, sagte Isa schnell und ging zu ihrem Sohn, setzte sich zu ihm an den Küchentisch. »Aber manchmal spielt einem der eigene Kopf einen Streich. Dann glaubt man, etwas gesehen oder gehört zu haben, das in Wirklichkeit nicht da ist. So was passiert vor allem nach einer extremen Stressphase oder wenn man längere Zeit nicht gut schlafen konnte.« Sie hielt inne, strich ihrem Sohn zärtlich über die Wange. »Oder bei einer Ortsveränderung. Wir sind gestern erst hier angekommen, haben uns noch gar nicht eingelebt. Alles in diesem Haus ist fremd für uns, da kann es schon mal vorkommen, dass man sich einbildet, etwas gehört zu haben, das einem Angst macht.«

»Denkst du wirklich, ich hab alles nur geträumt?« In Tims Augen glitzerten Tränen.

Isa nickte. »Und es kann sein, dass es noch mal passiert. Aber irgendwann, da bin ich absolut sicher, wirst du dich hier genauso wohlfühlen wie zu Hause.«

Isa spürte, wie sich ihr Magen verkrampfte. Was sie zu ihrem Sohn gesagt hatte, war nur die halbe Wahrheit. Die Realität sah so aus, dass sie noch nicht sicher war, wie lange sie hier sein würden. Vielleicht würden sie sich beide niemals in diesem Haus heimisch fühlen, ganz einfach deswegen, weil sie nicht lange genug hier sein würden.

Sie strubbelte Tim durchs Haar und ging wieder zum Herd, um weiterzukochen. Als es wenige Minuten später verlockend nach frischen und in Butter gebratenen Pfannkuchen duftete, war alle Angst vergessen. Tim klatschte beim Anblick des riesigen Berges seiner Lieblingsspeise in die Hände und schaffte es, seinen persönlichen Rekord von vier Pancakes auf fünf zu erhöhen.

Während ihr Sohn aß, nutzte Isa die Zeit, ihr Smartphone mit der neuen Prepaid-Karte auszustatten und sich ins Internet einzuloggen. Als sie die Mailadresse von Bernds Anwaltskanzlei in ihrem Postfach aufblinken sah, wurde ihr mulmig. Zögernd klickte sie darauf und las die fett gedruckten Zeilen, in denen Sven Kaminski sie um äußerst dringlichen Rückruf bat. Isa seufzte und wählte die Nummer. Dann fiel ihr etwas ein. Schnell googelte sie *Rufnummernunterdrückung Handy* atmete auf, als sie fündig wurde. Keine zwei Minuten später tippte sie erneut die Nummer des Anwalts ihres Mannes ein, diesmal mit deutlich mehr Gelassenheit. Die Anwaltssekretärin musste involviert sein, denn Isa musste nur ihren Namen nennen, um postwendend verbunden zu werden.

»Frau Sturm, nett, dass Sie sich melden. Ihr Mann ist in heller Sorge, weil er Sie nicht erreicht hat. Weder auf dem Handy noch auf dem Festnetz. Und er sagte mir, dass ihr Wagen seit Tagen nicht mehr auf dem Parkplatz steht. Sind Sie so freundlich und klären uns auf? Warum ist es meinem Mandanten nicht möglich, seinen Sohn zu sehen? Und ist es nicht so, dass Sie meinem Mandanten – Ihrem Ehemann – zugesichert haben, zu ihm zurückzukommen? Er sagte mir vor wenigen Tagen, dass Sie sich geeinigt hätten und über eine schnelle Wiedervereinigung nachdächten.«

In Isas Kopf drehte sich alles. Dann entschied sie sich kurzfristig für die Wahrheit. »Bernd hat mir Angst gemacht, neulich nachts. Er war vor meiner Wohnungstür, hat herumgebrüllt. Da musste ich ihm doch irgendwas sagen, damit er endlich verschwindet.«

Ein Seufzen in der Leitung. »Davon hat mir Herr Sturm erzählt. Er hat zu viel getrunken und dementsprechend eine falsche Entscheidung getroffen. Er hat mir ausdrücklich versichert, wie unangenehm und peinlich ihm diese Sache ist, wie sehr ihm leidtut, dass er Ihnen und seinem Sohn allem Anschein nach Angst gemacht hat. Dennoch ist dies kein Grund, einem Vater den Kontakt zu seinem Kind zu untersagen. Was mich zu meiner Frage bringt: Wo sind Sie? Sie wissen hoffentlich, dass Sie nicht einfach ohne Erlaubnis des Vaters verschwinden dürfen? Herr Sturm könnte Sie wegen Kindesentführung anzeigen, was sich sehr ungünstig für Sie auswirken kann. Was, wenn man Ihnen das Aufenthaltsbestimmungsrecht aberkennt?«

In Isas Kopf überschlugen sich die Gedanken. Sie wusste natürlich, dass es ihr als verheiratete Frau mit einem Kind untersagt war, sich, ohne es mit dem Vater abzusprechen, von ihrem Lebensumfeld zu entfernen, weil dies an Kindesentzug grenzte. Daher blieb ihr im Augenblick nur eine Option als Ausrede. »Ich bin in den Urlaub gefahren. Wollte einfach mal zur Ruhe kommen, über alles nachdenken, verstehen Sie? Das kann doch nicht verboten sein, sich einfach mal ausruhen zu wollen. Tim und ich genießen die Sonne und das Meer.« Eine Idee manifestierte sich in ihrem Kopf. »Dolce Vita, verstehen Sie? Was kann daran verkehrt sein?«

»Dann sind Sie nach Italien gefahren?«

Isa schwieg. Sollte er doch glauben, was er wollte.

»Versprechen Sie, darüber nachzudenken, meinem Mandanten noch einen Neuanfang zu ermöglichen?«

Isa räusperte sich. Es war eine Sache, Bernd anzulügen, ihm etwas vorzumachen, um ihn auf Abstand zu halten. Einem Anwalt hingegen, der ihre Aussage vor Gericht so drehen konnte, dass es zu ihrem Nachteil war, eine andere.

»Es wird kein Wir mehr geben«, sagte sie daher leise. Dann atmete sie tief durch, versuchte, ihrer Stimme einen festeren Klang zu geben. »Ich möchte definitiv geschieden werden und werde alles dafür tun, damit ich das Aufenthaltsbestimmungsrecht bekomme. Ich habe schon vor Wochen eine Kanzlei beauftragt, meine Rechte zu vertreten, und das weiß Bernd auch. Daher verstehe ich jetzt nicht, wieso ...« Sie verstummte.

»Warum haben Sie Ihrem Mann Hoffnungen gemacht?«

»Damit er mich in Ruhe lässt«, gab Isa forscher als beabsichtigt zurück. »Er stalkt mich, bedroht mich, macht mir Angst. Das hat er bereits während unserer Ehe getan.«

»Wofür es absolut keine Beweise gibt«, setzte Kaminski nach. »Sie haben ihn damals weder angezeigt noch gibt es ärztliche Bescheinigungen für körperliche Misshandlung.«

»Ich weiß«, sagte Isa resigniert. »Das heißt aber noch lange nicht, dass sie nicht geschehen sind.«

»Wann kommen Sie aus dem Urlaub zurück«, wechselte Kaminski das Thema. »Und wo genau in Italien halten Sie sich auf?«

»Ich werde Ihnen selbstverständlich nicht sagen, wo wir sind«, schoss Isa zurück. »Und was die Dauer unseres Urlaubs angeht, kann ich ebenfalls nichts Genaueres sagen. Wir kommen zurück, wenn es uns besser geht. Punkt und aus!«

Räuspern.

»Ich werde Herrn Sturm davon unterrichten, dass Sie einen Erholungsurlaub von zwei Wochen unternehmen. Mehr kann ich wirklich nicht für Sie tun.«

Eine Stunde später hatte Isa ihren Anwalt angerufen, was ihr einen weiteren Dämpfer versetzte. Der Mann hatte ihr unmissverständlich klargemacht, dass ihre Flucht ein Fehler war, der ihr unter besonderen Umständen sogar eine Kontaktsperre zu Tim einbringen könnte. »Sie reagieren nicht angemessen«, hatte er gesagt, »bieten Ihrem Ehepartner Angriffsfläche wegen Ihrer Unüberlegtheit. Was stellen Sie sich weiterhin vor? Wie lange wollen Sie wegbleiben? Was, wenn er nach Ihnen suchen lässt? Eine Vermisstenanzeige aufgibt? Dann stehen Sie auf der Fahndungsliste.«

Jedes Wort ihres Anwalts hatte sich für Isa angefühlt wie ein Schlag in die Magengrube. »Warum sind Sie nicht zur Polizei gegangen? Und sagen Sie jetzt nicht, weil Ihnen dort keiner glauben würde.«

Doch, wollte Isa schreien, genau so ist es, stattdessen schwieg sie.

Am Ende war ihr nur geblieben, eine kleinlaute Entschuldigung in den Hörer zu stammeln, mit der Bitte, einen Brief an den Anwalt ihres Mannes aufzusetzen, in dem sie offiziell Stellung nahm und erklärte, dass sie sich im Urlaub befände. »Zwei Wochen« hatte ihr Anwalt gesagt und dabei streng und unnachgiebig geklungen. »Sonst kann ich Ihnen auch nicht mehr helfen.«

Isa spürte, wie ihr die Tränen kamen. Warum verstand sie nur niemand? Warum begriffen die Menschen nicht, dass sie nur ihren Sohn beschützen wollte?

Sie ließ die Schultern hängen. War es wirklich ein Fehler, hergekommen zu sein? Hatte sie die ganze Zeit über einen Fehler nach dem anderen gemacht? In Gedanken hörte sie ihre Freundin Susi schimpfen, stellte sich vor, wie sie auf ihren Abgang reagieren würde. »Du solltest zu den Bullen gehen, nicht abhauen, verdammt! Wie konntest du dich nur so in die Scheiße reiten …«

Ein trauriges Lächeln umspielte Isas Mund. So in etwa wäre Susis Wortlaut in Bezug auf diese Situation, in die sie sich durch kopfloses Handeln hineinmanövriert hatte.

»Mami? Gehst du mit mir an den Strand? Ich möchte mit meinem Schiff spielen.« Tim sah sie flehend an, sodass sie gar nicht anders konnte, als ihm seinen Wunsch zu erfüllen. Und sagte man nicht, dass die Meeresluft vor allem gut sei, um den Kopf freizubekommen. Isa atmete tief durch und straffte die Schultern. Zwei Wochen. Sie hatte noch Zeit, um in Ruhe nachzudenken, wie genau es weitergehen sollte. Vielleicht würde sie vorerst doch nach Berlin zurückkehren, um Bernd und seine Anwaltsmeute ruhigzustellen. Eine Welle der Panik erhitzte ihr Innerstes, als sie sich vorstellte, wie Bernd vor Gericht das Recht zugesprochen bekam, Tim zu sich zu holen. Heftig schüttelte sie den Kopf. Das durfte auf keinen Fall passieren.

»Such schon mal deine Strandschuhe und dein Spielzeug, das du mitnehmen möchtest«, sagte Isabell und gab Tim einen liebevollen Klaps auf den Po. Dann nahm sie ihr Smartphone und schrieb ihrem Mann eine kurze Textnachricht. »Das sollte ihn erst mal ruhigstellen«, murmelte sie, als sie auf Abschicken klickte. Keine Sekunde später kam Tim zurück, mit rechts und links vertauschten Schuhen und seinem Segelboot unter dem Arm.

Isas Herz lief vor Liebe zu ihrem Sohn beinahe über, als sie ihn bei der Hand nahm und sie sich gemeinsam auf den Weg zum Strand machten.

Am Abend hatte Isa sich so weit wieder im Griff, um mit einigem Abstand über alles nachdenken zu können.

Ihr war klar, und zwar unmissverständlich, dass sie einen Fehler gemacht hatte. Andererseits verlangte sie von ihrem Anwalt, dass er auch in ihrem Sinne dachte, handelte, ihr Mut machte. Deswegen hatte sie beschlossen, ihrem Anwalt das Mandat zu entziehen und sich eine Frau zu suchen, die ihre Beweggründe wenigstens ansatzweise nachvollziehen konnte und sie nicht verurteilte. Außerdem würde sie ihr Recht wahrnehmen und den Urlaub ausdehnen, solange ihr dies möglich war. Wenn das Haus verkauft wäre, sie über gewisse finanzielle Mittel verfügte, konnte Bernd vor Gericht schon mal nicht vorbringen, dass sie nicht so für Tim sorgen konnte wie er. Sie hatte mit Susi telefoniert, ihre Vorhaltungen über sich ergehen lassen und ihr versprochen, keine weitere Dummheit zu begehen. Im Gegenzug versprach Susi, niemandem ihren tatsächlichen Aufenthaltsort zu verraten und sich nach einer besseren Anwaltskanzlei umzuhören. Am Ende des Telefonats mit ihrer Freundin hatte Isa zum ersten Mal das Gefühl gehabt, alles könnte wirklich irgendwie wieder gut werden.

Sie sah zu Tim, der sich sein Thunfisch-Sandwich schmecken ließ und zufrieden aussah. Auch er schien zuversichtlicher als noch heute Morgen, weil er am Strand einen kleinen Jungen in seinem Alter kennengelernt und sich mit ihm angefreundet hatte. Trotz der Sprachbarriere hatten die Kinder keinerlei Schwierigkeiten gehabt, sich miteinander zu verständigen. Sie hatten ausgelassen getobt, was Isa und der Mutter des anderen Jungen Gelegenheit gab, sich ebenfalls ein wenig zu unterhalten. Es hatte gutgetan, sich unbeschwert zu geben, so zu tun, als wäre sie einfach nur eine Frau, die mit ihrem Sohn Urlaub machte und sich um den Nachlass ihrer verstorbenen Angehörigen kümmerte.

Auf dem Weg zurück zum Haus hatten die Kinder einander das Versprechen abgerungen, in Zukunft beste Freunde zu sein, viel Zeit miteinander zu verbringen, was Isa mehr als nur begrüßte. Isa selbst hatte Lenor, eine alte Frau aus dem Nachbarhaus kennengelernt, die ihre verstorbene Großtante gekannt zu haben schien. Leider war ihr die alte Dame mit deutlichem Misstrauen begegnet, sodass Isa sich nun schon seit einer guten halben Stunde den Kopf darüber zerbrach, wie sie Lenors Vertrauen gewinnen konnte.

»Jetzt aber ab in die Wanne und dann ins Bett«, rief Isa, als sie sah, dass Tim sein Essen aufgegessen hatte und herzhaft gähnte. Kurz schien es, als zöge er in Erwägung, das Unvermeidliche in die Länge zu ziehen, doch dann nickte er eifrig und ließ sich von Isa ohne großes Theater ins warme Badewasser setzen. »Darf ich morgen wieder mit Lenny spielen?«, fragte er, was Isa schmunzeln ließ. Daher wehte also der Wind. Deswegen hatte Tim sich ohne Widerrede in die Wanne setzen lassen. »Wenn du später brav ins Bett gehst und schön schläfst, denke ich darüber nach.«

Der kleine Junge strahlte übers ganze Gesicht und gähnte erneut, was Isas Innerstes zum Schmelzen brachte.

Als Tim selig schlummerte, nutzte Isa den Rest des Abends, um die Wohnung ein Stück mehr auf Vordermann zu bringen. Sie hatte inzwischen herausgefunden, dass sich im Keller ein Wäscheraum befand, und war deswegen dabei, alle abziehbaren Bezüge zu reinigen, inklusive der Tischdecken, Bettwäsche und Vorhänge. Außerdem hatte sie angefangen, Adeles persönliche Sachen in Kisten zu verpacken und in den Keller zu bringen, bis ihr eingefallen war, was sie damit machen wollte. Gedankenverloren griff sie nach einem der Bilderrahmen auf der Anbauwand und verzog verwundert das Gesicht. Eine hübsche junge Frau und ein kleines, etwa siebenjähriges Mädchen lächelten ihr entgegen.

Wer waren die Frau und das Kind? Walther Higgins hatte doch gesagt, dass es außer ihr keine weiteren Angehörigen gab. Doch wenn es sich bei den beiden nicht um Adeles Familie handelte, weshalb hatte sie dieses Bild dann so präsent in ihrem Wohnzimmer aufgestellt?

Ein Schrei ließ Isa zusammenfahren.

Tim!

Sie warf den Bilderrahmen in die Kiste und drehte sich auf dem Absatz um, rannte ins Schlafzimmer. Dort saß ihr Sohn mit großen, schreckgeweiteten Augen auf seiner Seite des Bettes und schluchzte. »Annie hat mich erschreckt«, erklärte er kleinlaut. »Darf ich trotzdem morgen mit meinem neuen Freund spielen?« Isa nickte beruhigend und wies Tim an, sich wieder hinzulegen. »Wer ist denn Annie?«, fragte sie, als ihr Sohn unter der Decke eingepackt war und etwas ruhiger schien.

»Annie ist das Mädchen, das gestern Abend so geweint hat. Sie wohnt auch hier.«

Isa runzelte die Stirn.

»Du hast nur geträumt, mein Schatz. Hier wohnt kein Mensch außer uns.«

Tim bekam einen bockigen Gesichtsausdruck. »Das hat sie aber gesagt.«

Isa hob fragend die Schultern. »Wer hat was gesagt?«

»Na Annie«, sagte Tim und verdrehte die Augen. »Sie hat gesagt, dass sie auch hier wohnt und meine Freundin sein will. Aber ich weiß nicht genau, ob ich das auch will, denn sie ist so … komisch.«

Isa sah Tim fragend an. »Was meinst du damit?«

Doch der Junge hatte seine Augen bereits wieder geschlossen und lutschte eifrig an seinem Daumen, wie immer, wenn ihn etwas aufregte, er Angst hatte oder sich unwohl fühlte.

»Mami«, murmelte er mit verwaschener Stimme.

»Was ist denn mein Liebling?«

»Kannst du bitte das Licht anlassen?«

»Okay.« Leise schloss Isa die Tür mit einem unguten Gefühl in der Magengrube. Konnte es möglich sein, dass die Situation, in der sie sich befanden, bereits jetzt Auswirkungen auf die Seele ihres Kindes hatte?

Sie hoffte, dass seine Bekanntschaft mit dem kleinen Lenny ihm ein Stück weit Normalität zurückbrachte und ihm guttat. Nachdenklich ging sie in die Küche, schenkte sich ein Glas duftenden Kräutertee ein, machte sich weiter an die Arbeit, verpackte Stück für Stück vom Leben ihrer Großtante in Kisten, bis das Wohnzimmer weitestgehend entrümpelt war. Als sie eine der Kisten nahm, um sie in den Keller zu tragen, musste sie am Schlafzimmer vorbei, aus dem sie ein Wispern vernahm. Vorsichtig setzte sie den Karton ab, beugte sich hinab, um durch das Schlüsselloch zu gucken. Als sie ihren Sohn sah, wie er neben dem Bett saß und sich mit jemandem zu unterhalten schien, setzte ihr Herz für einen Moment aus. Hektisch riss sie die Klinke hinunter und öffnete die Tür.

Tim sah verwundert, aber keineswegs erschrocken aus, als Isa vor ihm stand. »Annie hat gesagt, dass du kommen würdest. Sie hat gesehen, wie du uns durchs Schlüsselloch beobachtest hast.«

»Wo ist diese Annie denn?«, versuchte Isa trotz ihrer Verwirrung, auf Tim einzugehen.

»Sie ist verschwunden, als du reingekommen bist. Sie hat Angst vor Erwachsenen, die sie nicht kennt. Und sie hat mir erzählt, dass das Zimmer, das du für mich ausgesucht hast, früher ihr Gästekinderzimmer war. Dort hat sie ab und zu geschlafen, wenn sie zu Besuch hier war. Darf ich ab morgen auch da schlafen? Ich bin ja schon ein großer Junge.«

Isa nickte abwesend. »Früher? Wie meinst du das? Vorhin sagtest du, sie wohnt auch hier. Hier in diesem Haus.«

»Tut sie ja auch«, sagte Tim ungeduldig. »Früher hat sie aber mit ihrer Mommy und ihrem Daddy in der Wohnung obendrüber gelebt. Und jetzt ist sie ganz alleine und hat schreckliche Angst. Deswegen will sie unbedingt, dass ich ihr Freund bin. Weil sie sich dann nicht mehr so einsam fühlt.«

Isa schluckte und ging vor Tim in die Hocke. »Und wo genau befindet sich diese Annie jetzt in diesem Augenblick?«

Tim wich dem Blick seiner Mutter aus und schluckte.

»Liebling«, mahnte Isa sanft, »ich möchte doch nur, dass du verstehst, dass niemand außer uns beiden hier ist. Du hast das alles nur geträumt. Annie existiert nur in deinem Kopf.«

»Nein, das tut sie nicht«, schrie Tim und wie zum Beweis ertönte ein tiefes Knarzen. Ein Geräusch, das sich anhörte, als käme es aus den Wänden.

»Siehst du«, sagte Tim voller Inbrunst. »Das war Annie. Sie lebt da drin.«

Isa schüttelte den Kopf. »Sie lebt in den Wänden? Willst du mir das damit sagen?«

Tim nickte trotzig. »Dort versteckt sie sich.«

Isa schluckte. »Und vor wem?«

Tim erzitterte leicht. »Vor dem schwarzen Mann.«

»Jetzt reicht es aber«, rief Isa und stand auf. »Es gibt keinen schwarzen Mann und auch kein Mädchen, das in den Wänden lebt. Das sind alles Märchen. Hat Lenny dir das erzählt?« Doch dann fiel ihr ein, dass Lenny kein Deutsch konnte und Tim kein Englisch. Die Kinder hatten sich mehr oder weniger mit Händen und Füßen verständigt. Wie sollte Lenny ihrem Sohn also eine derart gruselige Geschichte erzählt haben. Blieben im Endeffekt nur Lennys Mutter oder Andreas, der beste Freund ihres Sohnes aus Berlin. Beide hatten sich im Kindergarten kennengelernt. Erleichtert atmete Isa aus. So musste es sein. Schließlich erzählten Kinder einander immer solch abstrusen Mist, um sich gegenseitig Angst einzujagen.

»Hat Andreas dir diese Geschichte erzählt? Oder war es Paula, Lennys Mama?«

Tim zögerte, fixierte einen Punkt an der Wand.

»Schatz? Magst du mir nicht antworten?«

Tim sah langsam zu ihr auf. Dann nickte er seltsam steif, stand auf und legte sich zurück ins Bett. »Stimmt«, sagte er nach einem Moment des Schweigens und sah irgendwie unaufrichtig dabei aus. »Du hast recht. Andreas war's.«

Kapitel 8

London
Mai 2016

Der Einfachheit halber hatte Sandy darauf bestanden, dass sie in ihrem Wagen zum Fundort fuhren, um keine wertvolle Zeit zu vergeuden. Nach Besichtigung der Leiche konnten sie auf dem Weg ins Präsidium bei ihr vorbeifahren, um Jonas' Wagen abzuholen.

Als sie den Wagen auf dem Seitenstreifen abstellten und in Richtung der Bootsanlegestelle rannten, wurden sie bereits von der jungen Frau und ihrem Hund, einem viel zu dicken Beagle, erwartet. Die Frau sah mitgenommen aus, sie erklärte Sandy und Jonas, dass dies der Hund ihrer Mutter sei und sie nur auf ihn aufpasse, weil ihre Eltern im Urlaub seien.

»Wo ist die Leiche?«, unterbrach Sandy sanft den Redeschwall der geschockten Frau.

Sie deutete mit dem Kopf zu den Booten hinunter.

»Warten Sie hier«, sagte Sandy und gab Jonas ein Zeichen, bei der Frau zu bleiben. Nachdem sie sich Einmalhandschuhe übergezogen hatte, kletterte sie über die Abgrenzung und sprang auf den Betonvorsprung, klammerte sich an einem der Seile fest. Dann sah sie etwas Blasses unter einer Folie hindurchschimmern und schluckte. Sie holte ihre Taschenlampe hervor, zog vorsichtig an der Plane, bis der Körper im Freien lag.

Es bedurfte nur eines Blickes auf die verdrehten Gliedmaßen und den durch eine Zeitung verdeckten Kopf, um zu erkennen, dass es sich um die Tat des gesuchten Wahnsinnigen handelte. Sandy trat näher, hob das Papier, studierte das Gesicht des toten

Mädchens, erkannte schließlich, dass dies der leblose Körper von Britney Coreman war.

Sandy seufzte und zog ihr Smartphone aus der Tasche, um die Kollegen von der Spurensicherung zu informieren. Anschließend rief sie den diensthabenden Arzt und machte sich auf den Weg zu Jonas. Sie mussten ihre Ausrüstung aus dem Wagen holen und sich umgehend an die Arbeit machen, solange es hier noch nicht vor Kollegen wimmelte.

Auf dem Weg zu Sandys Wohnung herrschte betretenes Schweigen im Auto.

»Was hältst du davon, wenn ich der Obduktion beiwohne?«, fragte Jonas brüchig.

Sandy verzog das Gesicht. »Du musst weder mir noch dir irgendwas beweisen, Jonas.« Sie hielt inne und schluckte. Dann drehte sie sich zu ihm. »Ehrlich gesagt wäre es mir lieber, wenn du zu Britneys Schwester und anschließend zu Folkner fährst. Wir brauchen so viele Informationen wie möglich. Später besichtigen wir gemeinsam die Wohnung der Toten, kümmern uns um den Handyanbieter, lassen die IT den Computer überprüfen.«

Als Sandy neben Jonas' Pick-up zum Stehen kam, sahen beide einander kurz in die Augen.

»Bis später«, sagte Jonas schließlich und küsste sie sanft auf die Wange, bevor er ausstieg.

Es wurde später Nachmittag, bis Sandy wieder ins Büro kam und sich erschöpft hinter ihren Schreibtisch fallen ließ. Keine Minute später klopfte es an ihrer Tür und Jonas steckte seinen Kopf herein. »Das hat aber lange gedauert«, sagte er, als Sandy ihn mit einer Handbewegung aufforderte, einzutreten.

»In der Gerichtsmedizin war der Teufel los. Ich musste einen Riesenwirbel veranstalten, damit unser Fall vorgezogen werden konnte.« Sie stöhnte genervt, sah Jonas fragend an. »Was hast du?«

Er setzte sich auf den Stuhl gegenüber ihrem Schreibtisch und atmete tief durch. »Heute wäre mir die Obduktion lieber gewesen, wirklich wahr.«

Sandy verzog das Gesicht. »So schlimm?«

Jonas hob die Schultern. »Britneys Schwester ist zusammengebrochen, musste ins Krankenhaus, aus ihr hab ich so gut wie gar nichts rausbekommen. Ihr Mann hat sich schließlich bereit erklärt, herzukommen, sobald er seine Tochter bei Bekannten untergebracht hat, damit wir ihn befragen können. Das ist zwar nicht das, was wir wollten, aber vorerst besser als nichts. Wenn es seiner Frau morgen besser geht, könnten wir unser Glück auch bei ihr versuchen.«

»Und Folkner?«

Jonas stieß angewidert die Luft aus. »Der Arsch wollte mir zuerst die Tür vor der Nase zuschlagen, bis ich ihm angedroht habe, dass wir ihn wegen Ermittlungsbehinderung einsperren und zwangsweise in Untersuchungshaft befragen.«

»Wusste er etwas?«

»Nicht viel. Britney und er unterhielten eine rein sexuelle Beziehung. Zumindest sah er dies so. Da wurde wohl nicht so viel gesprochen und wenn doch, hat Folkner meist auf Durchzug geschaltet. Er weiß so gut wie nichts über seine tote Geliebte, weder ob sie neben ihm noch eine Affäre hatte, wer ihr letzter fester Freund war, gar nichts …«

Jonas stieß die Luft aus. »Am liebsten hätte ich diesem Typen die Visage poliert, diesem selbstgefälligen, arroganten Schmierenkomödianten.«

»Er hatte also keine emotionale Bindung zu Britney?«

Kopfschütteln.

»Hat sie sonst mal irgendwas zu ihm gesagt, etwa dass sie sich beobachtet oder bedroht fühlte? Immerhin wissen wir noch immer nicht, ob das, was sie ihrer Schwester erzählt hat, ernst war oder nur der Text für ein Vorsprechen.«

Jonas' Gesichtsausdruck verdüsterte sich. »In Anbetracht der Umstände scheint der Ausbruch gegenüber ihrer Schwester durchaus ernst zu nehmender Natur gewesen zu sein. Gesagt hat sie allerdings nichts dergleichen. Zumindest nicht zu Folkner. Ich hab ihn richtig in die Mangel genommen, doch er wusste gar nichts. Allerdings glaube ich auch nicht, dass er etwas mit dem Mord an Britney zu tun hat. Ich denke, dass wir ihn von der Liste der Verdächtigen streichen können.«

Sandy klappte die Akte auf, in der sich die Fotos vom Tatort befanden. »Und Konkurrenzdenken als Motiv können wir ebenfalls ausschließen, weil alles auf unseren Täter hindeutet. Das Ablegen des Körpers, das verdeckte Gesicht. Britney Coreman ist ohne jeglichen Zweifel ein Opfer des gesuchten Serienkillers geworden.«

Jonas nickte finster. »Und sie hat höchstwahrscheinlich geahnt, dass jemand sie beobachtet und verfolgt. Sehr bedauerlich, dass sie mit ihrer Vermutung nicht zur Polizei gegangen ist und stattdessen nur ihre Schwester involviert hat, die das Ganze für ein Spiel hielt.« Er seufzte, ballte seine Hände zu Fäusten. »Wie geht es jetzt weiter?«

Sandy seufzte. »Als Nächstes befragen wir den Schwager der Toten. Wenn wir Glück haben, weiß der etwas über Britney. Und wenn nicht, sind wir wohl gezwungen, abzuwarten, bis es der Schwester endlich besser geht.«

Sie schüttelte den Kopf und biss sich nervös auf die Unterlippe. Dann zog sie ihr Jackett von der Stuhllehne und stand auf. »So ein Schwachsinn! Wir haben keine Zeit zu warten. Weißt du, in welchem Krankenhaus sie liegt?«

Jonas nickte. »Im St. Marys Hospital.«

Sandy straffte entschlossen die Schultern. »Dann kümmerst du dich hier um den Schwager, sobald er eintrudelt, und ich werde Alexandra Jameson mal auf den Zahn fühlen.«

Als Sandy vor der Tür zu Zimmer 409 stand, beschleunigte sich ihr Herzschlag. Sie ließ es sich weder vor Jonas noch vor ihrem Team gerne anmerken, doch Situationen wie diese belasteten sie extrem. Sie atmete tief durch, klopfte an die Tür, drückte nach kurzem Zögern die Klinke hinunter.

Alexandra Jameson lag wie verloren in dem Krankenhausbett und schien ins Nichts zu starren.

»Hallo Alexandra«, sagte Sandy leise und versuchte, ihre Stimme neutral klingen zu lassen, ohne Mitleid, ohne Gefühl, einfach nur klar und sachlich, was in dieser Situation ihrer Meinung nach am nützlichsten war. »Ist es okay, dass ich Sie kurz befrage?«

Die rothaarige junge Frau drehte ihren Kopf in Sandys Richtung. »Wer tut so etwas Grausames?« Ihre Stimme klang wider Erwarten klar und fest.

Sandy schluckte. »Wir arbeiten mit Hochdruck an der Lösung dieses Falles.« Als sie den dunklen Schatten auf Alexandras Gesicht sah, atmete sie tief durch. »Wir werden ihn kriegen«, setzte sie schließlich hinzu.

Die junge Frau schloss die Augen, schien gegen die Tränen anzukämpfen. »Britney hat meine Kleine über alles geliebt. Sie wollte so viel mit Clara unternehmen, ihr die beste Tante sein, von der ein kleines Mädchen nur träumen konnte.« Ein Schluchzen brach aus ihrer Kehle hervor. »Im Grunde war Bri selbst noch ein Kind. Ein kleines Mädchen, das niemals über den Tod unserer Eltern hinweggekommen war. Die Geburt meiner Tochter bedeutete für uns beide einen neuen Anfang, verstehen Sie? Wir glaubten beide daran, dass irgendwann alles wieder gut werden würde, doch jetzt …« Sie hielt inne, weinte still vor sich hin. Als sie ihre Fassung zurückerlangt hatte, sah sie Sandy aus großen Augen an. »Sie sind hergekommen, weil sie mit mir über Bri sprechen wollen?«

Sandy nickte. »Wenn das für Sie in Ordnung ist?«

Alexandra zog ein Papiertaschentuch unter ihrem Kopfkissen hervor und schnäuzte sich. »Fragen Sie einfach«, sagte sie anschließend zu Sandy und setzte sich in ihrem Bett auf.

»Hatte Britney außer Valentin Folkner noch jemanden, mit dem sie regelmäßig … verkehrte?«

Alexandra dachte einen Augenblick über diese Frage nach, schüttelte dann den Kopf. »Meine Schwester sprach andauernd nur über Valentin. Und zwar so exzessiv, dass es sowohl meinen Mann als auch mich ziemlich nervte.« Ein trauriges Lächeln umspielte ihre Lippen. »Und vor Valentin war es Jeremy, ein Mitstudent, der inzwischen allerdings nach Amerika ausgewandert ist. Und vor Jeremy«, sie überlegte einen Moment, »hatte sie etwas mit Michael, einem vier Jahre älteren Jungen, den sie seit ihrer Kindheit kannte. Leider fällt mir der Nachname nicht ein, doch ich weiß immerhin, dass er mittlerweile verheiratet ist und ein Kind hat.«

Sandy, die alles in ihr Notizbuch schrieb, sah kurz auf und fixierte Alexandras Gesicht. »Wenn Ihnen der Nachname doch noch einfällt, rufen Sie mich bitte an.«

Die junge Frau nickte.

»Ihre Eltern verstarben bei einem Unfall?«

Nicken.

Dann erneut ein Schluchzen.

»Tut mir wirklich leid«, sagte Sandy sanft und griff nach Alexandras Hand, drückte sie.

»Was ist mit Freundinnen? Kollegen? Nachbarn? Mir geht es weniger drum, rauszufinden, wer ihr etwas Böses wollte, sondern eher darum, ob sie noch jemandem außer Ihnen erzählt hat, dass sie sich verfolgt fühlte.«

Britneys Schwester sah Sandy mit tränenverschleiertem Blick an. »Sie denken, dass jemand meine Schwester tatsächlich stalkte und sie schließlich tötete? Warum?«

In Gedanken wog Sandy ihre Worte sorgfältig ab. »Weil alles darauf hindeutet, dass es außer Ihrer Schwester noch weitere Opfer gibt.«

Alexandras Mund klappte auf und wieder zu.

»Ich darf Ihnen leider nicht mehr sagen«, griff Sandy der Frau vor und verzog entschuldigend das Gesicht. »Und ich muss Sie außerdem bitten, mit niemandem darüber zu sprechen, was wir hier bereden.«

Alexandra nickte. »Es gibt da eine Freundin von Bri. Ihr Name ist Cathleen. Sie ist eine Kollegin meiner Schwester aus der Bar, in der sie jobbte. Und dann gibt es noch Johanna, ebenfalls Schauspielerin. Bri und sie lernten sich an der Uni kennen. Sie finden die Nachnamen und Kontaktdaten sicher irgendwo in Bris Wohnung oder in ihrem Mailfach. Wenn Sie mir meine Tasche geben, bekommen Sie den Schlüssel.«

Sandy nickte dankbar und ging zum Schrank, um die Tasche herauszunehmen.

»Außerdem müssen wir den Computer beschlagnahmen, ihr Handy, ihre Kontoverbindungen überprüfen.«

Alexandra nickte. »Nehmen Sie mit, was immer bei den Ermittlungen behilflich erscheint. Mir ist nur eines wichtig: Dass sie den Mörder meiner Schwester finden und ihn für immer wegsperren.«

Sandy strich sich eine Strähne ihres Haars hinters Ohr und sah Alexandra nachdenklich an. »Was hatte Britney außer der Schauspielerei und ihrem Job in der Bar noch für Dinge, denen sie regelmäßig nachging?«

Alexandra überlegte.

»Bri shoppte für ihr Leben gern, doch meist fehlte ihr das nötige Kleingeld dazu. Sie ging gerne in schicken Restaurants zum Essen, doch auch das konnte sie sich nur selten leisten. Und dann war da noch Valentin, mit dem sie sich hin und wieder traf.« Sie hob die Schultern. »Bri führte das normale Leben einer jungen Frau mit großen Träumen. Ich weiß nicht, was ich sonst sagen soll, aber ich kann mir beim besten Willen nicht vorstellen, dass es da draußen jemanden gibt, der einen solchen Hass auf meine Schwester hatte, dass er sie töten musste.«

Zurück im Büro wartete Jonas bereits auf sie. »Irgendwelche Neuigkeiten?«

Sandy schüttelte den Kopf. »Ich habe ein paar Namen, zu denen uns die Kontaktdaten fehlen. Und du?«

Er hob die Schultern. »Der Schwager wusste auch nur von einem früheren Verflossenen, der kürzlich geheiratet hat, und einer Freundin namens Cathleen, die mit Britney in der Bar am Piccadilly Circus jobbte.«

Sandy nickte und zog den Schlüssel zu Britneys Wohnung aus der Tasche. »Den hat mir Alexandra freiwillig überlassen, sodass wir uns das ganze Drumherum um eine offizielle Wohnungsdurchsuchung sparen können. Am besten machen wir uns sofort auf den Weg.«

Jonas schüttelte bedauernd den Kopf. »Da muss ich dich enttäuschen.« Er drehte sich um und deutete auf den Konferenzraum, dessen Tür nur angelehnt und einen Spalt breit geöffnet war. »Dort drin wartet die Mutter einer jungen Go-go-Tänzerin auf dich. Die Frau ist ganz aufgeregt und vollkommen mit den Nerven fertig, weil ihre Tochter sich bereits seit zwei Tagen nicht mehr bei ihr hat sehen lassen.«

Sandy hob fragend ihre Augenbrauen empor. »Deutet irgendwas darauf hin, dass diese Geschichte für unsere Ermittlungen relevant ist?«

Jonas nickte ernst. »Die Vermisste hat ein kleines Kind, das sie während ihrer abendlichen Auftritte bei der Mutter unterbringt. Der letzte Arbeitstag war vorgestern, seitdem ist sie wie vom Erdboden verschluckt.«

»Und sie kann nicht bei einem Freund sein?«

Kopfschütteln. »Am besten fragst du die Mutter selbst.«

Sandy nickte seufzend und blickte auf ihre Armbanduhr. »Du weißt, dass wir heute eine Nachtschicht einlegen müssen?«

Jonas grinste. »Ich arbeite nicht erst seit gestern für dich.«

»Sagst du bitte auch allen anderen Bescheid?«

Jonas nickte. »Ich lasse niemanden weg, bevor du nicht dein Okay gegeben hast.«

Zufrieden machte Sandy sich auf den Weg zum Konferenzraum. Sie klopfte kurz, dann trat sie ein, reichte der verängstigt aussehenden Frau die Hand. »Chief-Inspector Sandra Matthews«, stellte sie sich vor. »Wie kann ich Ihnen helfen?«

»Mein Name ist Henriette Collins.« Die Frau schluckte. Ihr Mund zitterte leicht und Sandy stellte sich in Gedanken schon mal auf einen Nervenzusammenbruch ein. »Meine Sophia, sie ist verschwunden, verstehen Sie?«

»Wie alt ist Ihre Tochter?«

»Vierundzwanzig«, sagte die Frau leise. »Sie hatte vorgestern Spätdienst im Klub, sie war Tänzerin, wissen Sie, und kam nicht wie vereinbart zurück, um Patrick abzuholen.«

»Patrick ist Ihr Enkelkind?«

Nicken.

»Wie alt ist er?«

»Knapp über ein Jahr.«

»Wird er noch gestillt?«

Kopfschütteln. »Meine Sophia, sie hatte ein Problem, wissen Sie.«

»Ein Problem? Was meinen Sie damit?«

Die Frau stockte, fühlte sich sichtlich beklommen.

Und dann dämmerte es Sandy plötzlich. »Sophia ist drogenabhängig?«

Die Frau senkte den Blick. »Sie war abhängig. Inzwischen ist sie seit ein paar Monaten clean. Und sie war nicht immer Tänzerin.«

»Was hat sie genommen?«, wollte Sandy wissen.

»Crystal Meth.«

Sandy stieß die Luft aus. »Sie hat sich prostituiert, um an Geld für ihre Droge zu kommen?«

Nicken.

»Aber in den letzten Monaten war sie clean?«

»Seit Patricks Geburt.«

»Und trotzdem denken Sie, könnte ihr Verschwinden mit ihrer Zeit als Abhängige zu tun haben?«

Die Frau hob die Schultern. »Ich denke gar nichts. Ich will nur, dass Sophia nach Hause kommt.«

»Ist so was schon öfters vorgekommen?«

»Dass sie nicht nach Hause kam?«

Sandy nickte.

»Ja, früher. Aber nicht mehr seit Patrick in ihr Leben getreten ist. Seitdem war sie nicht mehr auf der Straße, ernährt sich gesund, geht einem Job nach, bei dem sie sich nicht … prostituieren muss.«

»Könnte es nicht sein, dass sie einen Mann kennengelernt hat, bei dem sie einige Zeit verbringt?«

Die Frau schien über Sandys Frage nachzudenken. »Früher hätte ich diese Frage mit Ja beantwortet, doch heute …« Sie sah Sandy beunruhigt an. »Man sagt, ein Kind ändert alles. So war es bei mir, als Sophia zur Welt kam. Und bei Sophia und Patrick war es ebenfalls so. Meine Tochter liebt ihren Sohn über alles, sie würde niemals einfach zwei Nächte wegbleiben, ohne mich wissen zu lassen, wo sie ist.« Die Frau brach ab, fing an zu weinen. Als sie sich beruhigt hatte, sah sie Sandy fest ins Gesicht. »Sophia wollte ihr Leben komplett ändern«, erklärte sie. »Ihr Traum war es nicht, als Tänzerin den Männern die Köpfe zu verdrehen. Stattdessen wollte sie den Schulabschluss nachholen und auf die Uni gehen. Sie wollte ihrem Sohn etwas bieten, ihr altes Leben so schnell wie möglich hinter sich lassen. Der nächste Schritt in diese Richtung war die Kündigung im Yellos.«

»Dem Klub, in dem sie strippte?«

Nicken.

»Ihre Tochter hat gekündigt?«

Vorgestern Abend war ihre letzte Schicht. Sie wollte sich um etwas Bodenständiges bemühen, im Verkauf oder als Bedienung.«

»Könnte es denn nicht sein, dass sie mit ein paar ihrer Kolleginnen Abschied feiert und versumpft ist? So was passiert jungen Leuten doch andauernd …«

Henriette Collins schüttelte entschieden den Kopf. »Das hab ich alles schon bedacht. Ich hab den Betreiber des Klubs gefragt, ob er was weiß und ihre Kolleginnen, die an jenem Abend da waren. Alle sagen, dass sie sofort nach ihrem Auftritt gegangen ist, weil sie ihrem Sohn noch einen Gutenachtkuss geben wollte.«

In Sandys Kopf überschlugen sich die Gedanken. Einerseits mussten sie sich dringend um die Wohnung von Britney kümmern, weil es theoretisch möglich war, dass sie endlich eine Spur fanden, irgendeinen Hinweis, der sie zum Täter führte. Zumindest klammerte sie sich an die Hoffnung, dass dieser Scheißkerl irgendwann Fehler machte, die sie zu ihm führten. Andererseits hörte sich das Verschwinden der jungen Mutter und Tänzerin auch ziemlich besorgniserregend an, was Sandy versuchte, vor der Mutter zu verbergen. Die arme Frau war jetzt schon mit den Nerven am Ende und Sandy wollte vermeiden, dass sie einen Zusammenbruch wie Britneys Schwester erlitt. »Wo ist ihr Enkelsohn jetzt?«, fragte sie daher, um die Frau abzulenken.

»Meine Nachbarin hat selbst zwei Kinder, deswegen hab ich sie gebeten, auf Patrick aufzupassen, während ich …« Sie begann zu zittern. »Bitte, sagen Sie mir die Wahrheit! Glauben Sie, dass meine Tochter tot ist?«

Sandys Magen verknotete sich. »Zum gegenwärtigen Zeitpunkt kann ich überhaupt nichts dazu sagen. Ich müsste Ihre Daten aufnehmen und einige Ermittlungen anstellen. Zum Beispiel müsste ich mit dem ehemaligen Chef von Sophia und mit ihren Kolleginnen sprechen. Außerdem brauche ich ein paar Informationen, ob sie eine Affäre hatte, einen festen Freund, verstehen Sie? Ohne Ermittlungen finden wir auch keine Antworten.«

»Meine Frage«, sagte die Frau schwach. »Sie haben sie nicht beantwortet.«

Sandy seufzte leise. Sie hatte versucht, der Frau eine allgemein interpretierbare Antwort zu geben, und darüber hinaus vergessen, dass sie jemanden vor sich hatte, der so voller Sorge um einen geliebten Menschen war, sich an einen letzten Strohhalm klammerte, verzweifelt hoffte und bangte. Sie sah der Frau offen ins Gesicht, zögerte einen Moment, gab sich dann einen Ruck. »Es tut mir wirklich sehr leid, doch ich weiß es nicht.«

»Bitte, ich flehe Sie an, sagen Sie mir, was Sie wirklich denken. Es geht hier um mein einziges Kind.«

Wieder spürte Sandy, wie ihr der Schweiß ausbrach und ihr auf einen Schlag speiübel wurde. Hatte Jonas' recht, als er vermutet hatte, dass sie sich etwas eingefangen hatte? Sie biss die Zähne zusammen. Zu diesem Zeitpunkt konnte sie es sich nun wirklich nicht leisten, krank zu werden und auszufallen. Sie atmete tief durch, erschrak angesichts ihrer plötzlichen Kurzatmigkeit. Was zur Hölle war nur mit ihr los? Setzte der Fall ihr derart zu? Allerdings war sie nicht erst seit gestern bei der Polizei und hatte schon eine Menge Grauen gesehen.

Kam sie am Ende in die Wechseljahre?

Speichel lief ihr im Mund zusammen, dann verkrampften sich ihre Eingeweide.

Plötzlich durchfuhr sie die Erkenntnis wie ein Blitz und sog alle Energie aus ihr.

Scheiße verdammt!

Scheiße! Scheiße! Scheiße!

Es kostete sie all ihre Willenskraft, sich Henriette Collins zuzuwenden. »Ich werde Ihnen heute nicht sagen, was ich glaube.« Sie brach ab, die Stimme nur mehr ein heiseres Keuchen. »Stattdessen werde ich Ihnen sagen, was ich hoffe und was auch Sie hoffen sollten.« Sie wischte sich die Schweißtropfen von der Stirn und schluckte gegen die Übelkeit an. »Ich hoffe von ganzem Herzen, dass, wenn sie zurück in ihre Wohnung kommen, es kurz darauf an der Tür klingelt und Sophia gesund und munter vor ihnen steht, vielleicht mit wunderbaren Neuigkeiten bezüglich eines Jobs.«

Henriette Collins sah Sandy mit aufgerissenen Augen an. Dann verzog sich ihr Mund zu einem winzigen Lächeln.

Kapitel 9

Bognor Regis
Mai 2016

»Mami, ich hab Angst!« Die Stimme ihres Sohnes traf Isa bis ins Mark. Schnell strampelte sie ihre Bettdecke weg und stand auf, warf sich ihren Cardigan über das dünne Nachthemdchen, rannte atemlos in Tims Zimmer, doch das Bett ihres Sohnes war leer.

Isas Herz setzte aus. Panisch drehte sie sich im Kreis, ihre wirren Gedanken sortierend, dann suchte sie nacheinander Wohnzimmer, Küche, Bad und die Speisekammer ab. Wo war ihr Kind?

Erneut vernahm sie ein Weinen, das seltsamerweise klang, als käme es von irgendwo unten. Ihr fiel der seltsame Verschlag ein, den Tim neulich geöffnet hatte. Sie ging in den Gang zurück, verschob die Schuhkommode, zog die Verriegelung der Holztür zurück. Dann ging sie auf die Knie und starrte in die Dunkelheit, schmunzelte über ihre eigene Blödheit. Wie sollte Tim dort hineingekommen sein? Immerhin war von außen abgesperrt gewesen und der Schuhschrank konnte sich auch nicht von selbst vor den Verschlag geschoben haben. Sie stand auf, rannte in die Küche, nahm die Taschenlampe aus der Schublade. Zurück im Gang leuchtete sie sicherheitshalber noch mal in die Dunkelheit des winzigen Verschlags hinein. Leer. Wie erwartet. Isa verschloss die Tür wieder, schob die Kommode auf ihren Platz zurück und überlegte. Wo zum Teufel war Tim?

Wieder ein Wimmern. Viel näher diesmal. Sie drehte sich um, spürte wie die feinen Härchen an ihrem Körper sich aufstellten, fühlte Kälte in ihrem Innern und Angst. Was ging in diesem Haus vor?

»Mami, bitte, du musst mir helfen!«

Isas Mund klappte auf, doch kein Laut drang daraus hervor. Sie wollte sagen, dass er keine Angst zu haben brauchte, sie gleich bei ihm wäre, doch so sehr sie sich auch bemühte, sie bekam kein einziges Wort heraus.

Dann fiel ihr die Wohnung obendrüber ein. War Tim schlafgewandelt und befand sich jetzt dort oben, zwischen all den verhängten Möbeln, die im Dunkeln noch unheimlicher wirkten als tagsüber? Doch dann fiel Isa ein, dass das Weinen und Wimmern von unten gekommen war. Sie riss die Wohnungstür auf und rannte nach unten, doch … so sehr sie auch suchte und rief, sie fand die Tür zum Keller nicht. Ein Klopfen erschütterte das Haus. Dann ein Schrei, gellend und markerschütternd.

Tränen schossen aus Isas Augen. Sie musste … musste … Tim! Wo bist du nur?

Atemlos und mit hämmerndem Herzen schreckte Isa aus dem Schlaf.

Sie setzte sich auf, rieb sich die Augen. Dann griff sie nach ihrem Handy auf dem Nachtkästchen. Kurz nach vier Uhr. Isa seufzte. Einer der Gründe, aus Berlin wegzugehen, war es, gegen ihre Schlafstörungen anzukämpfen. Seit Jahren schlief sie mehr schlecht als recht, wachte entweder mitten in der Nacht auf oder schlief gar nicht erst ein. Der Grund war ihre Ehehölle mit Bernd und die damit verbundenen Angstgefühle. Doch hier, Tausende Kilometer weg von zu Hause war Bernd nicht präsent, sodass Isa sich fragte, ob das Problem nicht von Anfang an bei ihr selbst gelegen hatte. Sie stand auf, lief zu Tims Zimmer, öffnete leise die Tür. Einen Moment beobachtete sie ihren selig schlafenden Sohn, bis ihr der furchtbare Traum wieder einfiel. Sie vermochte sich nicht vorzustellen, was sie tun würde, wenn Tim tatsächlich verschwand, aus diesem Haus oder gar aus ihrem Leben.

Stand der Traum als Metapher dafür, was Bernds Anwalt gesagt hatte? Was, wenn Bernd ihr diesen »Urlaub« tatsächlich negativ auslegte und das Aufenthaltsbestimmungsrecht einforderte? Dann wäre sie in der Position wie jetzt Bernd, darauf angewiesen, dass er sich an die Auflagen hielt. Isa wurde schlecht bei dem Gedanken, ihr Kind zu verlieren. Auf welche Art und Weise auch immer. Zitternd schleppte sie sich in die Küche, befüllte den Wasserkocher mit Wasser, gab etwas von der beruhigenden Kräutermischung in die Tasse. Nach den ersten beiden Schlucken der brühend heißen Flüssigkeit spürte Isa, wie ihre Lebensgeister langsam zurückkehrten, ihr Gedankenkarussell langsamer wurde, sie wieder klarer sehen konnte.

Susi hatte recht. Sie war selbst schuld an allem. Warum zum Teufel hatte sie sich in die passive Opferrolle begeben? Sich alles von ihrem Mann gefallen lassen? Sie hätte ihn bereits bei der ersten körperlichen Attacke anzeigen müssen, ungeachtet davon, dass er selbst Polizist war. Sie hätte zum Arzt gehen und ihm all die blauen Flecke zeigen können, die Bernd ihr über die Jahre zugefügt hatte. Was hatte sie stattdessen getan? Sich wieder und wieder einlullen lassen, seinen Versprechungen nur zu gern geglaubt, dass so etwas nie, nie wieder vorkommen würde. Wie hatte sie nur so dermaßen dumm sein können? Mit einem Mal wurde Isa klar, was sie tun musste. Sobald sie Adeles Wohnung ausgemistet hatte, würde sie eine Firma beauftragen, damit diese die wichtigsten Sanierungsarbeiten übernehmen konnte. Zudem würde sie sich einen Immobilienmakler suchen, der die Villa schnellstmöglich verkaufte, damit sowohl der Nachlassverwalter als auch sie selbst an ihr Geld kam. Sie würde sich von ihrem Teil des Geldes ein kleines Häuschen außerhalb von Berlin kaufen, ein Kleinod, in dem Tim in Frieden und in Einklang mit der Natur groß werden konnte. Somit stand sie vor Gericht schon mal mit Bernd auf einer Stufe. Das Geld seiner Familie im Nacken besaß er ein Haus auf dem

Land mit Swimmingpool und Wintergarten, ein Schmuckstück, hinter dem sich Isas Häuschen würde verstecken müssen. Doch nichtsdestotrotz würde sie vor Gericht eine abbezahlte Bleibe vorweisen können, die für Tim Sicherheit bedeutete und die ihr ermöglichte, nur einen Halbtagsjob anzunehmen. Isa atmete tief durch. Sie durfte nicht länger weglaufen, musste sich dem Leben und allen Schwierigkeiten stellen, musste ihrem Mann gegenübertreten und endlich ihre Frau stehen. Und bis zum Gerichtstermin musste sie außerdem in den sauren Apfel beißen und Bernd Zeit mit seinem Sohn zugestehen. Sie musste einfach daran glauben, koste es, was es wolle, dass seine Gewaltausbrüche sich nur gegen sie richteten und nicht gegen Tim. Außerdem war Tim alt genug, um ihr im Fall der Fälle sagen zu können, wenn sein Vater sich ihm gegenüber aggressiv verhielt.

Isa nahm ihre Tasse und ging hinüber ins Wohnzimmer, setzte sich aufs Sofa und öffnete das Mailfach auf ihrem Smartphone. Dann schrieb sie Bernd eine lange Mail, setzte seinen Anwalt in Kopie und klickte schließlich auf abschicken.

Inzwischen war es kurz nach sechs Uhr und Zeit, das Frühstück für Tim vorzubereiten, der jeden Moment aufwachen würde. Isa rührte einen Teig zusammen, gab eine Handvoll tiefgefrorene Blaubeeren dazu und briet einen Pancake nach dem anderen in Adeles alter Gusspfanne, bis schlussendlich ein riesengroßer Stapel Pfannkuchen darauf wartete, verschlungen zu werden.

Wie auf Befehl tauchte Tim auf, mit verstrubbelten Haaren und verschlafenem Blick. Seine Augen strahlten, als er sein Lieblingsessen sah. Begeistert stürzte er auf den gedeckten Küchentisch zu, krabbelte auf seinen Stuhl und fing an zu essen.

»Na mein Großer, gut geschlafen?«

Tim, der den Mund voller Essen hatte, nickte nur. Dann sah er prüfend zu Isa und hielt einen Moment inne. Plötzlich sah er aus, als würde er jeden Augenblick losweinen. »Ich hab geschwindelt, Mami.«

Isa zog die Augenbrauen empor. »Was meinst du?«

Tim schob seinen Teller von sich und verschränkte die Arme trotzig vor der Brust. »Ich hab gesagt, dass Andreas mir die Geschichte vom schwarzen Mann erzählt hat, aber das stimmt nicht.«

»Und wer war es dann?«, fragte Isa neugierig.

Tim schwieg.

»Komm mein Schatz, rede mit mir. Wer hat dir diese gruselige Geschichte erzählt?«

»Annie.« Tims Stimme glich nur mehr einem Flüstern.

»Annie hat dir vom schwarzen Mann erzählt?«

Nicken. »Er hat sie alle umgebracht.«

Isas Atem stockte. »Was sagst du da?«

»Nicht ich, Mama. Annie sagt das.«

»Und diese Annie lebt in den Wänden?«

Tim seufzte. »Ich weiß, dass du mir nicht glaubst. Ich weiß es von Annie. Sie hat gesagt, dass Erwachsene nur glauben, was sie sehen.«

»Dann kannst du Annie also auch nicht sehen?«

»Doch, ich schon.« Tims Unterlippe zitterte.

»Und warum kann ich sie nicht sehen?«

Schulterzucken. »Vielleicht weil du blind bist. Oder dumm.«

»Mein lieber Freund!«, rief Isa scharf, »nicht in diesem Ton, wenn ich bitten darf. Und jetzt will ich, dass du in dein Zimmer gehst und darüber nachdenkst, ob es richtig war, so etwas zu mir zu sagen.«

Mit hocherhobenem Haupt stand Tim auf und ging in sein Zimmer. Kurz darauf vernahm sie ein leises Schluchzen.

Ihr Herz zog sich zusammen. So ging es einfach nicht weiter.

Sie nahm ihr Smartphone und suchte nach einem Kinderpsychologen und Kinderärzten in dieser Gegend, notierte sich ein paar Telefonnummern. Als es kurz nach acht Uhr war, telefonierte sie die Nummern nacheinander ab, bis sie endlich Glück hatte und einen kurzfristigen Termin für den späten Vormittag bekam.

Auf dem Weg zum Parkplatz sprachen Tim und sie nur das Nötigste, er schien also nach wie vor wütend auf sie zu sein, aus welchem Grund auch immer. Sie selbst tat so, als wäre nichts zwischen ihnen vorgefallen, gab sich unbeschwert und gelassen, erklärte ihrem Sohn, dass sie nur sicherheitshalber beim Arzt vorbeisehen würden. Auf halber Strecke begegnete ihnen Lenor, die alte Frau aus dem Nachbarhaus, die erst Tim und dann ihr einen besorgten Blick zuwarf. »Ich verstehe nicht, wie sie mit dem armen Jungen in diesem Haus leben können«, brummte sie, als Isa freundlich grüßend an ihr vorbeiging. Sie erstarrte, drehte sich um.

»Was meinen Sie damit? Warum sollte ich nicht mit meinem Sohn im Haus meiner Tante leben?«

Lenor seufzte, wirkte irgendwie unentschlossen. Dann schluckte sie, sah Isa unsicher an. Gerade als es schien, als wäre sie bereit, mit Isa zu sprechen, kam Lenny auf Tim und sie zugerannt.

»Kann ich heute mit Tim spielen?«, fragte er und sah Isa mit großen Augen an. »Ich hab gestern einen elektrischen Dinosaurier bekommen, den will ich Tim zeigen.«

Isa lachte und sah aus dem Augenwinkel, wie Lenor ins Haus zurückging. Dann stand Lennys Mutter neben ihr. »Lenny ist ganz aufgeregt, was meinst du, lassen wir die Kinder später miteinander spielen?«

Isa grinste. »Wir haben wohl keine andere Wahl, stimmt's?«

Sie sah von Tim zu Lenny, die ihre Köpfe zusammengesteckt hatten und tuschelten.

»Tim und ich fahren nur kurz in die Stadt, sind aber gegen 14 Uhr zurück. Wenn du magst, kann Lenny heute zu uns rüberkommen, dann hast du auch mal deine Ruhe.«

Verblüfft registrierte Isa, wie Lennys Mutter Paula blass wurde und hektisch mit dem Kopf schüttelte. »Nicht bei euch, tut mir leid«, sagte sie schließlich und zog Lenny zu sich.

»Was ist los?«, fragte Isa erschrocken. »Hab ich was Falsches gesagt?«

Die junge Frau zog die Schultern nach oben und sah Isa beklommen an. »Du weißt es nicht?«

Isa schüttelte den Kopf. »Was ist los?«

»Das Haus. Es ist ...« Paula stockte und atmete tief durch. »Vor zwanzig Jahren lebte dort ein Mann mit seiner Familie. Der Mann ... er war ...« Sie schluckte, sah von Tim zu ihrem Sohn und schließlich zu Isa. »Dieser Mann war ein Serienkiller, der sieben Frauen und ein Kind tötete. Und eine der Frauen, das Kind ... beide waren.« Sie hielt inne und hob die Hände.

»Du meinst, er hat sechs Frauen getötet und schließlich seine Frau und sein eigenes Kind?«

Lennys Mutter nickte. »Danach hat er sich selbst erschossen. Lenor hat mir die Geschichte erzählt, nachdem ich hierhergezogen bin. Hätte ich das vorher gewusst ...«

Isa nickte. Ihr war klar, was sie ihr damit sagen wollte. Spielen ja, aber nicht in diesem Haus.

»Kein Problem«, sagte sie und bemühte sich um einen lockeren Tonfall. »Dann bringe ich Tim am Nachmittag eben zu euch.«

Auf dem Weg von der Stadt nach Hause spielten Isas Gedanken verrückt. Der Kinderarzt hatte ihr versichert, dass sich hinter Tims Verhalten nichts Krankhaftes verbarg, er lediglich unter der Trennung seiner Eltern litt und sich dementsprechend in eine Art Traumwelt zurückzog. Eine Welt, in der es ein Mädchen gab, dem er sich anvertrauen konnte. So was sei gar nicht so selten, hatte der Arzt erklärt und Isa alles Gute gewünscht. Sie atmete tief durch und fragte sich, warum sie noch immer so unruhig war, sich Sorgen machte. Die Antwort war einfach: Was Lennys Mutter ihr vorhin erzählt hatte, verstörte sie zutiefst. In ihrem Haus hatte ein Mann gelebt, ein Killer, der aus Spaß am Töten unter anderem seine Familie ermordet hatte.

Isa spürte, wie ein kalter Schauer über ihren Rücken lief. Laut des Nachlassverwalters hatte ihre Großtante ihr gesamtes Leben in diesem Haus verbracht, also hieß das, dass sie den Mann gekannt haben musste. Und seine Familie auch.

Ein ungutes Gefühl beschlich Isa. War das Kind dieses Killers ein Mädchen gewesen? Ein Mädchen namens Annie?

Ihr Herzschlag beschleunigte sich. Doch wenn das so war, woher sollte Tim dieses Wissen haben?

Sie trat das Gaspedal durch und atmete erleichtert auf, als sie den Wagen schließlich auf dem Parkplatz vor dem Haus abstellte und sich mit Tim auf den Weg zu Lenny machte. Sie drückte auf die Klingel und hielt die Luft an. »Ich weiß, es ist zu früh«, begann sie, als Lennys Mutter mit verschmierter Kochschürze öffnete, »doch ich muss ganz dringend was erledigen.«

Die junge Frau winkte ab und bat sie herein. »Kein Problem, ob ich für ein oder zwei hungrige Mäuler koche, spielt keine Rolle.«

Isa bedankte sich und vereinbarte, dass sie Tim gegen fünf Uhr wieder abholen würde. Dann machte sie sich auf den Weg zu Lenor.

Die alte Frau schien nicht gerade erfreut über die Unterbrechung ihres Mittagsschlafs und sah Isa empört an. »Ich habe Diabetes«, erklärte sie dann und schüttelte den Kopf. »Ich muss mich ausruhen.«

Isa entschuldigte sich für die Störung und bat Lenor, ihr eine Frage zu beantworten.

Die alte Frau seufzte.

»Lennys Mutter hat mir von diesem Mann erzählt«, begann Isa. »Der in Adeles Haus gelebt und seine Familie ermordet hat.«

Lenors Gesicht verdüsterte sich.

»Was wissen Sie darüber?«

Die alte Frau räusperte sich und sah aus, als wäre ihr das alles furchtbar unangenehm. »Ich weiß auch nicht mehr über diese schlimme Sache«, erklärte sie. »Eines Tages hieß es, dass der Mann ein gesuchter Serienmörder sei und seine Frau und seine kleine Tochter getötet habe.«

»Seine kleine Tochter?« Isas Stimme klang schrill. »Wissen Sie den Namen des Mädchens?«

Lenor nickte traurig. »Sie hieß Annie Stiles, war ein richtiger Sonnenschein. Alle liebten sie. Und auch ihre Eltern waren sehr nett. Die Mutter, der Vater. Er war Polizist. Niemand hätte dem Mann etwas so Grauenvolles zugetraut.«

»Bitte«, stammelte Isa, »ich muss wissen, wo genau die Familie lebte? War es im Erdgeschoss?«

Lenor schüttelte den Kopf. »Das war immer schon Adeles Wohnung. Die Familie des Mörders lebte im ersten Stock.« Lenor erschauderte. »Es heißt, dass man dort oben die Seelen der Mutter und des Mädchens spüren könne. Ich weiß nicht, ob das stimmt, aber allein der Gedanke daran, was für ein Monster dort gelebt hat, jagt mir eine Heidenangst ein.« Mit diesen Worten schloss Lenor die Tür vor Isas Nase und ließ sie einfach stehen. In ihrem Kopf drehte sich alles. Deswegen also die Wohnung, die an ein Mausoleum erinnerte. Die verhängten Möbel, die kühle Atmosphäre. Warum hatte Adele die Wohnung nicht einfach leer räumen lassen? Warum hatte sie sie nicht weiter vermietet? Andererseits konnte Isa sich nicht vorstellen, dass es irgendjemanden auf diesem Planeten gab, der freiwillig in eine Wohnung zog, in der ein Serienkiller gelebt hatte, der seine Familie tötete.

Hatte sich Adele deswegen gar nicht erst die Mühe gemacht, die Wohnung für einen Makler freizugeben?

Und drohte nun ihr, Isa, dasselbe Schicksal? Würde sie jemals einen Käufer für dieses Anwesen finden?

Sie seufzte und machte sich auf den Weg zurück zum Haus.

Im Gang überlegte sie einen Augenblick, dann stieg sie die Treppe hinauf in den ersten Stock, schloss mit zitternden Fingern die Wohnungstür auf, trat in den dunklen Gang. Sofort umfing sie eine unheimliche Kälte, nahm sie gefangen. Langsam ging sie von Raum zu Raum, erahnte das frühere Wohnzimmer, das Elternschlafzimmer, das Kinderzimmer. Ein kalter Windhauch streifte ihren Nacken. Sie wirbelte herum, doch hinter ihr war niemand. Wahrscheinlich hatte sie die Haustür nicht verschlossen. Sie überprüfte jedes einzelne Fenster in der Wohnung und wunderte sich, als alle geschlossen waren. Dann fiel ihr ein, dass alte Häuser oft undicht waren, insbesondere die Fensterrahmen und Türen, das Dach. Sie ging weiter, fragte sich zwangsläufig, ob die Morde in diesen Wänden stattgefunden hatten. Doch wenn dem so war, müssten dann nicht irgendwelche Klebestreifen der Polizei an den Türen zu sehen sein? Oder hatte es so was damals noch nicht gegeben? Plötzlich glaubte Isa, ein leises Wimmern zu hören. Es schien aus dem Zimmer zu kommen, das Isa für das Kinderzimmer hielt. Zögernd ging sie auf die Tür zu, drückte die Klinke hinunter. Es dauerte einige Sekunden, bis Isa sich traute, über die Schwelle zu treten, doch innen war … nichts. Hatte sie sich das Geräusch nur eingebildet? Spielten ihre Sinne ihr einen Streich? Sie verließ den Raum, sah sich ein letztes Mal in der Wohnung um, hörte ein leises Rascheln hinter sich. Dann etwas, das klang, als würden sich Schritte nähern. Ein Schrei löste sich aus Isas Kehle, dann rannte sie den Gang entlang zur Wohnungstür. Ihre Finger zitterten, als sie die Tür hinter sich zuwarf und den Schlüssel mehrmals herumdrehte.

Wieder in ihrer Wohnung setzte sie sich an den Küchentisch, wartete, bis ihre Atmung sich beruhigt hatte. Dann musste sie lachen. Außer ihr war niemand in diesem Haus. Sie hatte jeden Raum der Wohnung oben inspiziert und niemanden gesehen. Stattdessen glaubte sie, dass die Erzählungen um das schreckliche Schicksal der Familie, die einst dort oben gelebt hatte, ihre Sinne vernebelten. Hinzu kam die Tatsache, dass Tim seit ihrer Ankunft von einem Mädchen sprach, das vom schwarzen Mann ermordet worden war und seitdem in den Wänden lebte und von dem sich jetzt herausstellte, dass es denselben Namen trug wie Annie, der ermordeten Tochter des Serienkillers. Wieder fragte sie sich, wie es sein konnte, dass ihr Sohn darüber Bescheid wusste. Woher kannte er Annies Namen? Woher wusste er, dass sie tot war? Ermordet worden war? Ihr fiel diese Fernsehsendung von neulich ein, in der ein Wissenschaftler oder war es ein Parapsychologe davon erzählt hatte, dass manche Häuser, in denen sich Schreckliches ereignet hatte oder in denen Menschen gelebt hatten, denen Furchtbares widerfahren war, Energien speicherten, sodass sensible Menschen, vor allem kleine Kinder, manchmal etwas von dem Grauen, das einst dort geschehen war, wahrnehmen konnten. Handelte es sich hier um dasselbe Phänomen? Konnte Tim Annies Seele spüren? Mit ihr sprechen? Sie sogar sehen?

Schnell schob Isa diesen abstrusen Gedanken beiseite und beschloss, in einer ruhigen Minute noch mal mit ihrem Sohn zu reden. Es musste eine logische Erklärung für das alles geben, da war sie absolut sicher.

Kapitel 10

London
Mai 2016

Auf dem Weg in Britneys Wohnung schwiegen sie. Sandy war es, die schließlich das Schweigen brach. »Ich muss in eine Apotheke«, sagte sie und hielt unwillkürlich die Luft an.

Jonas, der diesmal darauf bestanden hatte, selbst zu fahren, sah zu ihr hinüber. »Sag ich doch. Du hast dir was eingefangen.« Er setzte den Blinker und bog in eine Seitenstraße ab. »Die Apotheke neben unserer Pizzeria ist ganz in der Nähe.«

Sandy nickte und biss sich auf die Unterlippe. Nur zu gerne hätte sie ihre Sorgen mit Jonas geteilt, ihm gesagt, dass sie ausgerechnet hatte, dass ihre Periode seit drei Wochen überfällig war. Und dass sie dabei natürlich ihres Alters wegen zuerst an die Wechseljahre hatte denken müssen, bis sie sich daran erinnerte, wie es damals mit ihrem Sohn angefangen hatte.

Eine Welle der Übelkeit überflutete ihren Körper, sodass sie froh war, als Jonas auf dem Parkplatz der Apotheke anhielt und sie aussteigen konnte.

Der Apotheker sah sie verwundert an, als sie schwer atmend, mit Schweißperlen auf der Stirn vor ihm stand und einen Schwangerschaftstest verlangte. Stirnrunzelnd legte er ihn vor ihr auf den Tresen.

»Haben Sie auch was gegen Übelkeit?«

Ein Lächeln umspielte seine Lippen, dann nickte er bedächtig. »Da gibt es einiges, junge Dame.« Er legte nacheinander einige pflanzliche Tabletten und was Homöopathisches auf den Tresen und grinste, als Sandy erklärte, dass sie alles kaufen würde. Nachdem sie bezahlt hatte, stopfte sie sich alles in ihre Jackentaschen und verließ den Laden, ließ sich neben Jonas auf den Sitz fallen.

»Und? Alles bekommen, was du haben wolltest?«

Sandy nickte und zog eine der Packungen aus der Tasche, entnahm nach einem Blick auf die Gebrauchsanweisung eine kleine Menge der Zuckerkügelchen.

»Was ist das für ein Zeug?«, wollte Jonas wissen. »Sieht nicht nach Aspirin aus.«

»Ein Mittel gegen Übelkeit«, antwortete Sandy lapidar und hoffte, dass er sich damit zufriedengab.

»Der Stress schlägt dir auf den Magen?«

Sandy nickte. »Und noch paar andere Dinge.« *Zumindest war dies keine Lüge,* dachte sie und bemerkte, wie Jonas sie seltsam anstarrte. »Wahrscheinlich hängt mir der Fall mehr nach, als gedacht.«

Jonas nickte und schwieg. »Sonst alles in Ordnung?«, fragte er nach einer Weile.

Sandy nickte und verfluchte sich in Gedanken für ihre Feigheit.

Als das Navi anzeigte, dass sie am Ziel angekommen waren, machten sie sich auf den Weg zum Haus, in dem Britney gelebt hatte. Es handelte sich um einen dieser tristen grauen Blocks, von denen bereits die Fassade an einigen Stellen abbröckelte und vor denen lustlos aussehende Teenager herumhingen, Kippe in der einen Hand, Bier oder Härteres in der anderen. Die Jungs grölten anzügliche Parolen in Sandys Richtung, lachten schließlich über ihre eigenen Witze.

Jonas seufzte, schwieg jedoch, was Sandy ihm hoch anrechnete.

Sie fuhren mit dem Aufzug, in dessen Kabine es nach Urin und Erbrochenem stank, nach oben, sodass Sandy gezwungen war, die ganze Zeit über den Atem anzuhalten. Als die Aufzugtür aufglitt, schnappte sie nach Luft, was ihr einen weiteren intensiven Blick von Jonas einbrachte. Wenn sie so weitermachte, wusste er Bescheid, noch ehe sie mit ihm sprechen konnte.

Sandy fragte sich, wie er wohl reagieren würde, sollte sich herausstellen, dass sie tatsächlich schwanger war. Schwanger mit Mitte vierzig von ihrem um mehr als ein Jahrzehnt jüngeren Lover.

Sandy verdrängte den Gedanken und konzentrierte sich darauf, den Schlüssel ins Schloss zu stecken und Britneys Wohnungstür zu öffnen.

Im Innern der Wohnung empfing sie ein Geruch nach Blumen und Kokos, ein Duft der Lebensfreude vermittelte, Sandy allerdings seltsam traurig stimmte.

Jonas schien es genauso zu gehen, denn seine Haltung sah plötzlich steif und verkrampft aus.

Gemeinsam gingen sie Raum für Raum ab, machten Fotos, verteilten Post-its für die Kollegen der Spurensicherung, verschafften sich einen groben Überblick über Britneys Lebensumfeld. Als sie das winzige Schränkchen im Gang durchsuchten, fiel ihnen ein Büchlein in die Hände, das unzählige Telefonnummern enthielt.

Sandy stieß erleichtert die Luft aus, denn sie hatte Bedenken gehabt, ob Britney ihre Kontakte vielleicht im Handy immer bei sich tragen würde. Gerade die jüngere Generation verzichtete heutzutage gänzlich auf herkömmliche Notizbücher und griff stattdessen auf die elektronische Variante zurück. Britney gehörte Gott sei Dank zu den Leuten, die auf Papier mehr vertrauten als auf die virtuellen Speichermedien.

Sandy sah zu Jonas. »Kein Hinweis auf einen Einbruch, keine Verwüstung, alles scheint vollkommen normal zu sein. Wenn du nichts dagegen hast, lassen wir die Kollegen anrücken und kümmern uns um die Befragungen.«

Jonas blickte erstaunt auf seine Uhr. »Du willst heute noch die Angehörigen nerven?«

Sandy grinste böse. »Du müsstest eigentlich am besten wissen, dass ich mir aus Höflichkeiten nicht die Bohne mache. Wir haben vier tote Frauen und eine vermisste Tänzerin. Was ich damit sagen will: Uns bleibt keine Zeit, bis morgen früh zu warten.«

»Dann glaubst du also auch, dass diese Tänzerin, Sophia, unserem Killer in die Hände gefallen ist?«

Sandy fiel die Mutter der Vermissten ein, deren Verzweiflung, die Hoffnungslosigkeit und dann das leise Lächeln, als sie selbst ihr versichert hatte, dass Hoffnung die Macht hatte, Berge zu versetzen.

Sandy schluckte gegen die Tränen an. »Was hätte ich der Frau denn sagen sollen?«, flüsterte sie brüchig. Sie sah zu Jonas, hob die Schultern. »Tut mir leid für Sie, doch ich denke, Ihr Kind ist einem Irren zum Opfer gefallen? Einem Wahnsinnigen, der sie wahrscheinlich in genau dem Moment, in dem wir uns hier unterhalten, foltert und anschließend tötet?« Zornig wischte Sandy sich übers Gesicht, sah Jonas herausfordernd an. »Hätte ich das wirklich übers Herz bringen sollen?«

Wieder bedachte Jonas sie mit einem seltsam irritierenden Blick, den Sandy nicht einzuschätzen vermochte. Dann lächelte er. »Chief-Inspector Sandra Matthews, habe ich Ihnen schon gesagt, dass ich Sie liebe?«

Betroffen blickte Sandy zu Boden. Jonas hatte schon des Öfteren Andeutungen gemacht, dass sein Empfinden für sie weit darüber hinaus ging, was sich sexuell zwischen ihnen abspielte. Aber derart offen war er zuvor noch nie gewesen. Und schon gar nicht während der Arbeitszeit im Dienst.

»Findest du, dass dieser Ort der Richtige ist, um etwas so … Intimes anzusprechen?«, fragte sie leise, musste aber innerlich zugeben, dass ihr Jonas' Worte guttaten.

Jonas hob die Schultern. »Es gibt keinen besseren und keinen schlechteren Ort, um das mal klarzustellen«, sagte er.

Sandy nickte, griff nach seiner Hand, drückte sie. Kurz überlegte sie, ob sie etwas dergleichen zu ihm sagen sollte, entschied sich dann aber dagegen. Sie mochte Jonas, keine Frage, wahrscheinlich liebte sie ihn sogar, doch kam sie nicht umhin, zuzugeben, dass die Angst überwog. Angst davor, sich erneut vollkommen in einem Mann zu verlieren, so sehr, dass sie darüber hinaus den Blick für die Realität verlor. Und die sah nun mal so aus, dass sie in erster Linie Polizistin war und dass es eben dieser Job gewesen war, dem sie das Aus ihrer ersten und einzigen Ehe zu verdanken hatte.

»Kommst du?«, wechselte Jonas das Thema und sah sie fragend an. »Oder sollen wir doch schon paar Sachen einpacken und mitnehmen?«

Sandy schüttelte den Kopf und trat in den Hausflur hinaus, atmete tief durch. »Ich brauche jetzt was zu essen und einen starken Kaffee«, erklärte sie. »Was hältst du davon, wenn wir zu Mandy gehen? Während wir auf unsere Burger warten, können wir Britneys Kontakte durchgehen und ein paar Telefonate führen. Zumindest dafür ist es jetzt noch nicht zu spät.«

Es war mittlerweile vier Uhr morgens und die Stimmung im Büro war auf dem Tiefpunkt angelangt.

Jonas sah bleich und übernächtigt aus und auch sie konnte sich mittlerweile kaum noch auf den Beinen halten. Der Stress setzte ihnen allen zu, das Warten auf Rückrufe der Angehörigen. Sie hatten von Britneys Kontakten lediglich Michael Schuman erreicht, Britneys ehemaligen Verlobten. Michael war vier Jahre älter als Britney und hatte ihnen erzählt, dass Bri und er sich während der Schulzeit begegneten, zusammenkamen, als Bri fünfzehn war und er neunzehn. Sie hatten eine kurze, aber leidenschaftliche Beziehung geführt, die auseinanderbrach, weil Bri einfach noch zu unreif war und er sich in eine Gleichaltrige verliebt hatte, mit der er inzwischen verheiratet war. Schuman hatte ihnen bereitwillig alle Auskünfte gegeben, sich sogar bereit erklärt, nach London zu fliegen, was Sandy allerdings ablehnte. Er kam als Täter nicht infrage, weil er nach Angaben seiner Ehefrau, mit der sie ebenfalls gesprochen hatten, seit der Geburt ihres gemeinsamen Kindes jeden Abend zu Hause war.

Blieben als Kontakt noch Cathleen aus der Bar und Johanna, Britneys Studienfreundin. Allerdings hatten sie weder die eine noch die andere gestern Abend erreicht.

Vorhin dann der nächste Rückschlag: Im »Express« hatten sie heute Morgen einen Bericht gefunden, in dem es um eine Mordserie an jungen Frauen in London ging, was – wie sollte es auch anders sein – zu einer Massenpanik führte. Seit der Artikel erschienen war, klingelte das Telefon ohne Unterbrechung, Fernsehsender baten um ein Statement, Journalisten rannten ihnen die Türen ein.

Sandy war fuchsteufelswild, bedeutete dieser Bericht doch, dass sich jemand unter ihnen befand, ein Mitglied ihres sorgsam zusammengestellten Teams, das sich sein Gehalt durch Zusammenarbeit mit der Presse etwas aufbessern wollte.

Sie hatten einen Maulwurf im Team, eine Schwachstelle, was nicht nur die Ermittlungen extrem gefährdete, sondern Misstrauen untereinander schürte. Hinzu kam, dass Sandy wusste, dass sie ihren Leuten zu viel zumutete, doch wie sie es auch drehte und wendete, sie hatte schlicht und ergreifend keine andere Wahl. Sie mussten rund um die Uhr arbeiten, weil sie vier tote Frauen hatten und sie jeden einzelnen Mitarbeiter brauchte, um die Flut an Arbeit bewältigen zu können.

»Was soll ich den Pressetypen sagen?«, fragte Jonas und sah von seiner Akte auf.

Sandy seufzte. »Jetzt, wo die Katze aus dem Sack ist, bleibt uns nichts anderes übrig, als mit offenen Karten zu spielen, ohne dabei zu ausführlich zu werden. Am besten ist es, wir setzen ein offizielles Statement auf, lassen das von der Chefetage absegnen und schicken es als Rundmail an alle Sender.«

Jonas nickte. »Soll ich mich darum kümmern?«

Sandy überlegte kurz, schüttelte dann den Kopf. »Eva vom Empfang kann das übernehmen. Sie sitzt ja nur am Telefon, da geht das schon irgendwie nebenbei. Wir beide kümmern uns heute Morgen um Johanna und Cathleen, fahren dann noch mal bei der Mutter von Sophia vorbei, befragen den Klubbetreiber und die anderen Tänzerinnen. Wenn unser Täter auch Sophia in seiner Gewalt hat, dann ist es ziemlich sicher, dass er sie zuvor beim Tanzen beobachtet hat. Vielleicht ist ja irgendeinem Mädchen oder einer Servicekraft jemand aufgefallen.«

»Die IT sitzt an den Festplatten von Britneys Geräten?«

»Ja.«

»Und die Telefone? Was ist eigentlich mit den Netzanbietern der anderen Opfer? Irgendwas rausgefunden?«

Sandy seufzte. »Elisabeths Handy haben wir gefunden. Es lag in ihrem Spind, die letzten Kontakte haben auch nichts Neues ergeben. Lindas Handy ist wie vom Erdboden verschluckt, das letzte Signal kam von irgendwo außerhalb, dort haben die Kollegen weiträumig alles abgesucht. Mias Handy haben wir in einem Mülleimer an der U-Bahn-Station Holland Park gefunden.«

»Und die Festnetzanschlüsse?«

Sandy verzog das Gesicht. »Elisabeth und Mia hatten keinen, Lindas haben wir überprüft. Die letzten Anrufe gingen an Familienangehörige und Freunde. Niemand von denen weiß irgendwas. Auch Elisabeths Kollegen ist nichts aufgefallen. Sie war wie immer, nicht ängstlich oder beunruhigt. Die einzige der vier Frauen, die etwas gemerkt zu haben schien, war Britney.«

Jonas grinste düster. »Was bedeutet, dass er unvorsichtig wird.«

Sandy nickte. »Oder es reicht ihm nicht mehr, seine Opfer zu überwältigen und zu quälen. Vielleicht törnt es ihn ja an, sie vorher schon in den Wahnsinn zu treiben, ihnen Angst einzujagen, sie an ihrem Verstand zweifeln zu lassen.«

»Dann setzen wir uns heute Abend zu einer Konferenz zusammen?« Jonas sah Sandy müde an.

Die lächelte bedauernd. »Leider ja, so leid es mir tut. Wir müssen Infos austauschen, Ergebnisse abgleichen.« Sie hielt inne, sah auf die Uhr. »Aber vielleicht könnten wir die Konferenz auf sechs Uhr legen, dann könnten die Kollegen, die seit über 36 Stunden auf den Beinen sind, zum Schlafen nach Hause fahren.«

Jonas grinste und zwinkerte spitzbübisch. »Du weißt, dass wir beide da auch dazu gehören?«

Sandy nickte und gähnte wie auf Befehl. »Allerdings denke ich, werden wir es heute beim Schlafen belassen.«

»Dann schickst du mich zu mir nach Hause?«

Sandy lächelte. »Das hab ich nicht gesagt. Nur dass wir dann auch wirklich schlafen sollten.«

Als beide am Abend zurück ins Präsidium kamen, fühlte Sandy sich ausgelaugt und erschöpft, konnte kaum mehr einen klaren Gedanken fassen. Jonas' Angebot, bei der Besprechung ihre Position einzunehmen, lehnte sie dennoch ab. Ihr Team beäugte ihren Umgang mit Jonas sowieso schon mit wachsamen Blicken, da musste sie nicht noch zusätzlich für Zündstoff sorgen. Im Grunde gaben ihre Ermittlungen sowieso kaum etwas her. Sowohl Cathleen als auch Johanna hatten sich als Luftnummer entpuppt, weil ihr Verhältnis zu Britney bei Weitem nicht so herzlich gewesen war, wie ihre Schwester annahm.

Was Sophia, die Tänzerin, anging, hatte sich der Besitzer des Klubs überraschend zuvorkommend gegeben und innerhalb von weniger als einer Stunde selbst die Mädchen zusammengetrommelt, die frei hatten.

Natürlich hatte auch von ihnen niemand etwas gesehen, geschweige denn war einem der Mädchen etwas Relevantes aufgefallen. Auf Jonas' Frage, ob jemandem ein Gast aufgefallen war, der öfters kam und besonders auf Sophia fixiert war, hatten alle gelacht, denn ein Großteil der Kunden des Klubs war Stammgast und kam öfter als zwei- bis dreimal die Woche. Und was Sophia anging – sie war wunderschön, blond, elfenhaft schlank, beinahe kindlich – natürlich hatte sie unwahrscheinlich viele Bewunderer, doch Diskretion wurde im Klub großgeschrieben, sodass es ihnen nicht gelungen war, Namen aus dem Besitzer rauszukriegen. Zumindest damit mussten sie warten, bis ein Verbrechen nicht mehr von der Hand zu weisen war, und sie einen richterlichen Beschluss bekamen.

Sandy seufzte. Es war, als wäre der Täter unsichtbar und würde mit ihnen spielen.

»Es ist sechs Uhr, wir müssen«, erklärte Jonas und kritzelte noch etwas auf einen Block. Sandy wollte gerade aufstehen, als Eva, die Telefonistin hereingeplatzt kam. »Amanda Williams hat heute schon viermal angerufen und darum gebeten, mit der leitenden Ermittlerin in der Mordserie verbunden zu werden. Und das bist nun mal du.« Eva sah Sandy belustigt an und hob die Schultern. »Ich wollte es nur gesagt haben. Sie meinte nämlich, es sei wichtig und sie habe Infos zu unserem Fall. Um genau zu sein, behauptet sie, dass ihr etwas aufgefallen sei.«

Sandy stöhnte und hob die Hände. »Auch das noch. Womit hab ich das nur verdient.« Sie schüttelte den Kopf und sah Eva flehend an. »Ruf zurück und sage ihr, dass es heute nicht mehr klappt, dass ich mich aber die Tage melde. Und sie soll auf keinen Fall einfach vorbeikommen, hörst du?«

Nachdem Eva lachend das Zimmer verlassen hatte, sah Jonas zu Sandy. »Wer zum Geier ist Amanda Williams? Und was könnte sie über unseren Fall wissen?«

Sandy winkte ab. »Amanda ist eine ehemalige Polizistin, seit neun Jahren außer Dienst. Sie erkrankte nach dem Tod ihres Mannes an schweren Depressionen, ruft seit ihrer Pensionierung mehrmals im Jahr hier an, kommt manchmal sogar vorbei und will bei der Lösung aktueller Fälle helfen.«

»Aber Eva sagte, dass Amanda irgendwas wisse. Willst du sie nicht wenigstens zurückrufen und nachhaken? Wer weiß schon, was …«

»Du kennst Amanda nicht«, unterbrach Sandy Jonas schroffer als beabsichtigt. Als sie Jonas' verletzten Gesichtsausdruck sah, atmete sie tief durch. »Du kennst die Frau nicht«, erklärte sie, diesmal etwas sanfter. »Sie war mal eine sehr gute Polizistin, doch diese Erkrankung hat jemanden aus ihr gemacht, der uns bei unseren Ermittlungen nur hinderlich ist, uns unsere wertvolle Zeit stiehlt, verstehst du?«

Jonas nickte, sah aber trotzdem noch skeptisch und ein klein wenig verletzt aus.

Nach der Konferenz verabschiedete Sandy sich von ihren Kollegen und machte sich auf den Weg nach draußen. Jonas war nirgends zu sehen, was Sandy befürchten ließ, dass er noch immer sauer auf sie war und heute lieber seine Ruhe wollte. Auf den letzten zwanzig Metern zu ihrem Wagen bemerkte sie einen Lufthauch hinter sich, doch als sie sich umdrehte, war niemand zu sehen. Umso erschrockener war sie, als sie plötzlich eine Hand an ihrer Schulter spürte. Sie wirbelte herum, blickte in Jonas' Gesicht.

»Ich wollte noch eine Akte vervollständigen und einen Anruf erledigen, aber …« Er brach ab, fixierte Sandys Gesicht. »Ist wirklich alles okay zwischen uns?«

Sie nickte.

»Dann komme ich später zu dir?«

»Was heißt später?«

»Wenn ich fertig bin, will ich noch kurz zu mir, den Briefkasten ausleeren und den Anrufbeantworter abhören.«

Sandy nickte. »In Ordnung.« Sie öffnete ihre Handtasche, zog einen einzelnen Schlüssel hervor, der als Anhänger das Emblem einer Rockband hatte. »Damit kommst du jederzeit bei mir rein«, sagte sie und spürte, wie sich ihr Puls beschleunigte.

Jonas sah sie geschockt an, dann verzog sich sein Gesicht zu einem warmen Lächeln. »Das weiß ich zu schätzen, danke.«

Plötzlich fiel Sandy der Teststreifen in ihrer Tasche ein. *Umso besser,* dachte sie, bis Jonas zu ihr kam, wüsste sie bereits über das Ergebnis Bescheid. »Kann sein, dass wir später was besprechen müssen«, sagte sie lapidar.

Jonas sah sie fragend an. »Geht es um den Fall?«

Kopfschütteln.

»Um uns?«

Nicken.

Er sah sie mit undurchdringlichem Blick an, räusperte sich. »Schlafen wird sowieso überbewertet. Also haben wir die ganze Nacht Zeit.«

Drei Stunden später glaubte Sandy nicht mehr daran, dass Jonas heute Abend noch bei ihr aufschlagen würde. Sie griff nach dem Schwangerschaftstest auf dem Tisch vor sich, starrte zum gefühlt hundertsten Mal auf die zwei Streifen.

Schwanger.

Sandy seufzte und stand auf. Dann nahm sie das vor ihr stehende volle Weinglas und trug es in die Küche, schüttete alles in die Spüle.

Im Moment konnte sie nicht mehr klar denken. Sie war

schwanger, so viel stand fest. Doch sie wusste weder, wie sie damit umgehen sollte, noch, ob sie sich freute oder einfach nur schreckliche Angst hatte. Ein Baby mit Mitte vierzig war kein Pappenstiel. Sie konnte sich nur zu gut an die schlaflosen Nächte mit ihrem Sohn erinnern, an die Brüllphase wegen der ersten Zähne, an die diversen Trotzphasen, die Nick und sie an den Rand des Wahnsinns getrieben hatten. Und war es nicht auch so gewesen, dass jeder Streit um die Erziehung des Kindes sie ein Stück weit mehr als Paar auseinandergetrieben hatte?

Sandy seufzte und sah auf die Uhr. Mittlerweile war es nach Mitternacht und ihre Hoffnung auf ein Gespräch mit Jonas ging gegen null.

War er doch noch wütend auf sie?

Allerdings war er es gewesen, der ihr bis auf den Parkplatz nachgelaufen kam, nur um sicherzugehen, dass zwischen ihnen alles gut war.

Vielleicht hatte er sich einen Moment auf das Sofa gesetzt und war eingeschlafen, beruhigte Sandy sich. Schließlich waren sie alle inzwischen seit mehr als 48 Stunden auf den Beinen. Im Grunde war es nicht schlimm, dann würde sie ihm eben ein anderes Mal unterbreiten, dass er Vater wurde.

Sie nahm ihr Handy, ging ins Schlafzimmer und schlug die Decke zurück, legte sich aufs Bett. Einen Augenblick überlegte sie, ob sie Jonas eine Nachricht schreiben sollte, ließ es dann aber, als ihr die Augen zufielen. Sie war fast eingeschlafen, als sie hörte, wie die Wohnungstür aufgeschlossen wurde. Ein schlaftrunkenes Lächeln trat auf ihr Gesicht, als sie Jonas kurz darauf ins Schlafzimmer kommen hörte, die Schwere seines Körpers wahrnahm, wie er die Matratze eindrückte, sodass sie unwillkürlich ein klein wenig zu ihm hinüberrollte. Sie kuschelte ihren Hintern an seine Vorderseite, nahm seinen Arm zu sich nach vorne, kicherte, als er in ihre linke Brustwarze kniff, küsste seine Handinnenfläche.

Ein Stromschlag durchfuhr sie, als sie durch die Schläfrigkeit wahrnahm, dass die Hand, die sie gerade liebkoste, viel größer, kräftiger und muskulöser als Jonas' war, anders roch, sogar anders schmeckte. Es war eine Mischung aus Seife und irgendwas Chemischem, das leicht metallisch schmeckte. Ein Adrenalinstoß jagte durch ihren Körper. Dann versteifte sie sich, kämpfte gegen den eisernen Griff an, der sie plötzlich umklammert hielt. Sandy registrierte, dass er – wer auch immer da hinter ihr lag – ebenfalls alle Kräfte zu bündeln schien, sich blitzschnell von hinten auf sie rollte und ihr schließlich mit aller Kraft den Mund zuhielt, damit sie nicht schreien konnte. Ein dunkles und zutiefst angsteinflößendes Lachen ertönte, dann spürte Sandy einen stechenden Schmerz im Hals. Sie versuchte ein letztes Mal, sich aufzubäumen, schickte ein stilles Stoßgebet zum Himmel, dann wurde es schwarz um sie.

Kapitel 11

Bognor Regis
Mai 2016

Ein Wimmern ließ sie aus dem Schlaf hochfahren. Schnell warf sie die Decke zurück, machte sich auf den Weg zum Zimmer ihres Sohnes, atmete erleichtert auf, als sie Tim in seinem Bettchen friedlich schlummern sah. Ein Knarzen erklang von irgendwo über ihr, ein Geräusch von Holz, das über den Boden scharrte.

Die obere Wohnung!

War jemand dort oben?

Isa zögerte einen Augenblick, dann warf sie einen letzten Blick auf ihr schlummerndes Kind, schloss die Tür leise und machte sich auf den Weg nach oben, nahm den Schlüssel von der Kommode im Gang. Bei jeder einzelnen Stufe ins obere Stockwerk beschleunigte sich ihr Puls mehr, sodass Isa oben das Gefühl hatte, das Herz springe ihr aus der Brust.

Verwundert registrierte sie, dass die Tür einen Spalt breit geöffnet war, als wüsste jemand, dass sie kam, würde sie erwarten. Sie schob die Tür weiter auf, trat in den muffigen Gang, suchte die Wand nach dem Lichtschalter ab.

Als sie ihn endlich gefunden hatte, tat sich nichts. Isa seufzte. Trotzdem beschloss sie, der Ursache des Geräuschs auf den Grund zu gehen, und sah von Zimmer zu Zimmer.

Nichts.

Niemand da.

Im Wohnzimmer schien ebenfalls alles normal, bis ihr wieder das leise Wimmern auffiel, das aus einer Ecke neben dem Fenster zu kommen schien.

Sie ging um den verhängten Wohnzimmerschrank herum und erstarrte, als sie vor sich auf dem Boden, im Lichtkegel der ins Zimmer scheinenden Hoflaterne, einen Mann mit dem Rücken zu sich sitzen sah. Der Mann wiegte sich langsam vor und zurück, murmelte dabei einen seltsamen Singsang.

Der Mann hielt etwas in den Armen. Etwas, das er wie verzweifelt gegen seine Brust drückte.

Ein Schrei löste sich aus Isas Kehle, als ihr klar wurde, dass der Mann ein mit Laken bedecktes regloses Kind im Arm hatte.

War das Bernd?

Und falls ja, was hatte er Tim nur angetan?

Doch dann fiel Isa ein, dass Tim vor wenigen Minuten noch in seinem Bett geschlafen hatte und dieser Mann selbst von hinten nicht viel mit Bernd gemein hatte. Der Mann vor ihr war schmal und sehnig, während Bernd ein Koloss von einem Mann war, groß, breit und extrem muskulös.

Wer war das?

Sie trat näher, ignorierte die warnende Stimme in ihrem Innern, die ihr zuflüsterte, dass sie hier weg musste.

Der Mann am Boden begann, seltsam zu zucken, dann drehte er seinen Kopf langsam in Isas Richtung.

Bestürzt sah sie, dass der Mann seinen Mund zu einem stummen Schrei aufgerissen hatte und todtraurig wirkte.

Sie bemerkte erst jetzt die dunklen Flecken auf den kleinen Armen, die rechts und links unter dem Laken hervorhingen, den eklig süßen Geruch nach verdorbenem Fleisch. Isa fing an zu würgen, machte einen Schritt nach dem anderen zurück zur Tür, doch der Mann vor ihr erhob sich plötzlich, kam langsam auf sie zu.

Das Laken rutschte vom Gesicht des Kindes, offenbarte das Antlitz eines süßen kleinen Mädchens mit blonden Locken und großen kugelrunden Augen, die sie blicklos anstarrten. Isa erstarrte. Sie hatte dieses Kind schon einmal irgendwo gesehen. Irgendwo …

Gerade als Isa glaubte, dass der Mann so nahe war, um sie berühren zu können, drang ein Lachen von weit her an ihr Ohr. Tim!

TIM!

Isa war schweißgebadet, als sie erwachte. Ihr Herz hämmerte hart gegen ihre Brust, der Atmen ging nur stoßweise. Es dauerte eine Weile, bis ihr klar wurde, dass sie einen furchtbaren Albtraum gehabt hatte, sie sich in Sicherheit befand. Und Tim ebenfalls.

Tim!

Sie stand auf, ging zum Fenster und zog die Vorhänge zurück, ließ die milde Morgensonne ins Zimmer.

Dann machte sie sich auf zum Zimmer ihres Sohnes, aus dem ein glockenhelles Lachen kam.

Ihre Haut kribbelte, als sie sich der Tür näherte, ihr Magen rebellierte.

Konnte es möglich sein, dass Bernd sie gefunden hatte? War der Traum eine Art Warnung gewesen? Ein »Pass auf« aus ihrem Unterbewusstsein?

Sie drückte die Klinke hinunter, erwartete das Schlimmste, doch als sie ins Zimmer trat, war da nur Tim, der auf dem Boden vor dem Bett saß und mit seinem Boot spielte.

»Morgen Mami.« Er sah zu ihr, wurde seltsam rot im Gesicht.

»Was machst du?«, fragte Isa. »Und warum hast du so laut gelacht?«

Tim hob die Schultern und zog einen Flunsch.

»Magst du mir nicht verraten, was so lustig war?«

Kopfschütteln.

Isa spürte Zorn in sich aufsteigen.

»Hast du mit Annie gespielt?«

Schweigen.

»Antworte mir!«

Tim drehte sein Gesicht zu Isa, nickte langsam, ein trotziges Funkeln in den Augen.

»Du weißt, dass diese Annie, die hier gelebt hat, lange tot ist?« Isa wusste, dass es falsch war, so etwas zu ihrem Kind zu sagen, doch sie konnte nicht anders. »Und tot bedeutet weg. Weg für immer.«

Tim schüttelte heftig mit dem Kopf. »Annie ist tot. Aber weg ist sie deswegen nicht. Das war sie nie.«

»Wenn es Annie ist, mit der du da spielst und die du siehst, magst du mir auch verraten, warum ich sie nicht sehen kann?«

Tims Blick verdüsterte sich, dann grinste er. »Weil du alt bist. Und nicht richtig hinsiehst. Nicht zuhörst. Annie sagt, dass du dumm bist.«

Isa nickte wütend. »Sagt sie das?«

»Ja, das sagt sie.«

»Ich will, dass du damit aufhörst.« Isa versuchte, eine gewisse Schärfe in ihre Stimme zu legen, doch Tim ging gar nicht darauf ein.

»Annie und ich sind Freunde. Sie ist glücklich, dass wir hierhergekommen sind, weil sie jetzt nicht mehr so allein ist. Und ich glaube, sie ist ein bisschen eifersüchtig auf Lenny, weil der Mama und Papa hat und niemals wirklich einsam ist. Ich auch sein Freund bin.«

»Glaubst du nicht, dass Lenny der bessere Freund für dich wäre?«, versuchte Isa auf andere Art und Weise, Tim aus der Reserve zu locken. »Lenny und du ihr versteht einander so gut, ihr seid beide Jungs, habt ähnliche Interessen. Lenny ist am Leben, wohnt gleich im Haus nebenan.«

»Annie mag mein Boot auch«, gab Tim zurück. »Sie ist lustig. Ich brauche nur an sie denken, schon ist sie da.«

Isa schloss die Augen, dachte an ihren Traum zurück.

»Ist sie jetzt, in diesem Augenblick da?«

Tim verneinte.

»Sie will mich nicht in Schwierigkeiten bringen.«

»In Schwierigkeiten?«

»Na ja, weil du sauer wirst, wenn ich von ihr erzähle.«

Isa seufzte. Dann kam ihr eine Idee. »Wie sieht Annie aus?«

Tim hob die Schultern. »Wie ein Mädchen.«

»Ein bisschen genauer, mein junger Herr«, flachste Isa.

»Sie hat blonde Haare. Locken. Und große blaue Augen. Sie hat mir erzählt, dass ihr Vater immer gesagt hat, dass sie sein kleiner Engel sei.«

Ein Stich durchfuhr Isas Eingeweide. »Hat sie noch etwas über ihren Vater erzählt?«

Tim nickte. »Dass er Polizist war.«

»Sonst noch was?«

Tim schwieg.

»Hat Annie sonst noch etwas von ihrem Vater erzählt?«

In Tims Augen sammelten sich Tränen. »Dass er tot ist«, flüsterte er schließlich. »Genau wie ihre Mama.«

Isa nickte. »Aber wenn Annies Eltern tot sind, wie du sagst, warum ist sie dann allein in diesem Haus? Müsste nicht zumindest ihre Mutter auch hier sein?«

Tim schluckte. »Annie sagt, dass ihre Mama sehr traurig ist und allein sein will. Und dass sie ihren Papa schon ganz lange nicht mehr gesehen hat. Deswegen ist sie ja hier. Weil sie auf ihn wartet. Auf ihren Papa.«

Isa durchfuhr ein Gedankenblitz. Sie begann zu frieren, schluckte gegen die aufsteigende Übelkeit an. Dann straffte sie die Schultern. »Ich bin gleich wieder zurück«, sagte sie zu Tim. »Du rührst dich nicht vom Fleck.«

Keine fünf Minuten später war Isa wieder bei Tim im Zimmer, hielt ihm einen der Bilderrahmen vors Gesicht, auf dem die Frau mit dem Mädchen zu sehen waren.

»Ist das Annie?«, fragte Isa und sah Tim aufmerksam an. Ein Lächeln trat auf sein Gesicht, dann nickte er. »Glaubst du mir endlich?«

Isa schluckte, dann strich sie Tim übers Gesicht.

»Was hältst du davon, wenn ich dir leckeres Rührei mit Speck und Toast mache?«

Tim zog eine Schnute. »Lieber Pfannkuchen.«

»Schon wieder?« Isa sah ihren Sohn zweifelnd an.

Der kleine Junge nickte strahlend. »Pfannkuchen sind lecker.«

Isa seufzte und stand auf. »Ich ruf dich, wenn das Essen fertig ist.«

Während Tim einen Pancake nach dem anderen vertilgte, starrte Isa auf das Bild, welches sie auf die Anrichte gestellt hatte. Was zur Hölle sollte sie von all dem halten? Plötzlich kam ihr eine Idee. »Kann ich dich zwei Minuten allein lassen?«, fragte sie Tim.

Der nickte. »Bin ja kein Baby mehr.«

»Weiß ich doch«, sagte Isa gerührt. »Ich geh nur kurz zu der alten Frau, die in dem Haus mit den hübschen Blumenkästen wohnt. Du isst währenddessen dein Essen auf und rührst dich nicht von der Stelle, okay?«

Tim rollte mit den Augen. Dann nickte er. »Ich stell schon nichts an.«

Erleichtert schnappte Isa sich das Foto und machte sich auf den Weg zu Lenor.

»Sind das Annie und ihre Mutter?«, kam sie unmittelbar auf den Punkt, als die alte Frau die Tür öffnete, und hielt Lenor das Bild unter die Nase.

Die Frau nickte traurig, sah Isa ins Gesicht. »Das sind Annie und ihre Mutter.«

Isa schluckte. »Mein Sohn Tim …« Sie brach ab, ließ die Schultern hängen.

Lenor sah Isa lächelnd an. »Er kann sie sehen, nicht wahr?«

»Woher wissen Sie das?«

Lenor hob die Schultern. »Kinder haben einen offenen Geist, sehen die Welt mit anderen Augen. Sie sind noch bereit, an Wunder zu glauben, verstehen Sie?«

Isa nickte, obwohl sie in Wahrheit gar nichts verstand. Wie konnte eine Frau wie Lenor, lebenserfahren und weise, an etwas derart Abstruses glauben?

Oder war am Ende sie selbst diejenige, die alles ganz falsch sah?

»Warum hatte meine Großtante überhaupt Bilder von den beiden in ihrer Wohnung stehen? Das waren ja im Grunde nur ihre Mieter … Nachbarn quasi.«

Lenor starrte Isa mit offenem Mund an. Dann schüttelte sie ungläubig den Kopf. »Sie wissen es nicht?«

»Was?« Isa hob die Schultern.

Lenor griff nach dem Bild in Isas Hand, strich mit dem Finger sanft über das Glas. »Die junge Frau auf dem Foto ist die Ehefrau von Adeles Enkelsohn Collin, die Kleine also ihre Urenkelin. Eine wirklich tragische Geschichte.« Sie seufzte. »Nachdem Annie, ihre Mutter und Coll… der Mörder beerdigt waren, hatte Adele nur noch ihre Tochter Maria, eine Bildhauerin, die in London lebte. Mutter und Tochter hatten nach der Tragödie kein besonders enges Verhältnis mehr zueinander, hat Adele mir eines Tages anvertraut. Collins schreckliche Taten waren allgegenwärtig, belastete ihre Beziehung extrem.«

»Lebt Maria noch?«, fragte Isa aufgeregt. Doch dann fiel ihr ein, dass dies nicht möglich war, weil sonst sie das Haus geerbt hätte und nicht Isa.

»Was ist mit ihr passiert?«, setzte sie schnell nach.

Lenor räusperte sich betreten. »Krebs. Sie ist keine vier Jahre nach ihrem Sohn, seiner Frau und Annie gestorben, sodass Adele am Ende gar niemanden mehr hatte.«

Ein furchtbares Gefühl der Trostlosigkeit machte sich in Isa breit, als ihr bewusst wurde, was ihre Großtante durchgemacht hatte. Zwanzig Jahre lang war sie dazu verdammt gewesen, in dem Haus zu leben, in dem alles an ihre geliebte Annie und die schreckliche Tat ihres Enkels erinnerte. Und dann war da noch der Krebstod ihrer einzigen Tochter.

»Warum ist sie nicht einfach von hier weggezogen?«, fragte Isa.

Lenor hob die Schultern. »Das weiß nur Adele selbst.« Sie schüttelte den Kopf, dann huschte ein Lächeln über ihr Gesicht. »Adele war eine äußerst erstaunliche Frau, müssen Sie wissen. Vielleicht konnte sie die kleine Annie ja ebenfalls sehen. Das ist doch ein schöner Gedanke, finden Sie nicht auch?«

Isa nickte betreten, schluckte gegen die Tränen an.

»Wissen Sie zufällig, wo Annie, ihre Mutter und meine Tante beerdigt sind?«

Lenor nickte.

»Auf dem alten Friedhof zwei Kilometer nach der Ortsausfahrt von Bognor Regis. Es ist die Grabstelle mit dem sitzenden Engel auf dem Stein.« Lenor lächelte versonnen. »Adele hat diesen Platz geliebt«, erklärte sie, »weil man von dort aus den alten Leuchtturm sehen kann.«

Eine Stunde später war Isa auf dem Weg zu Adeles Grabstelle. Warum sie darauf bestanden hatte, das Tim mitkam, anstatt ihn bei Lenny zu lassen, wusste Isa selbst nicht.

»Wohin fahren wir, Mami?«, fragte Tim von der Rückbank aus.

»Wir besuchen Tante Adele«, antwortete Isa lapidar und biss sich auf die Unterlippe. Sie hielten an einem Blumengeschäft und kauften einen Strauß weißer Lilien. Auf dem Parkplatz vor dem Friedhof drückte sie Tim eine der Blumen in die Hand und sah ihn aufmerksam an. »Die kannst du Annie schenken. Sie ist mit ihrer Mutter, ihrer Großmutter und ihrer Urgroßmutter beerdigt worden.«

Tim sah Isa fragend an. »Das verstehe ich nicht.«

Isa ging vor ihm in die Hocke und sah ihn ernst an. »Annie war die Urenkelin von Großtante Adele. Das habe ich heute von Lenor erfahren, der alten Frau aus dem Nachbarhaus.«

Tims Augen begannen zu leuchten. »Dann hat Annie die Wahrheit gesagt.«

»Was meinst du damit?«

»Sie hat mir erzählt, dass wir verwandt sind. So wie Cousin und Cousine nur über zehn Ecken.«

»Dann ist diese Annie ja ziemlich schlau«, gab Isa zähneknirschend zu.

Tim nickte. »Sie ist ja auch schon sieben Jahre alt.«

Isa sah Tim nachdenklich an, nahm den Blumenstrauß in die eine Hand, Tim an die andere. »Eigentlich ist Annie jetzt schon fast so alt wie ich«, erklärte Isa. »Immerhin ist sie seit 20 Jahren tot.« Sie spürte Tims zweifelnden Blick auf sich, sagte aber nichts.

Als sie schließlich das Grab mit dem Engel gefunden hatten, legte Isa die Blumen vor den Grabstein, wies Tim an, es ihr gleichzutun.

»Hier ist deine Freundin Annie begraben«, sagte sie und hielt Tims Hand fest, als er sich ihr entziehen wollte. Sie sah ihren Sohn an, der mit aufgerissenen Augen auf das Grab starrte und dann zu weinen begann. »Ich will hier weg«, jammerte er und riss sich los. »Ich will nicht, dass Annie dort allein in der kalten Erde liegt. Sie soll wieder lebendig sein. Bei mir.«

Isa zerriss es beinahe das Herz, als sie ihren Sohn so verloren und unendlich traurig vor sich stehen sah. Plötzlich fühlte sie sich mies, angesichts dessen, was sie hier tat. Am liebsten hätte sie sich selbst geohrfeigt, stattdessen warf sie einen letzten Blick auf das Grab und zog Tim mit sich. Sie war schon fast am Auto, als ihr etwas einfiel. Sie suchte das Häuschen des Friedhofsverwalters und klopfte an die Tür. Ein älterer Mann um die sechzig öffnete und sah Isa freundlich an.

»Wie lange arbeiten Sie schon hier?«, kam Isa ohne Umschweife auf den Punkt.

Der Mann runzelte die Stirn. »Fast vierzig Jahre«, sagte er dann und lächelte. »Warum?«

»Das Grab mit dem Engel«, begann Isa, »meine Familie liegt dort begraben.« Sie brach ab, suchte nach Worten.

Der Friedhofswärter nickte mitleidig. »Ich erinnere mich, eine wirklich furchtbare Tragödie.« Er seufzte.

»Wissen Sie zufällig, wo der Mann begraben wurde? Der Vater des Mädchens?«

Der Mann versteifte sich. »Warum wollen Sie das wissen?«

Isa schluckte. »Ich weiß nicht. Er war mein Cousin über zig Ecken, ich möchte einfach wissen, wo seine sterblichen Überreste begraben wurden.«

Der Mann nickte verständnisvoll. »Sie haben das Monster irgendwo in London beigesetzt. Auf einem freien Friedhof außerhalb. Wenn Sie wollen, finde ich heraus, wo genau und rufe Sie an.«

Isa nickte dankbar und nannte dem Mann ihre Handynummer.

Als sie mit Tim im Auto saß, blickte sie ihn durch den Rückspiegel nachdenklich an. »Es tut mir schrecklich leid«, sagte sie schließlich und spürte, wie ihre Eingeweide sich verkrampften. »Es ist nur … diese Sache mit Annie … dass du sie sehen kannst und ich nicht … es macht mir Angst, verstehst du?«

Tim nickte stumm, blickte weiterhin aus der Seitenscheibe des Wagens.

»Ich hatte kein Recht, dich dieser Situation auszusetzen, hätte dich niemals hierherbringen sollen.«

Tim wandte sich ihr zu. »Meinst du auf den Friedhof oder überhaupt hierher nach England?«

Auf diese Frage wusste Isa keine Antwort, hob daher die Schultern. »Wahrscheinlich beides«, gab sie schließlich zu. »Aber ich mach es wieder gut«, versprach sie. »Ich kümmere mich darum, dass sich so schnell wie möglich jemand an die Sanierungsarbeiten macht, beauftrage eine Firma wegen des Verkaufs und dann fahren wir wieder nach Hause.«

Tim riss seine Augen auf. »Du meinst zu Papa?«

»Ich meine in unsere Wohnung in Berlin.« Isa seufzte. »Aber wenn du willst, können wir ein Treffen mit Papa vereinbaren.«

Tim nickte freudig, dann fiel sein kleines Gesichtchen in sich zusammen. »Aber wenn wir nach Hause fahren, ist Annie ganz allein.«

Isa biss sich auf die Zunge und verkniff sich eine Antwort. »Hast du Lust, mit Lenny zu spielen?«

»Jaaaaa«, rief Tim und vergaß auf der Stelle seine Bedenken.

Na also, dachte Isa erleichtert, sie musste also nur dafür sorgen, dass Tim beschäftigt war und nicht zu viel Zeit zum Grübeln hatte.

Als Isa am Abend bei einem Glas Wein auf dem Sofa saß und über Adele, deren Tochter Maria und ihren Enkel Collin nachdachte, spürte sie, wie irgendetwas in ihr zu kribbeln begann. Es war wie der Augenblick kurz vor einer wichtigen Erkenntnis, ein zartes Flattern in der Magengegend, ein Ziehen im Bauch, das ihr sagte, dass gleich der Groschen fiel. Und dann wusste sie es plötzlich. Der Mann in ihrem Traum … Das musste Collin gewesen sein. Oder zumindest stand er für ihn auf eine symbolische Art und Weise, wie Isa annahm. Immerhin hatte sie Adeles Enkel noch nie in ihrem Leben gesehen, woher sollte sie also wissen, wie er aussah?

Andererseits – woher wusste Tim von Annie und dass sie blonde Locken hatte? Dass sie selbst Annie in ihrem Traum gesehen hatte, hing sicherlich mit dem Foto aus Adeles Wohnzimmer zusammen, doch zwischen all den Bildern war keines dabei gewesen, das Collin zeigte. Woher also sollte sie wissen, dass es sich um den Mann in ihrem Traum um Collin handelte? Oder um einen Mann, der für Collin stand?

Fakt war, dass Isa es einfach wusste. Es gab keinerlei Zweifel daran, so viel war sicher.

Doch wenn der Mann Collin war, weshalb hatte er dann so traurig ausgesehen? So verloren und verzweifelt? Keineswegs wie ein gefährlicher Serienkiller?

Isa atmete tief durch und spürte, wie das Kribbeln stärker wurde.

Der Mann in ihrem Traum hatte das Mädchen auf dem Arm gehalten und dabei so verstört und hilflos gewirkt, dass Isa sich beim besten Willen nicht vorstellen konnte, dass er selbst das Kind getötet hatte. War er am Ende verrückt gewesen? Hatte er nicht gewusst, was er tat?

So ungern sie es sich auch eingestand, hatte Collins Schicksal ihr Interesse geweckt. Was brachte einen Mann dazu, Frauen zu töten? Und am Ende sogar das eigene Kind?

Isa atmete tief durch und wählte die Nummer von Lennys Mutter, die sie sich vorhin hatte geben lassen, als sie Tim abgeholt hatte.

»Hi Paula, ich bin's, Isa«, sagte sie, als Lennys Mutter abhob. »Meinst du, du könntest mir morgen Tim abnehmen? Ich muss dringend nach London und befürchte, dass er sich schrecklich langweilen wird, wenn ich ihn mitnehme.«

Paula am anderen Ende der Leitung schwieg einen Augenblick. »Aber natürlich«, sagte sie dann und lachte warmherzig. »Bring den kleinen Mann einfach rüber. Was immer du zu erledigen hast, lass dir Zeit.«

Nachdem sie sich verabschiedet hatten, atmete Isa tief durch. Eine Welle freudiger Erregung machte sich in ihrem Innern breit. Sie hatte Tim für den ganzen morgigen Tag bei Lenny untergebracht und somit Zeit genug, nach London zu fahren und in der Stadtbibliothek nach Berichten über die damalige Mordserie zu recherchieren. Vielleicht fand sie auf diese Weise heraus, wo genau Collin gearbeitet hatte, ansonsten würde sie sich eben durchfragen. Sie atmete tief durch und trank den letzten Schluck Wein aus. Es musste doch möglich sein, jemanden zu finden, der Collin persönlich gekannt hatte und ihr etwas über ihn erzählen konnte. Vielleicht verstand sie ja so, wie es dazu hatte kommen können, dass aus einem liebenden Familienvater ein Monster geworden war.

Kapitel 12

London
Mai 2016

»Mr. Stevens? Mr. Stevens!« Das verschwommene Gesicht einer jungen Frau tauchte in seinem Sichtfeld auf, verschwand gleich darauf wieder. Dann kamen die Schmerzen. Bohrend, hackend, hämmernd! Sein Kopf fühlte sich an, als gehörte er nicht zu seinem Körper, schien ein Eigenleben zu führen.

Ein Stöhnen drang aus Jonas' Kehle. Dann hörte er, wie irgendwo in seiner Nähe eine Tür geöffnet und wieder geschlossen wurde.

»Mr. Stevens? Mein Name ist Dr. George Russel. Sie hatten einen Unfall, befinden sich im Kings Oak Hospital.«

Jonas öffnete und schloss seine Augen ein paar Mal hintereinander, versuchte herauszufinden, auf welche Art und Weise der Schmerz in seinem Kopf erträglicher war, gab schließlich auf. Er schluckte gegen die Übelkeit an, schob sich mit den Händen in eine sitzende Position. Es dauerte ein paar Minuten, bis er so weit war, um sowohl den vor sich stehenden Arzt als auch die hübsche junge Krankenschwester wahrzunehmen.

»Sie haben eine Gehirnerschütterung«, erklärte die junge Frau ungefragt, verzog das Gesicht zu einer mitleidvollen Miene.

»Was … ist passiert?«, brachte Jonas schließlich heraus.

»Wie ich bereits sagte, Mr. Stevens, Sie hatten einen Unfall.«

Jonas nickte, zuckte angesichts des Stiches, der durch seinen Kopf jagte, zusammen. Krampfhaft versuchte er, zusammenzubekommen, woran er sich noch erinnerte. Sandy und er hatten sich auf dem Parkplatz noch mal getroffen und für den späteren

Abend verabredet. Sie hatte ihm einen Schlüssel gegeben, gemeint, dass sie mit ihm reden müsse. Dann war sie losgefahren und er zurück ins Büro gegangen. So weit, so gut. Er kniff die Augen zusammen, atmete tief durch. Was war danach passiert?

Er war zu seinem Wagen gegangen, war losgefahren. Da er sich daran erinnerte, dass ihm aufgefallen war, dass er sein Küchenfenster nicht zugemacht hatte, musste er also definitiv zu Hause angekommen sein. Er hatte geduscht, etwas gegessen, seinen Anrufbeantworter gecheckt und die Post sortiert. Dann hatte er alle Fenster kontrolliert und war losgegangen. Das musste so gegen 23 Uhr gewesen sein. Und weiter? Doch so sehr Jonas sich auch anstrengte, an mehr konnte er sich bei Gott nicht erinnern.

Frustriert sog er die Luft ein.

»Das dauert eine Weile«, erklärte Dr. Russel ungefragt, als hätte er Jonas' Gedanken erraten. »Irgendwann macht es klick und alles ist wieder da.«

Jonas sah den Mann an und schlug die Bettdecke zurück, schwang die Beine über die Bettkante, setzte sich ganz auf. Im ersten Augenblick schien es, als würde er ohnmächtig, doch dann schienen seine Sinne sich langsam, aber sicher daran zu gewöhnen, dass er saß. Selbst den starken Kopfschmerz steckte Jonas mittlerweile besser weg als noch vor ein paar Minuten.

»Sie müssen liegen bleiben«, mahnte der Arzt und sah Jonas streng an.

Der schüttelte mit dem Kopf. »Ich muss … muss zur Arbeit.«

Der Mund des Arztes klappte auf. »Sie wollen gehen?«

Jonas nickte und stand mit wackeligen Beinen auf.

»Ich kann es mir beim besten Willen nicht leisten, hier herumzuliegen, während der Wahnsinnige da draußen weiterhin …« Er stockte, als er den Blick der Krankenschwester bemerkte. »Ich bin Inspector Jonas Stevens«, erklärte er. »Mein

Team und ich ermitteln in einer Mordserie, daher muss ich jetzt leider schnellstmöglich hier weg.«

Der Arzt nickte knapp, sah Jonas mit stechendem Blick an. »Dann müssen Sie ein Formular unterzeichnen, dass sie ausdrücklich gegen meinen ärztlichen Rat handeln. Erst dann dürfen Sie gehen.«

»Meinetwegen«, knurrte Jonas, während er zum Schrank humpelte, seine Klamotten herausnahm. Vollkommen ungeniert zog er sich vor der Krankenschwester und dem Arzt den Krankenhauskittel aus und schlüpfte langsam in seine eigenen Klamotten. Als er bei seiner Jeans ankam, bemerkte er, dass sie vollkommen zerrissen, teilweise aufgeschliffen war. Er hob die Hose nach oben, sah den Arzt an. »Was, sagten Sie, ist mit mir passiert?«

Der Mann hob die Schultern. »Die hatten Sie an, als Sie eingeliefert wurden. Eine Frau hat Sie bewusstlos auf der Straße liegend vorgefunden. Sie ging davon aus, dass Sie von einem Auto oder Motorrad angefahren wurden und der Unfallfahrer Fahrerflucht begangen hatte. Sie reagierten auf nichts und niemanden, waren bewusstlos. Deswegen finde ich es ehrlich gesagt vollkommen verantwortungslos, dass sie jetzt einfach gehen wollen.« Er seufzte, sah Jonas stirnrunzelnd an. »Um ehrlich zu sein, haben wir noch eine ganze Menge Tests mit Ihnen vorgehabt. Sie müssen geröntgt werden, damit wir sehen, ob Sie Knochenbrüche haben. Weiterhin stand eine Untersuchung auf innere Blutungen auf dem Programm. Außerdem wollte die Polizei noch vorbeikommen und Sie zum Unfall befragen.«

»Ich BIN die Polizei«, brummte Jonas, sah den Arzt an und bewegte in Sekundenschnelle alle Gliedmaßen mehrmals. »Nichts gebrochen«, sagte er schließlich und grinste, verzog dabei das Gesicht, als eine Welle des Schmerzes durch sein Hirn schoss. »Und was den Rest angeht, verspreche ich hoch und heilig, dass ich wiederkomme, sobald wir den Fall gelöst haben.«

Der Arzt schüttelte den Kopf, ging wortlos aus dem Zimmer.

»Er holt das Formular«, erklärte die Krankenschwester und sah Jonas schüchtern an. Sie war eine sehr hübsche junge Frau, doch alles, woran Jonas denken konnte, war Sandy, die vergangene Nacht vergebens auf ihn gewartet hatte und sich sicher Sorgen um ihn machte. Er tastete seine Taschen ab, fand aber außer seinem Notizblock nichts. Wo war sein Schlüsselbund? Und wo sein Handy? Sein Portemonnaie?

»Fehlt Ihnen etwas?«

Jonas nickte.

»Kann sein, dass wir noch etwas eingetütet haben, falls es sich dabei um Wertsachen handelt. Ich sehe im Schwesternzimmer nach.«

Während Jonas in seine durchlöcherte Hose schlüpfte, versuchte er erneut, auf die Reihe zu bekommen, was geschehen war. Er hatte seine Wohnung verlassen, um zu Sandy zu fahren. Hatte die Wohnungstür abgeschlossen, war die Treppen nach unten gelaufen, zur Haustür raus und über die Straße gegangen, um ...

Ein eisiger Schauer lief über seinen Rücken, als er das Quietschen vernahm, den Knall des Aufpralls, den explosionsartigen Schmerz in seinem Körper erneut spürte.

Jemand hatte ihn auf dem kurzen Weg von seinem Haus zu seinem Parkplatz angefahren und war wahrscheinlich abgehauen, als er seine Papiere überprüft und bemerkt hatte, dass er Bulle war. Wahrscheinlich waren Alkohol oder Drogen im Spiel gewesen, was für den Unfallfahrer unangenehm geworden wäre.

Jonas zuckte zusammen, als die Schwester zurück ins Zimmer kam, einen durchsichtigen Plastikbeutel in der Hand. »Das ist alles, was man bei Ihnen an der Unfallstelle gefunden hat.«

Jonas nahm den Beutel, zog nacheinander Portemonnaie samt Dienstmarke und sein vollkommen zerschrammtes Smartphone heraus. »Der Schlüssel fehlt«, sagte er an die Schwester gewandt, doch die hob entschuldigend die Schultern.

»Mehr haben wir nicht.«

Na prima, dachte Jonas und seufzte. An dem Bund waren sein Wagenschlüssel, der Schlüssel zum Dienstfahrzeug, die Schlüssel zum Präsidium und Büro, zu seiner Wohnung und zu Sandys Wohnung dran gewesen. Er hatte sie in der Hand gehabt, als er zu seinem Wagen gelaufen war, also mussten sie noch irgendwo an der Unfallstelle herumliegen.

»Wären Sie so freundlich, mir ein Taxi zu rufen?«, fragte er die Schwester und hob sein kaputtes Smartphone. »Da muss ich erst gucken, ob es zu retten ist.«

Die Schwester nickte und grinste. »Die Dinger halten oft mehr aus, als wir denken. Für wann soll ich das Taxi bestellen?«

»Für sofort«, sagte Jonas und stakste auf die Tür zu. Ihm taten alle Knochen und Muskeln weh, aber wenigstens schien er sich tatsächlich nichts gebrochen zu haben. »Wo finde ich Dr. Russel, um das blöde Formular unterschreiben zu können?« Die junge Frau grinste. »Im Schwesternzimmer. Dr. Russel ist ein brillanter Arzt, aber er ist vollkommen untalentiert, was Technik angeht, deswegen dauert bei ihm sogar ein Papierausdruck extrem lange.«

Jonas grinste zurück. »Ich hab es furchtbar eilig. Wären Sie wohl so nett, ihrem Boss zur Hand zu gehen?«

Zwei Stunden später betrat Jonas das Gebäude des Präsidiums. Er war inzwischen mehr als nur schlecht gelaunt, hatte sich die Suche nach seinem Schlüsselbund doch als ergebnislos erwiesen. Jonas seufzte. Er hatte alles weiträumig um die Unfallstelle abgesucht, unter den parkenden Autos nachgesehen, sogar die umliegenden Nachbarn befragt, ob sie was gefunden hatten, doch der Schlüssel war und blieb verschwunden. Sein Magen zog sich schmerzhaft zusammen, als er daran dachte, Sandy sagen zu müssen, dass er ihren Schlüssel verloren hatte. Andererseits, das war ihm klar, konnte er ja nichts dafür, dass irgend so ein Esel sich zugesoffen oder zugedröhnt und ihn anschließend zusammengefahren hatte. Er beschloss, die Sache auf sich beruhen zu lassen, weil es in einer Stadt wie London unmöglich war, einen flüchtigen Fahrer zu finden, der wahrscheinlich längst über alle Berge war oder seinen Wagen zum Umlackieren gebracht hatte. Ganz davon abgesehen hatte er wirklich Wichtigeres an der Backe.

»Was ist denn mit dir passiert?«, fragte Eva, die Telefonistin, und sah Jonas besorgt an. »Du siehst aus, als wärst du in eine Elefantenherde geraten.«

»Fast erraten«, grinste Jonas. »Irgend so ein Trottel hat mich angefahren. Ist aber alles okay«, sagte er, als er Evas erschrockenen Blick sah. »Keine Panik, ich hab alles im Griff und mir ist auch nichts passiert, außer einer leichten Gehirnerschütterung.«

»Und da bist du nicht im Krankenhaus?«

»Doch, da war ich.«

»Und die haben dich gehen lassen?«, fragte sie fassungslos.

»Nicht mit so vielen Worten«, antwortete Jonas und hob die Schultern. »Gibt es was Neues zum Fall? Ist Sandy hier?«

Evas Gesichtsausdruck verdüsterte sich. »Heute geht alles drunter und drüber«, beschwerte sie sich. »Die Kollegen aus der Recherche sind vollkommen überarbeitet und total mies drauf. Dass sie bis jetzt nichts haben, muss ich nicht extra erwähnen. Und die Forensiker arbeiten ebenfalls bis zum Exitus, genau wie die IT.«

Jonas nickte knapp. »Der Fall geht uns allen an die Nieren. Irgendwas von Sandy?«

Eva runzelte die Stirn. »Sandy hab ich heute noch gar nicht gesehen«, sagte sie nach einem Augenblick des Überlegens. »Vielleicht hat sie einen Auswärtstermin zu einer Befragung.«

Jonas nickte. Das war gut möglich, schließlich war Sandy Teamchefin und musste niemandem Rechenschaft ablegen, wo sie sich befand und woran sie gerade arbeitete. Er nahm sein Smartphone aus der Tasche und versuchte sein Glück.

»Sieht kaputt aus«, bemerkte Eva, die noch immer neben ihm stand.

Jonas seufzte und entnahm die SIM-Karte. Er musste sich so schnell wie möglich ein neues Gerät zulegen, um an seine Kontaktnummern zu kommen.

»Ich bin gleich wieder da«, erklärte er daher und ließ Eva stehen.

Eine knappe halbe Stunde war Jonas wieder im Büro, im Gepäck ein nagelneues iPhone, das ihn ein Viertel seines Monatslohns gekostet hatte. In Gedanken verfluchte er den flüchtigen Fahrer, wünschte einen Moment lang, er stünde vor ihm, damit er ihm gehörig in den Allerwertesten …

»Da ist jemand für dich«, sagte Eva und schob eine junge Frau mit goldblonden Haaren ins Zimmer, die so schmal war, dass man auf den ersten Blick meinen könnte, sie wäre ein Teenager. Man musste zweimal hinsehen, um zu erkennen, dass die junge Frau bestimmt schon Mitte/Ende zwanzig war und sich erste winzige Sorgenfältchen an ihren sanften braunen Augen gebildet hatten.

»Was kann ich für Sie tun?«, fragte Jonas und betete im Stillen, dass nicht schon wieder eine Person als vermisst gemeldet wurde. Sophia reichte momentan vollkommen.

»Es geht um einen lange zurückliegenden Mordfall«, erklärte die junge Frau in gut verständlichem Englisch, doch Jonas merkte trotzdem auf Anhieb, dass sie eine Deutsche war.

»Was meinen Sie?«, fragte er und schielte verstohlen auf seine Armbanduhr.

Während die junge Frau sich sammelte, legte er seine SIM-Karte in das neue Smartphone ein und steckte das Ladekabel an. Dann verschränkte er seine Arme vor der Brust und sah die junge Frau neugierig an. »Wie ist eigentlich Ihr Name?«

»Isabell Sturm, aber alle nennen mich Isa«, antwortete sie mit erstaunlich fester Stimme. »Ich bin mit meinem Sohn Tim in England, nachdem meine Großtante verstorben ist und mir ihr Anwesen in Bognor Regis vermacht hat. Ich kümmere mich jetzt um die Sanierung des Hauses und den anschließenden Verkauf.«

Jonas hob erstaunt die Augenbrauen. »Sie wohnen also momentan an der Küste?«

Die junge Frau nickte.

»Und warum kommen Sie dann mit Ihrem Anliegen bis nach London? In der Nähe von Bognor Regis ist auch eine Dienststelle. Ich glaube in Bournemouth.«

Isa schüttelte den Kopf. »Das nützt mir aber nichts. Wie ich schon sagte, es geht um einen alten Mordfall, in den meine Familie involviert ist.«

Jonas räusperte sich und kam nicht umhin, zuzugeben, dass die junge Frau ihn neugierig machte.

»Meine Großtante Adele hatte eine Tochter, die wiederum einen Sohn hatte, meinen entfernten Cousin Collin. Collin war verheiratet mit Kate, beide hatten eine Tochter … Annie.« Die Frau brach ab, schnappte nach Luft. Bestürzt stellte Jonas fest, dass die Frau Tränen in den Augen hatte.

»Collin, er hat insgesamt acht Menschen ermordet. Sieben Frauen inklusive seiner Frau Kate und Annie, seine kleine Tochter. Das Ganze passierte vor zwanzig Jahren. Mein Sohn Tim und ich leben momentan in dem Haus, in dem Collin und seine Familie damals lebten.«

Einen Augenblick herrschte Stille in Jonas' Büro, dann nickte er. »Wo ist dieser Collin jetzt?«

Isabell schien sich unbehaglich zu fühlen, denn sie fing plötzlich an zu zappeln, wirkte auf einmal irgendwie unruhig. »Er ist tot«, sagte sie plötzlich. »Genau wie der Rest meiner Familie.«

Jonas sah die Frau verwirrt an. »Aber wenn der Täter ... wenn dieser Collin tot ist, dann verstehe ich nicht ...« Er hob die Schultern. Was wollte die Frau von ihm? Welchen Belang hatte eine Mordserie, bei der der Täter längst tot war?

»Mir geht es darum«, erklärte die junge Frau. »Collin, ich habe ihn zwar nicht gekannt, aber irgendwie kommt es mir merkwürdig vor, dass er seine eigene Tochter getötet haben soll. Und Kate. Er liebte beide so sehr, ich verstehe das alles einfach nicht.«

Jonas' Gesichtsausdruck verdüsterte sich. »Einen Mörder zu begreifen, das fällt niemandem leicht. Dafür gibt es Psychologen. Wenn Sie mögen, stelle ich einen Kontakt zu unserem Polizeipsychologen her und ...«

»Das ist es nicht, weswegen ich hier bin«, rief die junge Frau schrill und verzog das Gesicht, als ihr bewusst zu werden schien, dass sie sich im Ton vergriffen hatte. »Mein Onkel, er war Polizist. Hier, in genau dieser Dienststelle. Er war damals leitender Ermittler in genau der Mordserie, von der sich später herausstellte, dass er selbst der Täter war. Ich weiß das alles, weil ich in der Bibliothek das Zeitungsarchiv durchsucht habe.« Sie griff in ihre Tasche und zog ein Bündel Papierausdrucke daraus hervor, reichte sie ihm.

»Miss Sturm«, begann Jonas, ohne nach dem Papier zu greifen. »Was Sie erzählen, hört sich furchtbar an. Und es tut mir schrecklich leid, dass sie Ihre Familie durch eine derartige Tragödie verloren haben. Aber es ist so ...« Er stockte, suchte nach Worten. »Im Moment ermitteln mein Team und ich in einer aktuellen Mordserie. Sicher haben Sie darüber in der Zeitung gelesen. Ich habe also keine Zeit, mich um Ihr Anliegen zu kümmern.«

Die junge Frau kniff ihre Lippen zu einem Strich zusammen und wich keinen Schritt zurück. »Ich erwarte ja gar keine Hilfe von Ihnen«, erklärte sie schließlich fest. »Ich möchte nur gerne Kontakte zu Collins Kollegen von damals knüpfen. Vielleicht kann mir einer von denen ein wenig über ihn erzählen.«

Jonas schüttelte den Kopf. »Ich kann Ihnen nicht einfach die Daten meiner Kollegen rausgeben, selbst wenn diese zwischenzeitlich pensioniert …« Er stockte, als ihm eine Idee kam. »Moment«, sagte er zu Isa und tippte die Kurzwahl von Eva am Empfang ins Telefon. »Ich schick dir die junge Dame vorbei. Bist du so nett, ihr die Kontaktdaten von Amanda Williams zu geben?«

Nachdem er aufgelegt hatte, wandte er sich der jungen Frau zu. »Vielleicht kann ich Ihnen doch helfen«, sagte er und freute sich, ihr ein winziges Lächeln aufs Gesicht gezaubert zu haben. »Amanda ist eine ehemalige Kollegin hier aus der Dienstelle, die inzwischen pensioniert ist. Sie ist immer sehr daran interessiert, über ihre frühere Arbeit zu sprechen, hat sich emotional noch nicht von hier gelöst. Vielleicht ist Ihnen beiden ja geholfen, wenn Sie sich zusammentun.«

Nachdem er wieder allein in seinem Büro war, prüfte er den Akkustand, überlegte, ob er Sandy eine Nachricht schreiben sollte. Dann könnte er bei der Gelegenheit auch gleich erwähnen, dass er einen Unfall gehabt und ihren Schlüssel deswegen verloren hatte.

Er tippte eine Nachricht, löschte sie wieder. Sollte man solche Details nicht lieber persönlich erklären?

Allerdings würde ihn schon interessieren, wo sie gerade war und weshalb sie sich noch nicht gemeldet hatte. War sie sauer, weil er nicht mehr bei ihr vorbeigekommen war?

Schnell tippte er: *Sorry wegen gestern!!! Erkläre dir alles, wenn du hier bist.* Er tippte auf Senden, hielt unwillkürlich die Luft an. Seltsamerweise fühlte sein Magen sich noch immer verknotet an, wann immer er an Sandy dachte. Lag es daran, dass sie mit ihm über etwas Wichtiges sprechen wollte? Oder daran, dass er sich Sorgen um sie machte? Sie hatte die letzten Tage wirklich nicht besonders frisch und gesund ausgesehen, litt sie womöglich unter einer schweren Erkrankung, die sie ihm vorenthalten hatte?

Jonas schluckte schwer, starrte auf sein Smartphone, als könnte er Sandy allein durch Gedankenübertragung dazu bewegen, ihm zu antworten. Er seufzte, als sich nichts tat, tauchte in die vor ihm liegenden Akten ein. Er wollte gerade los, um mit dem heutigen Teil der Befragungen anzufangen, als sein Smartphone vibrierte.

Sein Herzschlag setzte eine Sekunde aus, als er Sandys Profilfoto aufpoppen sah. *Kommst du klar?* , wollte sie wissen.

Logisch!!!, schrieb er umgehend zurück. *Wo bist du???*

Es dauerte einen Moment, bis Sandy ihm antwortete, doch als er ihre Nachricht las, entspannte er sich.

Probleme mit Nick und meinem Jungen. Kommst du heute mal alleine klar?

Bist du sicher, dass alles okay bei dir ist?, fragte Jonas und setzte ein *Na klar kann ich einen Tag ohne dich aushalten* nach.

Ja, es ist wirklich alles in bester Ordnung!!!, kam es umgehend zurück. *Bis morgen.*

Nachdem Jonas sein Smartphone weggesteckt hatte, ging er in Sandys Büro und durchsuchte ihren Schreibtisch, in der Hoffnung, eine Liste zu finden, die ihre Aufgaben enthielt, die sie sich für heute vorgenommen hatte. Allerdings schien es, war Sandy eine der Frauen, die nichts von Listen oder festen Plänen hielt.

Jonas seufzte. Dann musste er sich eben ohne durchkämpfen. Kurz überlegte er, Sandy zu schreiben, dass er ihnen Amanda

Williams vom Hals geschafft hatte, ließ es dann aber. Sollte Sandy sich in Ruhe um ihre Familie kümmern, vielleicht waren diese Probleme ja der Grund dafür, dass sie in letzter Zeit so kraftlos und erschöpft gewirkt hatte.

Kapitel 13

Bognor Regis
Mai 2016

Amanda Williams lebte in einem hübschen kleinen Häuschen am Stadtrand von London. Das Häuschen stach zwischen den anderen, typisch englischen Häusern heraus, wirkte mit seiner dunkelgelben Farbe, den grünen Fensterläden und den Blumenkästen wie ein gewollter Farbtupfer inmitten des trostlosen graubraunen Einheitsbreis. Isa hoffte, dass die Frau ihr freundlicher gesinnt sein würde als dieser Polizist, mit dem sie es vorhin zu tun gehabt hatte. Jonas … Stevens. Er hätte es nicht sagen müssen, denn sie hatte es sehr deutlich gespürt, dass sie störte und sogar nervte, er seine Zeit nicht mit ihr verplempern, sondern in wichtige Ermittlungen stecken wollte.

Isa seufzte, als sie auf die Eingangstür zuging. *Hoffentlich geht es Tim gut,* dachte sie, verwarf diesen Gedanken gleich wieder, denn natürlich ging es ihm gut, schließlich war er bei Lenny und dessen Mutter sehr gut aufgehoben. Sie klingelte, schickte ein stilles Stoßgebet zum Himmel und wartete.

Als ein leises Schlurfen ertönte, spürte Isa, wie ihr Mund vor Aufregung austrocknete.

Dann ging die Tür auf und die ehemalige Polizistin stand vor ihr, musterte sie neugierig.

»Amanda Williams?«, fragte Isa.

Die Frau nickte und wirkte auf einmal misstrauisch.

»Wenn Sie zum Betteln gekommen sind, muss ich Ihnen sagen, dass es umsonst war. Ich gebe keinem Menschen etwas, der an meiner Tür klingelt und denkt …«

»Ich bin nicht zum Betteln hier«, unterbrach Isa den Redeschwall der Frau. »Inspector Jonas Stevens schickt mich. Er meinte, er selbst habe keine Zeit, sich um mein Anliegen zu kümmern, aber Sie seien seiner Ansicht nach genau die richtige Person, um mir zu helfen.« Isa stockte, atmete tief durch. »Es geht um Collin Stiles«, erklärte sie schließlich. »Ich bin entfernt mit ihm verwandt, lebe momentan im Haus seiner verstorbenen Großmutter Adele.« Isa suchte nach Worten, sah Amanda Williams bittend an. »Es geht um meinen Sohn Tim«, erklärte sie ehrlich. »Er behauptet, seit unserer Ankunft in Bognor Regis ein Mädchen namens Annie zu sehen. Sie wissen, wer Annie war?«

»Natürlich«, sagte die Frau traurig und trat beiseite. »Darf ich Ihnen einen Tee anbieten?«

Isa nickte dankbar und trat ein. Auch im Innern des Hauses wirkte alles wunderhübsch und mediterran. Der Boden war in hübschem Terrakotta gefliest, überall standen hohe und antik aussehende Amphoren herum, in der Küche hingen Kräuter, Knoblauchzöpfe und Pfannen von der Decke.

Isa schloss die Frau auf Anhieb in ihr Herz, lächelte, während sie sich staunend umsah. »Wunderschön haben Sie es hier«, sagte sie schließlich und ärgerte sich, weil ihre Worte nicht annähernd die Bewunderung herüberbrachten, die sie tatsächlich empfand.

Amanda lächelte. »John, mein verstorbener Mann, hatte italienisches Blut in den Adern. Nicht etwa familiäre Wurzeln, nein, er liebte alles an Italien. Die Menschen, die Landschaft, das Essen, die Atmosphäre und die italienische Lebenslust.« Amandas Augen strahlten, als sie von ihrem Mann sprach. »Es war fünf Jahre vor seinem Tod, als wir beschlossen, das Haus umzugestalten, unser Traumhaus daraus zu machen. Wir haben keine Kinder, steckten unser ganzes Erspartes in dieses Haus, bestellten original Terrakottafliesen aus der Toskana, echten Marmor für die Badezimmer, ließen uns römische Säulen ins

Wohnzimmer integrieren, die Kücheneinrichtung wurde durch einen alten Sophia-Loren-Film inspiriert, den wir beide geliebt und unzählige Male gesehen hatten.« Amanda Williams verstummte und machte sich daran, Tee in ein Sieb zu geben und kochendes Wasser darauf zu gießen. »Mögen Sie Kekse?«, fragte sie und sah über die Schulter zu Isa.

Die nickte dankbar, weil sie heute Morgen vor Aufregung keinen Bissen runtergebracht hatte.

Als sie schließlich einander gegenübersaßen, Isa einen der köstlich gefüllten Schokoladencookies verspeist hatte, sah Amanda sie lächelnd an. »Sie sind also mit Collin verwandt?«

Isa schluckte. »Ja. Ich hab es erst kürzlich erfahren, von einer Nachbarin meiner verstorbenen Großtante. Adele und ich … wir hatten zu ihren Lebzeiten keinerlei Kontakt zueinander. Ehrlich gesagt wusste ich gar nicht, dass ich Verwandtschaft in England habe.«

»Sie stammen aus Deutschland?«

Isa nickte. »Berlin, um genau zu sein.«

»Und wie kommen Sie hierher? Ich meine, wie haben Sie erfahren, dass Adele …«

Isa räusperte sich. »Die Verhältnisse innerhalb meiner Familie sind … verworren, um es milde auszudrücken. Ich bin in Pflegefamilien groß geworden, weil meine Mutter schwer depressiv war und mein Vater keine Verantwortung übernehmen wollte. Irgendwann gelang meiner Mutter der Suizid, doch auch das veranlasste meinen Vater nicht, sich um sein Kind zu kümmern. Im Grunde hatte ich niemanden, mein ganzes Leben nicht, bis Tim zur Welt kam.«

Amanda nickte mitfühlend.

»Ich weiß auch nicht«, fuhr Isa fort, »warum ich nie versucht habe, rauszufinden, ob ich Tanten, Onkel oder Großeltern habe. Vielleicht weil ich bereits von meinen Eltern so enttäuscht war und deshalb nicht wissen wollte, wie der Rest meiner Familie ist.« Sie seufzte, suchte nach Worten. »Ein Nachlassverwalter hat schließlich ganze Arbeit geleistet und Tim und mich gefunden. Von ihm weiß ich, dass Adele einen Halbbruder hatte, der mein Großvater mütterlicherseits war. Tragisch ist, dass sowohl von seiner Familie als auch von Adeles Familie keiner mehr übrig ist. Niemand außer Tim und mir.«

»Im Grunde ist Collin dann gar nicht richtig mit Ihnen verwandt«, erklärte Amanda. »Sie sind lediglich mit Adele über paar Ecken verwandt.«

Isa nickte. »Wie auch immer. Trotzdem berührt mich die Geschichte um Annie und ihre Familie.« Sie schluckte. »Doch vor allem macht sie mir Angst. Wegen Tim.«

Amanda nickte. »Sie sagten, Ihr Sohn Tim könne Annie sehen? Was meinen Sie damit?«

Isa holte tief Luft. »Ich hoffe, dass Sie es nicht eilig haben?«

Amanda lächelte. »Sehe ich aus, als hätte ich noch so viel zu tun?«

Isa schluckte und sah zu Boden. Als sie wieder aufsah, fing sie an, Amanda die ganze Geschichte von Anfang an zu erzählen. Von der Nacht, als Tim die Tür zum Verschlag gefunden hatte, von seiner Behauptung, er könne Annie sehen, sich mit ihr verständigen und wisse, dass sie ermordet worden sei. Als Isa ihre Erzählung beendet hatte, herrschte einige Minuten absolute Stille zwischen ihnen, dann sah Amanda sie unheilschwanger an. »Eine schlimme Geschichte, damals wie heute.« Sie seufzte. »Wissen Sie, dass Collin … dass er Polizist gewesen ist?«

Isa nickte. »Das ist der Grund, weshalb ich ins Präsidium gefahren bin. Ich hab einige Details zu Collins früherer Arbeit aus dem Zeitungsarchiv der Bibliothek, daher wusste ich auch, dass er selbst Leiter der Mordermittlungen seiner eigenen Serienmorde war. Irgendwie schräg, finde ich.« Isa schluckte. »Ich hoffe, Sie halten mich nicht für verrückt, wenn ich Ihnen erzähle, dass ich neulich von Collin geträumt habe. Er hielt

Annie in seinen Armen und sah furchtbar traurig aus.« Isa hielt inne und sah Amanda betreten an. »Seit jenem Traum kann ich an gar nichts anderes mehr denken als an die Frage, wie ein Vater, dem man die Liebe zu seinem Kind buchstäblich im Gesicht ablesen konnte, zu so einer grauenvollen Tat fähig war? Wie konnte Collin seiner kleinen Annie etwas dermaßen Furchtbares antun?«

Amanda sah Isa aufmerksam an, schien sie mit ihrem Blick zu durchbohren. »Dann sind Sie also hier, damit ich Ihnen sage, dass Collin verrückt gewesen sein könnte?«

Isa seufzte. »Eine andere Erklärung gibt es nicht. Wie kann jemand tun, was er getan hat, ohne verrückt zu sein?«

Amanda schüttelte langsam den Kopf. »Collin war einer der nettesten Menschen, die ich kenne. Er war hilfsbereit, hatte für jeden ein offenes Ohr, trug seine Frau und seine Tochter auf Händen. Und er war eine Koryphäe in seinem Job. Sein Gespür für die Wahrheit war herausragend, genau wie seine Intuition in Bezug auf andere Menschen.« Sie brach ab, schwieg versonnen. »Sie wollen wissen, ob er verrückt gewesen sein könnte? Nun, das war er ganz sicher nicht. Ich arbeitete wirklich gern mit Collin zusammen, weil er es immer schaffte, sein Team zu motivieren, alle zu Höchstleistungen anzuspornen, ohne dabei seine Position auszunutzen. Er war einfach grandios und als sich herausstellte, dass er der gesuchte … Killer war, stürzte für uns alle die Welt zusammen.«

»Was meinen Sie damit – für uns alle?«

»Das gesamte Team war bestürzt, dass Collin – gerade Collin – zu etwas so Grausamem fähig sein sollte. Als kurz darauf herauskam, dass er zu den sechs Frauen noch Kate, seine Ehefrau, und Annie, seine Tochter, getötet hatte, fanden wir alle keine Worte. Collin ein Monster? Ich kann es bis heute nicht glauben.«

Isa riss die Augen auf, sah Amanda an. »Was wollen Sie damit sagen? Denken Sie etwa, dass Collin unschuldig ist?«

Amanda hob die Schultern. »Ich sage gar nichts. Nur, dass ich bis heute nicht an Collins Schuld glauben kann.«

»Aber er hat sich selbst erschossen, nachdem feststand, dass alle wussten, was er getan hat.«

Amanda presste die Lippen zu einem Strich zusammen. »Vielleicht war er nur verzweifelt wegen Kate und Annie. Oder jemand zwang ihn zu all dem. Da gibt es schon einige Optionen, denen man hätte nachgehen sollen.«

»Und warum hat man das nicht getan?«

»Die Welt hatte ihren Schuldigen. Alles passte zusammen. Ein Polizist, der Frauen hasste, sie folterte und ermordete, anschließend seine Spuren verwischte und die Ermittlungen in die falsche Richtung trieb. Man vermutete damals, dass seine Frau Kate von all dem wusste und er sie deswegen tötete.«

»Und Annie?«, wollte Isa wissen. »Warum auch die Kleine?«

»Weil sie vielleicht alles mitbekommen hat. Immerhin war sie schon sieben Jahre alt und durchaus imstande, Zusammenhänge zu begreifen.«

Isa seufzte. Das ergab durchaus Sinn. »Könnte Collin nicht reingelegt worden sein? Zum Beispiel von einem Kollegen?«

Amanda nickte. »Dasselbe habe ich mir auch schon überlegt und es ergäbe durchaus Sinn. Angenommen, Collin hätte einen seiner Teammitglieder entlarvt, dann könnte ich mir durchaus vorstellen, dass er zuerst versucht hat, mit dem Mann zu reden, rauszufinden, warum er mordet. So war Collin. Und wenn dieser Kollege dann den Spieß umgedreht und Collin in den Fokus der Ermittlungen gebracht hat …« Sie hob die Schultern.

Isa schluckte, denn sie hatte verstanden. »Dann läuft der echte Mörder noch da draußen rum.«

»Genau.« Amanda nickte und sah Isa düster an. »Und dessen nicht genug, ist der unter Umständen noch immer als Polizist unterwegs.« Sie seufzte. »So muss es sein, denn …« Sie schien zu überlegen, dann schüttelte sie den Kopf. »Aber vielleicht irre ich mich auch.«

»Was meinen Sie?«, wollte Isa wissen.

»Nicht so wichtig«, sagte Amanda. »Ich bin schon lange raus aus dem Job, meine Depressionen haben mich im Griff. Da liegt es nahe, dass ich mich in etwas verrenne.«

»Was ist mit seinem damaligen Partner?«, fragte Isa. »Könnte er etwas wissen oder gar selbst dahinterstecken?«

Amanda lachte. »Richards? Nie im Leben ... Der Mann konnte noch nicht mal einer Fliege etwas zuleide tun, geschweige denn hätte er acht Menschen ermorden können. Er hatte die Statur eines geschwächten Jungen, kränkelte ständig und wirkte immer irgendwie abwesend. Ich erinnere mich noch, dass er es noch nicht einmal fertigbrachte, einem Verdächtigen während einer Befragung etwas forscher gegenüberzutreten. Er war hochanständig, genau wie Collin, intelligent, sehr zurückhaltend und, wenn ich mich nicht täusche, alleinerziehender Vater eines kleinen Jungen. Er und ich hatten bis vor drei Jahren regelmäßig Kontakt zueinander, trafen uns hin und wieder, um über früher zu sprechen.« Amanda lächelte wehmütig und sah Isa kopfschüttelnd an. »Im Grunde waren sowohl Collin als auch sein Partner vollkommen fehl an ihrem Platz – zumindest hätte ein Außenstehender dies annehmen können –, in Wahrheit aber ergänzten sie sich hervorragend, waren ein super Team.«

»Wer war es, der damals rausfand, dass Collin hinter den Morden steckte?«

Amanda sah Isa traurig an. »Jo Richards«, sagte sie schließlich. »Die Forensiker konnten Collins Fingerabdrücke in der Wohnung des sechsten Opfers sicherstellen, kurz darauf fand man sein Sperma am Körper der Leiche. Jo hat alles versucht, um Collin da rauszuboxen, bis zuletzt glaubte er daran, dass jemand seinen Partner reingelegt hatte. Am Ende fand er selbst ihn neben seiner toten Familie. Er hatte zuerst Kate erschossen, dann Annie und schließlich sich selbst, als klar war, dass er aus dieser Sache nicht mehr rauskäme.«

»Wo hat man sie gefunden«, fragte Isa.

Amanda schluckte. »Sie meinen, ob es in dem Haus in Bognor Regis geschehen ist?«

Isa nickte. »Ich könnte keinen Tag länger dort schlafen, geschweige denn meinen Sohn dort lassen, falls ...«

»Keine Angst«, beruhigte Amanda sie. »Die Leichen der Familie wurden hier in London gefunden, in einer alten Lagerhalle, die Kate gehörte und in der sie ihre alten Möbel bunkerte, die sie nicht mit nach Bognor Regis hatte nehmen wollen.«

Isa atmete erleichtert auf. »Aber wenn alle Spuren zu Collin führen, warum denken Sie dann noch immer, dass Collin unschuldig sein könnte?«

Amanda seufzte und schien einen Punkt an der Wand zu fixieren. Isa dachte schon, die Frau würde ihr die Antwort schuldig bleiben, als sie sich räusperte. »Vielleicht glaube ich an seine Unschuld, weil ich glauben will, dass er es nicht war.«

»Haben Sie einen Verdacht?«

Amanda griff nach einem Zeitungsausschnitt, der vor ihr auf dem Tisch lag, und öffnete den Mund. Dann klappte sie ihn wieder zu, legte die Zeitung zurück und schüttelte den Kopf. »Ich dachte, ich hätte eine Spur gefunden«, erklärte sie leise. »Eine Verbindung zwischen der Mordserie damals und der heute. Doch dann stellte sich raus, dass niemand sich dafür interessiert, was ich rausgefunden habe, dass alles bestimmt eh nur ein Trugschluss ist ... Der Irrweg einer dummen Frau, die um ihren Mann trauert und sich deswegen in Ermittlungen verrennt, die sie nichts mehr angehen.«

Isa schluckte, als ihr bewusst wurde, dass Amanda Williams ihr auch nicht weiterhelfen konnte.

»Inspector Jonas Stevens wollte mir die Kontaktdaten von Collins ehemaligem Partner nicht geben und meinte stattdessen, dass Sie mir vielleicht weiterhelfen können. Wäre es daher möglich, dass Sie mir Richards' Telefonnummer geben, damit ich auch mit ihm sprechen kann?«

Amanda verzog das Gesicht. »Ich helfe gerne, allerdings befürchte ich, wird es Ihnen nicht viel bringen, denn Jo Richards ist seit zwei Jahren todkrank und liegt, wenn ich mich nicht täusche, im Sterben oder ist schon längst gestorben. Ich wollte ihn schon lange mal besuchen, doch die Erinnerung an den Tod meines Mannes, an Krankheit, Tod und Verlust … ich konnte es einfach nicht.« Sie fing an zu weinen, schnappte hektisch nach Luft.

Isas Hoffnung, etwas über Collin herauszufinden, das ihr wirklich weiterhelfen konnte, sank gegen null. Dann fing sich Amanda plötzlich und griff nach einem Notizzettel, kritzelte eine Adresse samt Telefonnummer darauf. »Am besten ist, Sie rufen vorher an. Sein Sohn lebt seit einiger Zeit wieder bei ihm, kümmert sich um seinen kranken Vater. Vielleicht finden Sie ja doch noch etwas raus, das Ihnen weiterhilft.«

Kapitel 14

London
Mai 2016

Jonas fühlte sich wie durch den Wolf gedreht. Sein Kopf hämmerte, sein gesamter Körper schmerzte und er fand einfach keine Zeit, sich ein paar stärkere Tabletten zu besorgen.

Inzwischen war er seit Stunden damit beschäftigt, zu versuchen, die fehlenden Angehörigenbefragungen durchzuziehen, allerdings nur mit mäßigem Erfolg. Die Leute machten langsam dicht, weil es nicht in ihren Kopf ging, warum sie noch immer keine Spur zum Täter hatten, der Irre noch immer auf freiem Fuß war. Jonas hatte das Gefühl, dass das Team nur mit halber Leistung arbeitete, weil alle entweder müde und erschöpft oder wütend waren, weil Sandy sich mal eben abgeseilt hatte. Er hatte heute Morgen nur kurz erwähnt, dass Sandy sich aus privaten Gründen einen Tag freigenommen hatte, war damit auf teils heftige Reaktionen gestoßen. Jonas selbst fragte sich inzwischen auch schon seit Stunden, was sie sich dabei dachte, während einer laufenden Mordermittlung einen freien Tag einzulegen und nur sporadisch erreichbar zu sein. Klar, sie antwortete auf seine Nachrichten, allerdings viel später und nur kurz und knapp, kümmerte sich ansonsten um nichts, was im Büro abging. Jonas seufzte. Zwar hatte er ihr geschrieben, dass es okay sei, wenn sie erst morgen wiederkäme, doch inzwischen machte er sich so seine Gedanken. Was war nur in sie gefahren, einfach alles stehen und liegen zu lassen und abzuhauen? Um ehrlich zu sein, passte eine solche Reaktion nicht zu Sandy und Jonas war es von Anfang an merkwürdig vorgekommen. Ihre Nachrichten klangen seltsam unbeteiligt, gar nicht nach der resoluten Frau, die nichts dem Zufall überließ und deren Job ihr über alles ging.

Jonas seufzte, überlegte, ob er ihr eine Nachricht schicken sollte, in der er schilderte, und zwar ganz offen, wie das Team darüber dachte, dass sie sich mal eben ausgeklinkt hatte. Am Ende entschied er sich dagegen, beschloss, so bald wie möglich mit allen Kollegen zu reden, ihnen zu sagen, dass Sandy sich um ihren Sohn kümmerte, der krank war oder, wie es aussah, schwerwiegende Probleme zu haben schien.

Er starrte auf den Notizblock vor sich auf dem Tisch und seufzte. Als Nächstes stand ein Gespräch mit der Mutter der vermissten Sophia an. Allein beim Gedanken daran bekam er Bauchkrämpfe und einen trockenen Mund. Hinzu kam, dass die Chefetage eine Stellungnahme in Bezug auf den nicht autorisierten Bericht verlangte, was eigentlich Sandys Aufgabe war und jetzt ihm zufiel. Und dann war da noch die IT-Abteilung, mit der er die Ergebnisse der Festplattenauswertungen durchgehen musste sowie die Telefonate mit den Mobilfunkanbietern der Opfer.

Wie es aussah, würde er heute wohl eine Nachtschicht einlegen müssen, um alles schaffen zu können. Plötzlich verstand er den Zorn der Kollegen auf Sandy, konnte ihren Ärger nachvollziehen und schämte sich im selben Augenblick dafür. Sandy und er arbeiteten schon eine ganze Weile zusammen und noch nie – niemals – hatte sie auch nur einen einzigen Tag gefehlt. Bis heute. In Anbetracht dieser Tatsache musste schon etwas Ernsteres vorgefallen sein, wenn sie sich veranlasst sah, einen Tag auszufallen. Doch was? Sollte er ihr nicht wenigstens seine Hilfe anbieten? Sonst hieß es am Ende noch, dass er sie nur als Bettgefährtin sah, und das wollte er auf jeden Fall vermeiden. Er liebte Sandy, trotz ihres Altersunterschiedes, wollte sein Leben mit ihr verbringen, wünschte sich von Herzen, dass diese Sache zwischen ihnen funktionierte. Schnell riss er sein Smartphone aus der Jackentasche und tippte eine Nachricht für Sandy ein, schickte sie, ohne zu zögern, ab.

Anschließend atmete er tief durch. Jetzt war sie am Zug.

Am Abend saß Jonas noch immer vor einem Berg Arbeit und hatte das Gefühl, trotz des ganzen Stresses kaum was geschafft zu haben. Doch was ihm am meisten zusetzte, war die Tatsache, dass Sandy ihm immer noch nicht geantwortet hatte.

Er schluckte angestrengt, blickte auf seine Armbanduhr. Schließlich zog er sein Smartphone hervor und suchte in seinen Kontakten nach Sandys Nummer, tippte auf Wählen. Nichts tat sich. Dasselbe mit ihrem Festnetzanschluss. Sandy war schlicht und ergreifend nicht erreichbar, was definitiv noch niemals zuvor passiert war. Jonas kam nicht umhin, zuzugeben, dass er anfing, sich wirklich Sorgen zu machen. Kurz entschlossen stand er auf, schnappte sich seine Jacke. Auf dem Weg nach draußen ging er bei Eva vorbei. »Ich bin kurz unterwegs, wenn was ist, ihr erreicht mich mobil, okay?«

Eva nickte knapp. Auch sie schien frustriert, weil ihre Vorgesetzte nicht anwesend war, während sie selbst bereits die fünfte Doppelschicht hintereinander schob. Und auch Eva hatte Familie, wie sie nicht müde wurde, anzumerken. Auf dem Parkplatz atmete Jonas tief durch, dann machte er sich auf den Weg zu seinem Wagen. Als er in der Tasche nach dem Schlüssel für sein Dienstfahrzeug suchte, fiel ihm ein, dass der an seinem Schlüsselbund hing, den er verloren hatte.

»Mist, verdammt«, murmelte er und rief bei Eva oben an, bat sie, ihm einen Ersatzschlüssel an den Empfang zu legen.

Als er fünfzehn Minuten später endlich auf dem Weg zu Sandys Wohnung war, fragte er sich, was er mit dieser Aktion eigentlich zu erreichen versuchte. Sandy antwortete nicht mehr auf seine Nachrichten. Sie reagierte auch nicht auf seine Anrufe, schien ihn zu ignorieren. Warum also sollte sie, falls sie tatsächlich zu Hause war – ihm die Tür aufmachen?

Egal, dachte Jonas und trat aufs Gas. Wenn er ehrlich war, ging es ihm gar nicht darum, Sandy Auge in Auge gegenüberzustehen und sie zu fragen, was los war. Stattdessen wollte er einfach nur sichergehen, dass es ihr gut ging.

Als er den Wagen vor ihrem Block in zweiter Reihe abstellte und zum Hauseingang rannte, hämmerte sein Herz wie wild gegen seinen Brustkorb. Er drückte auf die Klingel und wartete.

Nichts geschah.

Klingelte noch mal.

Wieder nichts.

Schließlich klingelte er wahllos bei den Nachbarn, warf sich gegen die Tür, als der Öffner surrte, rannte nach oben.

Dort klingelte er Sturm, rief nach ihr, bat sie, ihm aufzumachen, hämmerte gegen das Türblatt.

»Das können Sie sich sparen, junger Mann«, kam es von hinten und Jonas wirbelte herum. Er sah sich einer älteren Dame um die sechzig gegenüber, die eine altmodische geblümte Schürze trug und aussah, als wäre sie gerade mit Backen beschäftigt. »Sie ist nicht da«, erklärte die Frau und musterte Jonas über den Rand ihrer Brille hinweg. »Sie hat heute Morgen das Haus verlassen und ist seither nicht wieder zurückgekommen.«

»Sie haben sie gesehen?«, fragte Jonas erleichtert.

Die Frau nickte. »Und sie war nicht allein, wenn ich das mal so sagen darf.« Sie verzog das Gesicht zu einem Lächeln. »Da war ein Mann bei ihr, der sie im Arm hatte. Beide schienen sehr vertraut miteinander umzugehen.«

Nick.

Jonas spürte, wie ihm bittere Galle in den Rachen schoss.

Also war sie tatsächlich bei ihrem Exmann.

Er nickte der Frau zu, bedankte sich und machte sich auf den Weg nach unten.

Plötzlich kam er sich so was von dumm vor.

Dumm und naiv.

Wie hatte er nur annehmen können, dass eine Frau wie Sandy für ihn brennen würde? Natürlich hatte sie den Sex mit ihm genossen und mochte ihn vielleicht sogar als Mensch und Kollegen, doch mal ehrlich, hatte er je eine Chance gehabt, dass sie seine Gefühle erwiderte, ihn von ganzem Herzen liebte?

Jonas spürte, wie ihm die Tränen kamen.

Dann begann das Smartphone in seiner Tasche zu vibrieren. Kurz überlegte er, nicht dranzugehen, sollte es tatsächlich Sandy sein, doch dann verwarf er den Gedanken. Hier ging es nicht um ihre Affäre oder wie immer er es nennen wollte, was sich zwischen ihnen abspielte. Vielmehr ging es hier um eine Mordermittlung und die sprichwörtliche Suche nach der Nadel im Heuhaufen. Nur dass es eben keine Nadel war, nach der sie suchten, sondern ein Psychopath, der Frauen abschlachtete.

Nach einem Blick aufs Display entspannte Jonas sich wieder. Es war nicht Sandy, sondern Eva, die ihn anrief. Er nahm das Gespräch an, versuchte, sich seinen Gemütszustand nicht anmerken zu lassen.

»Stevens, was gibt es?«

Eva am anderen Ende der Leitung zögerte kurz, dann hüstelte sie. »Es geht um Sophia Collins.«

Jonas schwante Böses. »Ja?«

»Eben kam ein Anruf von den Kollegen von der Streife rein, dass eine Leiche gefunden wurde. Der Beschreibung nach könnte es sich um Sophia handeln.«

Auf dem Weg in die Gerichtsmedizin spürte Jonas, wie seine Übelkeit stärker wurde, sich das Hämmern in seinem Schädel zu einem pulsierenden Stechen steigerte, das ihm die Tränen in die Augen trieb. Am Leichenfundort war – wie bei den zuvor gefundenen Leichen – nichts Auffälliges gefunden worden, stattdessen war auf den ersten Blick klar, dass es sich um das Werk des Wahnsinnigen handelte. Auch Sophia waren alle Gliedmaßen gebrochen und die Genitalien verstümmelt worden, anschließend hatte der Täter sie stranguliert und ihren Kopf mit einer Zeitung bedeckt. Wie immer gab es keine Fingerabdrücke, keine Haare oder Fasern, die nicht zum Opfer gehörten, schlicht nicht den kleinsten Hinweis, der sie zum Täter führen konnte. Sie hatten nichts. Absolut gar nichts.

Auch die Obduktion, die Jonas in harschem Ton für sofort angesetzt hatte, förderte nichts Neues zutage. So hatten sie nur ein weiteres Opfer, dessen Umfeld es nun intensiv zu durchleuchten galt, dessen Wohnung auf den Kopf gestellt werden musste und dessen Computer, Telefonabrechnung und Mobilfunkdaten darauf warteten, ausgewertet zu werden. Wenn sie Pech hatten, ebenfalls mit mäßigem bis gar keinem Erfolg. Jonas ballte seine Hände zu Fäusten und unterdrückte den Wunsch, auf etwas einzuschlagen, seiner Wut und Hilflosigkeit auf derart primitive Weise Luft zu machen. Als er daran dachte, was ihm als Nächstes bevorstand, verflog seine Wut und machte grenzenloser Traurigkeit Platz. Sein Smartphone vibrierte, was den Eingang der erwarteten Nachricht von Eva bedeutete, in der sie ihm die Adresse von Sophias Mutter mitteilte. Schnell warf er einen Blick auf sein Smartphone, dann stieg er in den Wagen und fuhr los.

Henriette Collins wohnte außerhalb von London, was Jonas Gelegenheit verschaffte, sich auf das bevorstehende unangenehme Gespräch vorzubereiten, doch wann immer er an die tote Frau und ihre Mutter dachte, schweiften seine Gedanken zu Sandy ab. Inzwischen ließ es sich nicht mehr leugnen, dass auch er stinkwütend auf sie war. Selbstverständlich hatte er ihr nach Evas Anruf sofort eine Nachricht geschickt, dass nun auch

Sophias Leiche gefunden worden war, doch auch darauf hatte Sandy sich noch nicht gemeldet. Etwas nagte an ihm, bohrte in seinem Innern, als er über die Worte ihrer Nachbarin nachdachte.

Eifersucht!

Genau das war es.

Wie konnte Sandy ihm … ihnen so etwas nur antun und sich einfach aus dem Staub machen, obwohl alle sie so dringend brauchten? Am liebsten hätte Jonas ihr eine gepfefferte Nachricht geschrieben, doch dann wüsste sie, dass er ihr quasi hinterherspioniert hatte, über alles Bescheid wusste.

Er seufzte, beschloss, sich zurückzunehmen, darauf zu vertrauen, dass sie ihm die Wahrheit sagte, ihn aufklärte, was zur Hölle sie für ein Spiel mit ihm spielte.

Doch trotz seiner Wut war da auch noch etwas anderes. Eine Stimme in seinem Innern, die ihm zuflüsterte, dass ein solches Verhalten, eine derartige Unzuverlässigkeit und Ignoranz nicht zu Sandy passte. *Ihre Familie in allen Ehren,* wisperte die Stimme in seinem Innern, *aber ist es nicht wirklich seltsam, dass jemand, dem der Job stets über alles, sogar über die eigene Gesundheit ging, plötzlich so … verantwortungslos agiert?* Das Vibrieren seines Handys riss ihn aus seinen Überlegungen.

»Da ist wieder Amanda in der Leitung«, rief Eva entnervt in den Hörer. »Du musst drangehen und sie irgendwie beruhigen, sie ist ganz aufgelöst, ruft schon zum sechsten Mal hier an, treibt uns alle in den Wahnsinn.«

»Okay«, murmelte er ergeben und sog die Luft scharf ein. Der Anflug eines schlechten Gewissens machte sich in ihm breit, als er sich erinnerte, dass es erst heute Morgen gewesen war, dass er diese Deutsche zu ihr geschickt hatte, in der Hoffnung, Amanda würde dann endlich Ruhe geben. Stattdessen schien diese Isabell sie nur noch mehr aufgeregt und aus dem Konzept gebracht zu haben, sodass er jetzt – so wenig es ihm auch gefiel – gezwungen war, ein Machtwort zu sprechen, um dieser leidigen Angelegenheit ein Ende zu bereiten.

»Stevens«, meldete er sich mit – wie er hoffte – streng klingender Stimme und seufzte vernehmlich, als Amandas aufgeregter Redeschwall in sein Ohr drang.

»Stopp!«, rief er schließlich laut in den Hörer und registrierte erleichtert, dass die Frau tatsächlich verstummte. »Wir stecken bis zum Hals in Ermittlungen der aktuellen Mordserie, Amanda, sind wirklich bis unters Dach mit Arbeit dicht. Bitte, machen Sie es uns nicht noch zusätzlich schwer.«

»Ich wollte doch nur«, kam es kleinlaut von der Frau, doch Jonas war am Ende seiner Geduld.

»Ich will nicht, dass Sie noch mal hier anrufen! Ist das angekommen, Amanda?« Er seufzte und hasste sich für das, was er nun sagen würde. »Sie sind nicht mehr bei der Polizei. Also kümmern Sie sich bitte um Ihre eigenen Angelegenheiten, ansonsten bin ich gezwungen, Sie wegen Behinderung polizeilicher Ermittlungen in Gewahrsam zu nehmen.«

Nachdem er das Telefonat beendet hatte, fühlte er sich noch mieser als zuvor. Er hatte die arme Frau nicht mal zu Wort kommen lassen, sie quasi ungehört in den Boden gestampft und das nur, weil er sich wegen Sandy hilflos fühlte, seinem Zorn irgendwie hatte Luft machen müssen. Jetzt saß er in seinem Wagen vor Henriette Collins' Haus und wusste nicht, wie er es schaffen sollte, sich jemals wieder im Spiegel anzusehen.

Er stieg aus dem Auto und ging mit schweren Schritten auf den Eingangsbereich zu, der davon zeugte, dass in diesem Haus regelmäßig ein Kind zu Besuch war. Überall lagen lustig bunte Bälle herum, eine winzige Kleinkindschaukel hing vom Ast eines Apfelbaumes im Vorgarten herunter und schaukelte sanft im Wind.

Jonas spürte, wie seine Hände schweißnass wurden, als er sich vorstellte, dass dieses Kind künftig ohne Mutter aufwachsen musste, er in Kürze das Leben einer alten Frau zerstören und all ihre Hoffnungen zerschlagen würde.

Seine Finger zitterten, als er auf den Klingelknopf drückte.

Keine zehn Sekunden später ging die Tür auf und vor ihm stand Henriette Collins mit einem kleinen Jungen auf dem Arm. Als die Frau seinen Blick auffing, an seiner Mimik erkannte, dass er nicht gekommen war, um eine erleichternde Nachricht zu überbringen, wich ihr mit einen Schlag alle Farbe aus dem Gesicht. Sie schnappte nach Luft, barg ihr Gesicht für den Bruchteil einer Sekunde am Körper ihres Enkels, begann unkontrolliert zu zittern.

»Bitte«, sagte Jonas schnell und trat auf die Frau zu. »Lassen Sie mich Ihnen helfen.«

Er wollte gerade nach dem Kind greifen, es der zusammenbrechenden Frau abnehmen, als ein Ruck durch ihren zerbrechlich aussehenden Körper ging. Mit aufgerissenen Augen starrte sie von dem Kind zu Jonas, atmete tief durch, drückte ihre Schultern durch. »Es … geht schon wieder«, stammelte sie und strich dem Kind, das sein Gesichtchen zum Weinen verzog, beruhigend über den Rücken.

Dann wandte sie sich Jonas zu, schluckte hart und angestrengt. »Sie haben meine Kleine gefunden?«

Jonas nickte.

»Ist sie …?«

»Ja«, sagte Jonas mitfühlend und konnte nicht anders, als seinen Blick abzuwenden. Als er wieder aufsah, stand Henriette Collins noch immer wie angewurzelt vor ihm, ihren Enkelsohn fest an ihre Brust gedrückt, unfähig auch nur einen Ton zu sagen.

»Wenn Sie mögen, rufe ich unsere Polizeipsychologin an, damit sie herkommt und sich Ihrer annimmt«, bot Jonas an und fühlte sich augenblicklich noch schlechter. Als ob es ein Trost war, sich einem Seelenklempner anzuvertrauen, nachdem man einen geliebten Menschen verloren hatte. Er räusperte sich, atmete tief durch. Wer, wenn nicht er selbst, wusste am besten darüber Bescheid, wie zermürbend sich Trauer anfühlte, vor allem dann, wenn das Leben eines geliebten Menschen durch die Mordlust eines Monsters ausgelöscht worden war?

»Ihr Verlust tut mir entsetzlich leid«, brachte er mühsam hervor und blickte der Frau aufrichtig ins Gesicht, suchte verzweifelt nach den richtigen Worten. »Ich kriege diesen Scheißkerl«, stieß er schließlich aus und spürte, wie ihm abwechselnd heiß und kalt wurde. »Das verspreche ich Ihnen, so wahr ich hier stehe.«

Kapitel 15

London
Mai 2016

Als Isa vor dem Haus der Familie Richards stand, überlegte sie, ob sie nicht einfach gehen sollte. Nach Hause fahren. Alles auf sich beruhen lassen. Schließlich ging es nicht um sie, nicht um ihr Kind.

Oder doch?

Allerdings, was änderte es, wenn sie genau wusste, was Annies Vater getan hatte oder vielleicht auch nicht getan hatte? Würde Tim diese Annie dann nicht mehr sehen? Nicht mehr fantasieren?

Isa schluckte. Dann ging sie erhobenen Hauptes auf die Tür zu. Sie musste es wohl zumindest versuchen. Jetzt, wo sie schon mal hier war. Allerdings war da dieses Gefühl … Sie blieb stehen, blickte an der bröckeligen graubraunen Fassade des Hauses nach oben zu dem Balkon, auf dem die Familie ihren Sperrmüll lagerte, seufzte. Es gab Häuser, denen sah man an, dass Menschen darin wohnten, die sich liebten, füreinander da waren, ihr Leben genossen, es schön haben wollten, weil ihr Heim Lebensfreude spiegeln sollte. Und dann gab es Häuser wie dieses hier. Verwahrlost, heruntergekommen, ungepflegt. Isa versuchte, zu erfassen, was der Auslöser war, dass ihr beim Anblick des Hauses eiskalt wurde, sie am liebsten die Flucht ergriffen hätte. Adeles Haus war auch in die Jahre gekommen, die salzige Luft an der Küste hatte Spuren an der Fassade hinterlassen, der Garten sah verwildert aus. Und doch hatte Adeles Haus trotz allem noch Charme … strahlte Wärme aus, lud dazu ein, Hand anzulegen und ein Schmuckstück daraus zu machen, was Isa sich beim Haus der Richards beim besten Willen nicht vorzustellen vermochte.

Sie wusste von Amanda, dass ein todkranker Mann und sein Sohn darin lebten, doch selbst wenn sie es nicht gewusst hätte, spätestens beim Anblick des Anwesens wäre ihr klar geworden, dass das Glück und die Freude hier schon lange nicht mehr zu Besuch gewesen waren.

Isa schlang ihren Cardigan fest um ihren schmalen Körper und stieg die vier Stufen zur Haustür hinauf, klingelte, hielt die Luft an. In Gedanken schickte sie ein stilles Stoßgebet gen Himmel, hoffte, dass man sie nicht einfach unverrichteter Dinge wegschickte, sie Gelegenheit bekommen würde, mit dem ehemaligen Partner von Collin zu sprechen.

Es dauerte eine kleine Ewigkeit, bis sich auf Isas Klingeln hin etwas im Innern des Hauses rührte. Zuerst hörte sie ein vernehmliches, fast genervtes Stöhnen, dann ein Schlurfen, das langsam näher kam. Als die Tür schließlich geöffnet wurde, stand sie einem überraschend gut aussehenden jungen Mann Mitte dreißig gegenüber, den sie aus dem Schlaf gerissen zu haben schien. Augenblicklich machte sich Isas schlechtes Gewissen bemerkbar. Die Pflege seines todkranken Vaters verlangte dem Mann bestimmt einiges ab. Und dann kam sie daher und störte seine Nachmittagsruhe.

Sie räusperte sich, versuchte, sich ihre Unsicherheit nicht anmerken zu lassen. »Mein Name ist Isabell Sturm«, sagte sie freundlich. »Amanda Williams ist eine ehemalige Kollegin Ihres Vaters. Von ihr hab ich Ihre Adresse samt Telefonnummer, doch leider habe ich telefonisch niemanden erreicht.« Isa stockte. »Ich … es wäre nett, wenn ich kurz mit Ihrem Vater sprechen könnte.« Sie atmete tief durch. »Ich bin mit Collin Stiles verwandt, habe ein paar Fragen an Ihren Vater.«

Der Mann gähnte herzhaft, was ihm peinlich zu sein schien, denn er grinste verlegen, was ihm einen jungenhaften Touch verlieh. »Ich hab wohl gestern zu lange gefeiert …« Er hob die Schultern. »Um ehrlich zu sein, geht es meinem Vater nicht gut. Daher weiß ich nicht, ob es eine gute Idee ist …«

»Bitte«, unterbrach Isa ihn. »Ich weiß, dass Ihr Vater sehr, sehr krank ist, und das tut mir von Herzen leid. Ich wäre nicht hergekommen, wenn es nicht wirklich wichtig wäre.«

Der Mann sah Isa neugierig an, seufzte ergeben. »Also gut, dann kommen Sie rein. Aber ich warne Sie – die Krankheit hat meinen Vater sehr verändert. Heute zum Beispiel ist er extrem aggressiv, weil er weiß, dass es bald zu Ende geht.«

Isa sah den Mann mitfühlend an und schluckte. »Es wird nicht lange dauern«, versprach sie. »Ich möchte ihn nur etwas über meinen … über Collin ausfragen.«

»Collin Stiles – war das nicht der Mann, der all diese Frauen getötet hat?«

Isa nickte. »Sie wissen davon?«

»Klar.« Der Mann sah Isa mit undurchdringlichem Blick an. »Der Fall setzte meinem Vater und seinen Kollegen extrem zu. Und als sich dann herausstellte, dass es sein Partner war, sein bester Kumpel …« Er brach ab, sah zu Boden. Als er wieder aufblickte, fixierte er Isas Gesicht. »Mein Vater hat nie überwunden, dass er zu spät kam, um das kleine Mädchen und seine Mutter zu retten.« Er stieß die Luft aus. »Ich war damals ein Teenager, hab ziemlich viel mitbekommen. Danach war mein Vater nie wieder derselbe …«

»Tut mir leid«, brachte Isa mühsam hervor, wich seinem Blick aus. Kurz erwog sie, dem Mann von Tim zu erzählen, ließ es dann aber. »Es ist nur … diese Tragödie ist Teil meiner Wurzeln. Deswegen möchte ich versuchen, so viel wie möglich zu erfahren und zu verstehen.«

Der Mann hob erstaunt die Augenbrauen empor. »Ich glaube kaum, dass es Ihnen gelingen wird, zu verstehen, warum jemand acht Menschen, inklusive seiner eigenen Familie tötete.« Er sah

Isa mit unergründlichem Blick an, lächelte schließlich betreten. »Wo bleiben nur meine Manieren.« Er reichte ihr die Hand. »Ich bin Carl. Ich bringe Sie jetzt zu meinem Vater. Ich muss Sie nur bitten, sich kurzzufassen, weil er sehr entkräftet ist. Er braucht Ruhe, verstehen Sie?«

Isa nickte und folgte ihm. Das Haus stellte sich als überraschend groß heraus, denn sie kamen an etlichen Zimmern vorbei, bis sie im ersten Stock endlich vor einer Tür stehen blieben, hinter der ein regelmäßiger Piepton davon zeugte, dass Jo Richards noch am Leben war. Carl ging hinein, bedeutete Isa ebenfalls, einzutreten, schloss die Tür hinter ihr. Es dauerte eine Weile, bis Isas Augen sich an die Dunkelheit im Raum gewöhnt hatten, und als sie schließlich den von Krebs gezeichneten kranken Mann in seinem viel zu großen Bett inmitten unzähliger Schläuche und Kabel liegen sah, krampfte sich ihr Innerstes schmerzhaft zusammen. Der schmale, schlaffe Körper des Mannes sah beinahe durchscheinend aus, sein Atem ging schwer und rasselnd, seine Augen jedoch wirkten klar und wachsam, schienen jeden von Isas Schritten zu folgen, als sie langsam näher kam.

Sie warf einen fragenden Blick zu seinem Sohn und als der ihr aufmunternd zunickte, stellte sie sich vor, brachte mit wenigen Worten auf den Punkt, weshalb sie hergekommen war.

Als Isa schließlich verstummte, um ihm Gelegenheit zu bieten, ihr zu antworten, ging plötzlich ein Ruck durch den Körper des Kranken.

Dann stieß er eine ganze Reihe nicht jugendfreier Flüche aus, was Isa irritierte. Sie warf Carl einen Blick zu, doch der hob nur die Schultern, schien sagen zu wollen: »Ich hatte Sie gewarnt.«

Sie versuchte es erneut, griff nach der Hand des Mannes, drückte sie sanft. »Bitte, es gibt niemanden auf dieser Welt, den ich danach fragen könnte.«

Isas Worte schienen den Mann zu besänftigen, denn er stieß ein bellendes Lachen aus, das in ein Husten überging.

Es fiel Isa schwer, ihren Ekel zu verbergen und nicht zurückzuweichen, als der Mann blutigen Schleim hochwürgte und in eine Nierenschale spuckte, die sein Sohn ihm hinhielt. Als sein Atem wieder ruhiger ging, wandte er sich Isa zu. »Collin war ein … Schwein«, stieß er hervor. »Er hat verdient, was er bekommen hat.« Wieder wurde sein Körper von einem Hustenkrampf geschüttelt, woraufhin Carl Isa kopfschüttelnd ansah. Sie wusste, was das zu bedeuten hatte. Dieses Gespräch war hiermit beendet. Sie nickte, drückte die Hand des Mannes fester. »Nur eins noch. Ich muss das einfach wissen. War Collin verrückt? Hatte er psychische Probleme, die seine Taten irgendwie erklären könnten? Und wie kommt Amanda Williams darauf, dass Collin unschuldig gewesen sein könnte?«

Der Gesichtsausdruck des Mannes verdüsterte sich. »Collin und verrückt?« Er schüttelte den Kopf, stieß ein Grunzen aus. »Er war ein Drecksack, wie er im Buche steht, ein Kollegenschwein und ein Arschloch. Am Ende hat er genau das gekriegt, was er verdiente.«

Isa runzelte die Stirn. »Sie kannten ihn doch gut oder nicht? Haben Sie denn irgendwie geahnt, dass er es war, der diese Morde begangen hat? Ich meine, wie kann jemand auf der einen Seite ein liebevoller Familienvater und Ehemann sein, von dem alle nur das Beste halten, und sich dann als Monster entpuppen? Und wie konnte er Annie töten? Haben Sie je versucht, sich diese Frage zu beantworten? Könnte es nicht sein, dass Amanda recht hat und er unschuldig war?«

Der Mann verdrehte die Augen, dann begann sein Körper, unkontrolliert zu zucken. »Schaff mir das … Weib vom Hals«, keuchte er in Richtung seines Sohnes und warf Isa einen Blick zu, bei dem ihr eiskalt wurde.

Schnell verließ sie das Zimmer, ließ sich im Gang völlig fertig an der Wand zu Boden gleiten. Es dauerte eine kleine Ewigkeit, bis Carl aus dem Zimmer kam und sie noch immer am Boden kauernd vorfand. Schnell kam er zu ihr, zog sie nach oben, sah sie sorgenvoll an. »Ich hatte Ihnen doch gesagt, dass er aggressiv ist. Das hat nichts mit Ihnen persönlich zu tun, doch im Grunde ist es so, dass Sie Staub aufwirbeln. Er hat Jahre gebraucht, bis er überwunden hat, dass sein Partner nicht der war, für den ihn alle hielten. Und jetzt, zwanzig Jahre später kommt eine Frau, eine Verwandte von Collin, und bringt Unruhe in eine Geschichte, die besser begraben und vergessen wäre.«

Isa spürte, wie Zorn in ihr aufstieg. »Wie kann ich vergessen, dass ein kleines Mädchen von ihrem Vater getötet wurde? Eine Frau von ihrem Ehemann. Das ist meine Familiengeschichte, verstehen Sie? Wie soll ich jemals wieder ruhig schlafen können, wenn ich nicht begreife, warum Collin so etwas Grauenvolles getan hat?«

Carl sah Isa mitfühlend an. »Wie gesagt, ich hab damals eine Menge mitbekommen. Mein Vater hat vermutet, dass Kate, Collins Frau, wusste, was ihr Mann getan hatte, und deswegen sterben musste. Und Annie … die kleine süße Annie … Man vermutet, dass er sich zu diesem Zeitpunkt in einem Zustand der Raserei befand, jeden Menschen um sich herum als seinen Feind ansah, irgendwie den Bezug zur Realität verloren hatte.« Er atmete tief durch. »Manchmal ist es wirklich besser, die Vergangenheit hinter sich zu lassen. Nicht zu hinterfragen, warum dieses oder jenes geschehen ist, weil man am Ende den Glauben an all das verlieren könnte, was einem einst heilig war – zum Beispiel die Familie.«

Carl wirkte plötzlich tieftraurig und Isa wusste nicht, ob seine Worte an sie gerichtet waren oder ob er mit sich selbst sprach. Daher nickte sie nur.

»Ich denke, ich sollte gehen«, erklärte sie überflüssigerweise, obwohl Carl schon längst an der Tür stand und wartete, bis sie nach draußen trat.

Sie reichte Carl die Hand. »Tut mir leid, dass ich Ihren Vater aufgeregt habe«, sagte sie. »Ich hoffe, es geht ihm bald etwas besser.«

Carl sah Isa ausdruckslos an und schüttelte den Kopf. »Es wird ihm nie wieder besser gehen, denn jeder Tag, den er hinter sich bringt, jeder neue Morgen ist ein weiterer Schritt auf das Ende zu.« Er schnappte nach Luft, fixierte einen Punkt in der Ferne. »Er stirbt … jede Minute, jede Sekunde ein Stückchen mehr … und inzwischen wünsche ich mir jeden verdammten Tag, dass sein nächster Atemzug der letzte ist.«

Als Isa am späten Abend endlich den Wagen vorm Haus abstellte und sich auf den Weg machte, um Tim bei Lenny abzuholen, fühlte sie sich noch immer ganz beklommen und furchtbar erschöpft. Lennys Mutter musste bereits gewartet haben, denn sie öffnete die Tür, noch bevor Isa klingeln konnte.

»Tim ist schon eingeschlafen«, sagte sie und verzog das Gesicht, als sie Isa erschöpftes Gesicht sah. »So schlimm?«, fragte sie und bat Isa herein. »Willst du einen Tee?«

Isa verneinte. »Darf ich dir eine Frage stellen?«

Die Frau nickte und sah sie neugierig an.

»Hast du jemals mit Tim über Annie gesprochen?«

Lennys Mutter runzelte die Stirn.

»Wie meinst du das?«

»Ich meine damit, hast du Tim von Annie erzählt? Und davon, wie sie gestorben ist?«

Lennys Mutter schüttelte heftig den Kopf. »So etwas Furchtbares ist doch kein Thema für kleine Kinder.«

Isa schluckte. »Also nein?«

»Natürlich nicht«, sagte Lennys Mutter und sah verletzt aus. »Wie kommst du denn darauf?«

Isa hob die Schultern. »Ich kann es mir nicht erklären, aber

Tim scheint alles über diese Tragödie zu wissen. Und da frage ich mich jetzt – woher? Dein Sohn Lenny spricht kein Deutsch und Tim kein Englisch, die beiden verständigen sich beim Spielen mehr oder weniger mit Händen und Füßen. Kaum auszudenken, dass sie sich über ein solches Thema unterhalten könnten. Aber du …« Isa brach ab, sah zu Boden.

»Du meinst, weil ich es bin, die ein klein wenig deutsch spricht? Deswegen dachtest du, dass ich Tim was gesagt habe?«

Isa nickte beschämt. »Ich … es tut mir wirklich leid.«

Lennys Mutter sah Isa ratlos an. »Also ich hab ganz sicher kein Wort davon verlauten lassen. Und Lenny wusste bis vor Kurzem gar nichts darüber. Erst als Tim während seines Mittagsschlafs hier bei uns unter Albträumen litt und immer wieder ihren Namen rief, will auch Lenny plötzlich wissen, wer Annie war und was ihr zugestoßen ist.«

»Ich versteh das einfach nicht«, stieß Isa aus. »Wie kann ein Fünfjähriger wissen, was damals geschehen ist, wenn niemand mit ihm darüber gesprochen hat?«

Lennys Mutter sah Isa unheilvoll an, klappte ihren Mund auf, schloss ihn dann wieder.

»Was?«, fragte Isa. »Was wolltest du sagen?«

Die Frau atmete tief durch und lächelte unbehaglich. »Da sind noch diese Bilder … die Tim ständig malt. Ich hab bisher nichts gesagt, weil ich dich nicht beunruhigen wollte. Du schienst, als hättest du bereits genug anderes am Hals.« Paula brach ab, holte tief Luft. »Soll ich sie dir zeigen?«

Isa schluckte. »Okay.«

Paula stand auf, ging aus dem Zimmer. Als sie wieder zurückkam, hatte sie einige Blätter in der Hand, legte sie vor Isa auf den Tisch. »Die sind wirklich gruselig, aber du solltest das trotzdem nicht überbewerten, vielleicht ist das ja nur eine Phase.«

Isa schnappte nach Luft, als sie die Zeichnungen durchblätterte. Eines zeigte ein kleines Mädchen, das bitterlich weinte und dessen Tränen Blutstropfen darstellten. Auf einer weiteren Zeichnung war eine glückliche Familie zu sehen, die – statt auf einer Wiese – in einer riesigen Blutlache stand. Und dann war da noch ein Bild, das ein schwarzes Ungeheuer zeigte, das ein kleines Mädchen mit seinen Klauen umklammert hielt. Isa seufzte.

»Und um nochmal auf deine Frage zu kommen«, fuhr Paula mitfühlend fort, »ich habe wirklich keinen Ton zu deinem Jungen gesagt, aber ich verbiete Lenny auch nicht ohne Grund, dass er Tim besuchen kommt. Das Haus … es ist unheimlich. Ehrlich gesagt kann ich mir gut vorstellen, dass kleinen Kindern an diesem Ort die Fantasie durchgeht und sie Dinge spüren, böse Dinge, die dort geschehen sind. Immerhin lebte dort ein Mörder, der seine Familie …« Sie verstummte. »Entschuldige bitte, wie taktlos von mir.«

Isa winkte ab. »Schon gut. Dann glaubst du also auch daran, dass in den Wänden alter Häuser die Energien ihrer verstorbenen Bewohner und längst vergangener Ereignisse gespeichert sind?«

Paula schluckte. »Kann schon sein. Hört sich auf alle Fälle besser an, als wenn ich sagen würde, dass ich denke, dass es in dem Haus spukt.«

Zurück im Haus steckte Isa Tim sofort ins Bett, damit er weiterschlafen konnte. Sie wusste von Paula, dass er gut zu Abend gegessen hatte, und war froh, sich darum nicht mehr kümmern zu müssen. Sie selbst bereitete sich nur noch ein schnelles Sandwich zu, schnappte sich eine Flasche Weißwein aus dem Kühlschrank und machte es sich auf dem Sofa gemütlich. Eigentlich hatte sie ein wenig in ihrem Buch lesen wollen, doch ihre Gedanken schweiften immer wieder ab. Erst zu Amanda Williams, dann zu den Richards. Als sie Collins Gesicht aus dem

Zeitungsausschnitt vor Augen sah, zuckte sie zusammen. Zuerst hatte sie noch gedacht, dass dieser Blick, stahlhart und unnachgiebig, das winzige Lächeln, das seinen Mund auf diesem Foto umspielte, ein vollkommen anderes Bild wiedergab, als das, was sie neulich nachts in ihrem Traum gesehen hatte. Sie fragte sich, ob es Absicht gewesen war. Absicht des Autors des Berichts, ein Bild von Collin zu veröffentlichen, auf dem man ein Stück der anderen Seite seines Wesens erahnen konnte. Isa spürte, wie sie zu frieren begann, schob ihr Sandwich von sich weg, trank einen großen Schluck Wein. Hatte er auch sie getäuscht? In ihrem eigenen Traum ein Trugbild seiner selbst erschaffen?

Isa stieß ein freudloses Lachen aus. Wie sollte so was gehen? Ein spitzer Schrei gellte durch die Stille des Abends, ließ sie erstarrten.

Tim!

Augenblicklich war sie auf den Beinen, rannte in den Gang hinaus, riss die Tür zu Tims Zimmer auf.

Ihr Junge saß mit weit aufgerissenen Augen in seinem Bett und japste nach Luft. »Ich hab Angst, Mami«, wimmerte er schließlich und streckte die Arme nach ihr aus. Sofort eilte Isa auf ihn zu, drückte seinen Körper fest an den ihren. »Ist ja gut«, flüsterte sie, »ich bin ja da.«

Als der kleine Junge sich beruhigt hatte, sah sie ihn an. »Du hast nur schlecht geträumt, Tim, kein Grund, Angst zu haben.«

Doch Tim schüttelte den Kopf. »Das war kein Traum«, rief er. »Annie hat mich geweckt und sie war so … so wütend.«

Ein Blitz fuhr durch Isas Eingeweide. »Annie hat dich erschreckt?«

Nicken.

»Weil sie wütend war?«

Kopfschütteln.

»Was geht hier vor, Tim? Was soll das?«, fragte Isa laut und warf hilflos die Hände in die Luft. *Ich packe das alles nicht länger,* dachte sie. Sie musste Tim aus diesem Haus schaffen, damit sie beide endlich wieder zur Ruhe kamen. Doch waren sie nicht erst kürzlich aus genau diesem Grund nach England gekommen? Weil sie zur Ruhe kommen wollten? Isa seufzte.

»Erzähl mir alles ganz genau, mein Kleiner. Was ist passiert, warum hat Annie dich erschreckt?« Sie schloss ergeben die Augen, als könnte sie das, was Tim jetzt sagen würde, nicht anders ertragen.

»Annie hat mich geweckt. Sie war erst so traurig, hat geweint, doch irgendwann ist sie dann wütend geworden. Sie hat gesagt, dass du so furchtbar dumm seist, weil du nicht richtig hinsiehst, und dass wir für deine Dummheit bald teuer bezahlen müssten.«

Isa riss die Augen auf. »Das hat Annie gesagt?«

Tim nickte und blickte unsicher an ihr vorbei. Es dauerte einen Moment, bis Isa begriff, dass ihr Sohn nicht trotzig an ihr vorbeistarrte, sondern jemanden anzusehen schien, den sie nicht sah.

»Ist sie noch hier?« Ihre Stimme klang brüchig.

Nicken.

»Und sie steht genau neben mir?«

Wieder ein Nicken.

Plötzlich glaubte Isa, zu spüren, wie Kälte sie umfing, zu sehen, wie ihre ausgestoßene Atemluft sich in kleine Wölkchen verwandelte.

Einbildung.

Das alles war nur eine Illusion.

Sie sah Tim an, atmete tief durch. »Sag Annie, dass sie verschwinden soll!«

Tim verzog das Gesicht. »Du tust ihr weh, wenn du das sagst. Immerhin ist hier ihr Zuhause.«

»Jetzt wohnen wir hier. Außerdem finde ich es ausgesprochen unhöflich von Annie, dass sie mich als dumm bezeichnet.«

Tim sah abwechselnd von ihr zu einem Punkt an der Wand neben der Tür, dann begann er zu weinen. »Ich will nicht, dass sie geht. Ich will, dass sie hierbleibt. Wenn er kommt, um auch mich zu holen, sind wir wenigstens zu zweit.«

Isa schüttelte den Kopf. »Wenn wer kommt?«

Tim sah inzwischen fast panisch aus. »Der schwarze Mann«, flüsterte er. »Er wird uns töten, Mama, das hat Annie gesagt. Zuerst dich und dann mich. Und dann werde ich auch für immer ganz allein sein, genau wie Annie.«

Isa schüttelte den Kopf. »Niemand kommt, um uns zu töten. Und der Mann, der Annie umgebracht hat, ist tot, Tim. Genau wie Annie selbst. Es war ihr eigener Daddy, verstehst du? Annies Vater war ein böser, böser Mensch. Er hat furchtbare Dinge getan. Unter anderem Annies Mutter getötet. Und zum Schluss auch Annie.«

Tim begann zu zittern, hielt sich die Ohren zu. Dann schüttelte er den Kopf. »Jetzt hast du sie noch wütender gemacht«, sagte er und sah seine Mutter anklagend an. »Sie weint jetzt und sagt, dass ihr Papa der liebste Mensch auf der Welt war und ihr nie wehgetan hätte.«

Isa versuchte, ruhig zu bleiben, und sah Tim liebevoll an. »Aber so war es nun mal. Er war Polizist und hat seine Position dazu missbraucht, Menschen zu töten. Und als man ihn schließlich fasste, tötete er seine Familie und dann sich selbst. Ich habe heute jemanden kennengelernt, der genau das bestätigt hat. Manchmal ist es eben so, dass unsere Gefühle uns die Sicht verklären. So wie bei mir und deinem Papa. Ich habe ihn so sehr geliebt, dass ich nicht gesehen habe, dass er in Wahrheit nicht so nett ist, wie gedacht. Du weißt, dass dein Papa mir wehgetan hat, stimmt's?«

Isa zuckte zusammen, als ein lautes Klirren den Raum erfüllte. Dann sah sie, wie die Gardine sich aufplusterte, vom Wind hin und her wedelte.

Ihr Herz raste, als sie aufstand und die Gardine zurückschob.

Die Fensterscheibe war an der linken untersten Ecke zerbrochen und ließ den Wind ins Zimmer. Hastig riss sie das Fenster auf, blickte nach draußen.

Es war niemand zu sehen. Niemand, der für das zerschlagene Fenster verantwortlich sein könnte. Sie begann zu zittern, sah sich panisch im Zimmer um.

Tim sah Isa triumphierend an. »Da siehst du, wie wütend Annie auf dich ist. Sie steht jetzt übrigens genau neben dir und sagt, dass sie dir am liebsten ins Gesicht schlagen würde.«

Ein wütender Schrei drang aus Isas Kehle, als sie auf Tim zustürzte und ihn aus seinem Bett riss. »Hier ist niemand außer uns«, stieß sie hervor und trug ihn in ihr Schlafzimmer. »Bis auf Weiteres schläfst du wieder bei mir«, bestimmte sie. »Und ab sofort will ich den Namen Annie nie wieder hören, verstehst du?«

Tim schluckte und schwieg.

Dann nickte er zögernd. »Es tut mir leid, Mami.«

Isa strich ihm eine Strähne aus der Stirn und sah ihn liebevoll an. »Nein, mir tut es leid. Ich hätte dich nie herbringen dürfen.«

Sie deckte Tim zu, gab ihm einen Kuss auf die Stirn. »Ich geh mir nur schnell die Zähne putzen, dann komme ich auch ins Bett.« Tim nickte und sah an ihr vorbei, verzog das Gesicht zu einem kleinen Lächeln. Er wollte etwas sagen, ließ es dann aber.

Isa wollte gerade zur Tür hinaus, als sie sich noch mal zu ihm umdrehte. Er wirkte vollkommen angespannt. Sie seufzte resigniert. »Ist sie immer noch da?«, fragte Isa.

Schweigen.

»Bitte antworte mir.«

Tim nickte.

»Sag ihr, wir reisen noch diese Woche ab«, erklärte Isa und trat aus dem Zimmer.

»Ich muss es nicht sagen, sie ist ja nicht taub.« Tims Stimme klang vorwurfsvoll. Dann begann er zu weinen.

Sofort wirbelte Isa herum, sah Tim besorgt an. »Was ist denn, mein Schatz?«

Er schnappte nach Luft, dann schüttelte er den Kopf. »Es ist zu spät, Mami«, sagte er dann leise und klang unendlich traurig. »Annie sagt, er kommt, um uns zu holen. Genau wie er ihre Mommy und sie geholt hat.«

Kapitel 16

London
Mai 2016

In ihrem Kopf pulsierte der Schmerz in einer Intensität, die sie noch nie zuvor hatte durchmachen müssen. Ihr war schwindelig, übel, das Herz hämmerte unnatürlich heftig, stolperte immer wieder. Was zum Teufel war mit ihr los? Sie starrte in die Dunkelheit, wusste im ersten Moment nicht, wo sie sich befand, welcher Tag heute war, versuchte, ihre letzten Erinnerungen abzurufen.

Als Erstes fiel ihr der Schwangerschaftstest ein.

Sie stöhnte.

Dann kam die nächste Erinnerung.

Jonas.

Sie hatte auf ihn gewartet.

Stundenlang.

Hatte sich wieder und wieder ausgemalt, wie sie ihm die Neuigkeit überbringen sollte. Hatte sich seine Reaktion versucht vorzustellen.

Würde er wütend sein? Schockiert? Erfreut?

Sandy seufzte. Doch da war noch etwas, hinter all dem Dunst in ihrem Kopf, eine diffuse … Bedrohung, die sie nicht in Worte zu fassen vermochte.

Sie richtete sich ein wenig auf, atmete gegen den explosionsartigen Schmerz in ihrem Schädel an, spürte zum ersten Mal den kalten und rauen Untergrund, auf dem sie lag, ließ ihre Finger darüber gleiten, verzog verwundert das Gesicht. Was war das? Warum lag sie nicht in ihrem Bett?

Die Erkenntnis kam schleichend. Zuerst waren da nur Erinnerungen an Geräusche in ihrem Kopf. *Ein Schlüssel, der ins Schloss fährt. Eine Tür, die geöffnet wird. Jonas. Er ist doch noch zu mir gekommen. Er hat sich zu mir gelegt, seinen Arm um mich geschlungen, meine Brust umfasst.*

Das Begreifen kam mit der Wucht eines Vorschlaghammers.

Es war nicht Jonas gewesen, der zu ihr ins Bett gekrochen kam. Doch wenn er es nicht gewesen war, wer war es dann? Wie war er in ihre Wohnung gekommen.

Der Schlüssel!

Entsetzen flutete ihre Adern.

Sie hatte Jonas ihren Wohnungsschlüssel anvertraut.

Doch anstelle ihres Freundes war ein Fremder gekommen, der sie hierhergebracht hatte.

Wieder blinzelte sie gegen die Dunkelheit an. Und wieder konnte sie fast nichts erkennen. Allerdings war da dieser muffige Geruch. Die Kälte. Der kratzig kühle Boden. Sandy schloss die Augen. Jemand hatte sie in einen Keller gesperrt.

Was sie unweigerlich zu der Frage führte: Wo war Jonas?

Lebte er noch?

Sandy hielt unwillkürlich die Luft an, als sie Schritte näher kommen hörte.

Keine zwanzig Sekunden später vernahm sie das Rasseln eines Schlüsselbundes, dann quietschte eine Tür. Sie roch ein Gemisch aus Seife und Chemikalien.

Dann spürte sie eine Hand auf ihrem Kopf, Finger, die sich in ihr Haar krallten, sie hochrissen.

Als Sandy bemerkte, dass sie ihre Beine nicht spürte, sie überhaupt keine Kontrolle über ihren Unterkörper hatte, brach sie in Tränen aus. Ein Bekenntnis der Hilflosigkeit, die ihren Entführer zu amüsieren schien.

»Was ist nur aus unserer taffen Chief-Inspector Matthews geworden«, fragte eine wispernde Stimme ganz nah an Sandys Ohr und ließ sie erschauern. Und dann wusste sie plötzlich, wer sie in seiner Gewalt hatte.

»Mein Team … wir sind Ihnen schon lange auf den Fersen«, stammelte sie und kämpfte mit aller Kraft gegen seinen Griff an, versuchte, nicht allzu verzweifelt zu klingen. »Nicht lange und meine Kollegen sind hier, dann gehen Sie dorthin, wo Sie schon längst hingehören.«

Sein Griff wurde fester, sodass sie vor Schmerzen im Kopf nicht mehr klar denken konnte.

»Dein Team auf dem Weg zu mir? Ich glaube nicht«, knurrte die Stimme. »Dein junger Lover denkt, du seist bei deinem Sohn. Niemand sucht also nach dir. Und wir haben alle Zeit der Welt.« Er stieß ein kehliges Lachen aus. »Mit dir wird es besonders viel Spaß machen. Du bist so was wie meine Zugabe, das Tüpfelchen auf dem i.«

Gütiger Himmel, dachte Sandy und wand sich zitternd. Sie hatte Angst.

Furchtbare Panik …

Dennoch … keinesfalls würde sie anfangen zu betteln, ihn um ihr Leben anflehen, sich demütig auf dem Boden wälzen. Doch dann fiel ihr ein, dass es nicht nur ihr Leben wäre, um das sie dieses Monster würde bitten müssen. Da war noch das Baby. Ein unschuldiges Wesen, das es nicht verdient hatte, so zu enden. Wenigstens für ihr Kind musste sie versuchen, so lange wie möglich am Leben zu bleiben, zu kämpfen, das anzuwenden, was sie einst während ihrer Ausbildung gelernt hatte. Sie musste es schaffen, ihn zu verunsichern, um Zeit zu gewinnen. Vielleicht war ihr Bachmanns Täterprofil dabei eine Hilfe …

»Bitte«, stammelte sie und legte so viel Aufrichtigkeit in ihre Stimme wie nur irgend möglich. »Ich weiß, wer Sie sind und warum Sie all das tun. Jemand, der Ihnen nahesteht oder nahestand hat Sie zutiefst verletzt.« Sie brach ab, suchte nach den richtigen Worten.

Der Griff lockerte sich etwas.

»Ich bin schwanger, verstehen Sie? Und dieses Baby, mein Kind, ich muss … ich werde alles tun, um dafür zu sorgen, dass es niemals so sehr verletzt wird, wie Sie verletzt wurden.« Sandy holte tief Luft, legte alle Kraft in den folgenden Satz. »Ich bitte Sie, lassen Sie mich gehen. Geben Sie meinem Kind eine Chance.«

Ein Röcheln erklang, das sich wenig später als ein atemloses Kichern entpuppte.

Sandy biss die Zähne zusammen. Dann überrollte sie die Resignation wie ein Tsunami, fegte ihre Hoffnung fort, ihren Glauben daran, dass doch noch alles gut würde.

Sie würde hier unten sterben. Und mit ihr Jonas und ihr ungeborenes Kind. Sie wünschte von ganzem Herzen, es wäre ihr vergönnt gewesen, Jonas' Reaktion zu sehen. Sie wusste plötzlich, dass er sich gefreut hätte. Dass er ein toller Vater gewesen wäre. Und ein noch tollerer Ehemann. Was bedeuteten schon zwölf Jahre, wenn man in seinem Partner einen Seelenverwandten gefunden hatte? Jemandem, mit dem man sich wünschte, durch dick und dünn zu gehen, jemanden, den man auch im Alter an seiner Seite haben wollte.

Jonas …

Der Kloß in ihrem Hals schnürte ihr den Atem ab.

Wenn sie ihm noch nur noch einmal gegenüberstehen dürfte.

Dann würde sie ihm sagen, was sie empfand. Würde ihm beweisen, dass es egal war, was andere über sie dachten.

Sie würde ihn ihrem Sohn vorstellen, dafür sorgen, dass er ihn als den neuen Mann in ihrem Leben akzeptierte und tolerierte.

Stattdessen lag sie hier in diesem dunklen, feuchten und stinkenden Verlies und wusste nicht einmal, ob der Mann, den sie liebte, der Vater des Babys in ihrem Leib, noch am Leben war.

Der Mann kicherte immer noch, schüttete sich aus vor Lachen. Es schien, als würden ihre Verzweiflung, ihre Hilflosigkeit und die Hoffnungslosigkeit ihn beflügeln, ihn anstacheln, ihr noch mehr Schaden zuzufügen.

Dann wallte der Zorn in ihr auf.

Heiß.

Brodelnd.

Dieses Dreckschwein, dachte sie und spürte, wie neue Energie durch ihre Adern strömte. Dieser gottverdammte Scheißkerl … Er lachte über sie!

Kapitel 17

Bognor Regis / London
Mai 2016

Der Geruch nach Kokos und Karibikblüten riss sie aus dem Schlaf. Benommen setzte sie sich auf, spürte einen kühlen Lufthauch im Zimmer, wunderte sich darüber, weil alle Fenster fest verschlossen waren. Ein Geräusch über ihr erschreckte sie. Es klang wie ein Knarzen. Das Geräusch, das Schritte auf einem Holzfußboden machten.

Die Wohnung obendrüber!

Isa warf einen Blick zu Tim, der neben ihr selig schlummerte, und verließ auf Zehenspitzen das Schlafzimmer. Im Gang riss sie eine Strickjacke vom Haken, schlang sie um ihre Schultern, hastete in den Hausflur hinaus, die Treppe hoch. Die Wohnungstür war nur angelehnt und obwohl sie genau wusste, bei ihrer letzten Stippvisite hier oben abgeschlossen zu haben, stieß sie die Tür vollends auf und trat ein. Entgegen ihrer Erwartung war das Innere der Wohnung von Licht durchflutet, alle Möbel waren von den weißen Laken befreit, alles sah so aus, als wäre nach all den Jahren wieder jemand in diese Wohnung gezogen. Langsam setzte sie einen Schritt vor den anderen, sah in jedes Zimmer, suchte nach der Ursache für das Geräusch, das sie gehört hatte. Im kleinsten aller Zimmer, das sich als Kinderzimmer herausstellte, wurde sie endlich fündig. Sie sah eine leise vor sich hin summende Frau mit dem Rücken zur Tür am Bettrand sitzen und über die Bettdecke streichen, unter der ein kleines Mädchen lag und schlief.

Sie begann zu zittern, als ihr bewusst wurde, dass sie Zeuge eines der kostbaren Momente zwischen Annie und ihrer Mutter wurde.

Dann fuhr ein Blitz durch ihr Innerstes.

Das konnte nicht real sein.

Oder doch?

Wurde sie langsam verrückt?

Hatte Tim die ganze Zeit über die Wahrheit gesagt?

Konnte auch sie in diesem Augenblick zwei tote Menschen sehen?

Sie trat näher, schreckte zurück, als sich die Szenerie vor ihren Augen in Luft auflöste wie ein Lichtstrahl, der eine Nebelbank zerteilte. Dann spürte sie eine Hand auf ihrer Schulter, sog den intensiven Duft von Kates Parfum in ihre Nase.

»Hilf uns«, flehte eine körperlose Stimme. »Du musst nur richtig hinsehen, bevor alles zu spät ist. Hör auf dein Gefühl, darauf, was dein Herz dir sagt.«

Als Isa erwachte, war sie über und über mit Schweiß bedeckt, ihre Glieder schmerzten und sie hatte einen fürchterlich schalen Geschmack im Mund. Der Stress und die Aufregung der vergangenen Tage forderten ihren Tribut. Sie hatte sich ein Virus eingefangen, spürte, dass sie Fieber bekam. Trotzdem schlug sie die Decke fort und stand vorsichtig auf, schlich aus dem Zimmer, um Tim nicht zu wecken, und stellte sich unter die lauwarme Dusche, spürte, wie ihre Lebensgeister erwachten. Anschließend setzte sie sich anstelle von Tee einen extrastarken Kaffee auf und mischte sich ihre Spezialmischung für Unwohlsein aller Art: zwei Aspirin, Zitronensaft und Honig.

Nachdem sie die Medizin runtergewürgt hatte, spülte sie mit Wasser nach und fing an, Tims und ihre Klamotten aus den Schränken im Gang und im Wohnzimmer in ihren Koffer zu packen. Anschließend schenkte sie sich Kaffee ein, trank mit langsamen Schlucken, spürte, dass es ihr besser ging. Sie sah sich um. Es würde einen Tag, vielleicht auch zwei Tage dauern, bis sie alles für die Sanierung und das Drumherum um den Verkauf arrangiert hatte, damit Higgins sich nur noch um das Organisatorische zu kümmern brauchte. Sie nahm ihr Smartphone, loggte sich im Internet ein, googelte nach Baufirmen, Sanitärbetrieben und rief bei ihrem Nachlassverwalter an, hinterließ ihm die Bitte nach einem Rückruf auf dem Anrufbeantworter.

Sie wollte sich gerade daran machen, weiterzupacken, als ihr Amanda in den Sinn kam. Sie wusste nicht, warum, doch plötzlich hatte sie das Bedürfnis, mit ihr zu sprechen. Über das Gespräch mit Tim gestern Abend und über ihren merkwürdigen Traum.

Erst jetzt bemerkte Isa den Geruch nach Kokos und traumhaft süßen Blüten in der Wohnung, beinahe, als hätte sie etwas aus ihrem Traum mit in die Realität gebracht. Oder war es am Ende gar kein Traum gewesen?

Ihre Finger zitterten, als sie in ihren Kontakten nach Amandas Nummer suchte und auf Wählen drückte.

Isa ließ es mehrmals hintereinander etwa fünfzehnmal klingeln, ehe sie aufgab. Sie überlegte einen Augenblick, dann ging sie entschlossen ins Schlafzimmer, um Tim zu wecken.

»Lust auf einen weiteren Tag mit deinem besten Freund?«, fragte sie so unbeschwert und fröhlich wie möglich.

»Jaaaaa«, schrie Tim erfreut und sprang wie ein kleines Rumpelstilzchen um sein Bett herum. »Ich will zu Lenny. Seine Mom hat versprochen, dass ich mir beim nächsten Mal den Ice-Age-Film ansehen darf. Auf Englisch. Paula sagt, bei der Gelegenheit lerne ich sogar noch was beim Fernsehen und sie hilft mir dabei.«

Isa schmunzelte. »Und nächstes Mal, das wäre dann wohl heute.«

Tim nickte eifrig, während er in seine Klamotten schlüpfte, die Isa ihm hingelegt hatte.

Isa schmierte ihrem Sohn ein Sandwich mit Schmelzkäse und Salami, stellte ihm ein Glas Orangensaft dazu. Heute musste es mal so gehen.

Tim schien sein Notnagelessen gar nicht als solches wahrzunehmen, denn er mampfte fröhlich, schien sich auf einen aufregenden Tag mit Lenny zu freuen. Isa nutzte die Zeit, um sich ein wenig zu schminken, die Haare zusammenzubinden und sich die Schuhe anzuziehen. Inzwischen sah sie schon fast normal aus, nicht wie jemand, der kurz davor stand, von einem Virus ausgebremst zu werden.

Als Tim fertig gegessen hatte, verzichtete sie darauf, das Geschirr zu spülen, wies ihn an, sich anzuziehen, dann verließen sie gemeinsam die Wohnung. Als sie wenig später vor Paulas Wohnungstür standen, spürte Isa kurz den Anflug eines schlechten Gewissens, weil sie Tim schon zum zweiten Mal hintereinander wegorganisierte. Doch als sie sein fröhliches Jauchzen hörte, nachdem Lenny mit verstrubbelten Haaren und einem Dinosaurier unter dem Arm die Tür öffnete, verflogen ihre Bedenken. Sie warf Paula einen flehenden Blick zu und atmete erleichtert auf, als diese nach kurzem Zögern knapp nickte. »Dafür bin ich dir was schuldig«, flüsterte Isa in Paulas Richtung und schob Tim nach einem letzten Küsschen auf die Wange über die Schwelle.

Als sie gute drei Stunden später vor Amanda Williams' Haus stand, spürte sie, wie ihr Magen sich verkrampfte. Lag es daran, dass die Rollläden trotz der Uhrzeit – es war inzwischen beinahe Mittagszeit – noch unten waren? Sie wusste nicht warum, doch heute stimmte der Anblick der fröhlich gelben Farbe sie auf eine Art und Weise traurig, die sie nicht erklären konnte. Sie ging auf den Eingang zu, stieg die Stufen zur Tür hinauf, drückte auf die Klingel.

Nichts.

Sie klingelte erneut.

Wartete.

Wieder nichts.

Von unterwegs hatte Isa mehrmals versucht, Amanda zu erreichen, doch die war nicht ans Telefon gegangen.

Isa verstand nicht, was genau sie beim Anblick des Hauses in Unruhe versetzte, doch als Amanda auch nach dem dritten Klingeln nicht öffnete, wusste sie, dass irgendwas nicht in Ordnung war. Sie ging ums Haus herum, bemerkte, dass Amandas Wagen in der Einfahrt vor der Garage stand. Auch hinten waren die Fenster verschlossen und die Rollläden unten. Alles wirkte beinahe, als wäre Amanda in den Urlaub gefahren. Doch warum sollte sie dann ihr Auto, anstatt es in die Garage zu stellen, in der Einfahrt stehen lassen?

Isa lief mehrmals um das Haus herum, klopfte an das Rollo der hinteren Terrassentür, klingelte noch ein viertes Mal vorne, schüttelte schließlich resigniert den Kopf.

Irgendwas stimmte hier ganz und gar nicht, so viel stand fest, doch Isa hatte keine Idee, was sie machen konnte, um sich selbst vom Gegenteil zu überzeugen. Plötzlich fiel ihr aus dem Augenwinkel ein Treppenabgang in der linken hinteren Ecke des Gartens auf. Ihr Herzschlag beschleunigte sich. War das eine Treppe, die in den Keller des Hauses führte? Sie rannte hin, stieg die Stufen hinunter, betete im Stillen, dass nicht abgeschlossen war. Ihre Finger zitterten, als sie nach der Klinke griff, sie runterdrückte, die Tür mit einem Quietschen aufsprang.

Für den Bruchteil einer Sekunde zögerte Isa, dann trat sie ein, blinzelte gegen die Dunkelheit des Kellers an, tastete mit den Händen die Wand hinter sich ab, auf der Suche nach einem Lichtschalter.

Sie stolperte ein paar Mal über irgendwelche Gegenstände, die am Boden standen, fluchte leise, atmete schließlich erleichtert auf, als sie den Schalter gefunden hatte. Es dauerte einen Moment, bis Isas Augen sich an das schmutzig gelbe Licht gewöhnt hatten, sie sich orientieren konnte. Der Keller war anders als das, was sie vom Haus bislang gesehen hatte, chaotisch und unaufgeräumt und Isa wusste auf Anhieb, dass Amanda seit dem Tod ihres Mannes nur selten hier unten gewesen war. Wie es aussah, handelte es sich bei diesen Räumen um das ehemalige Reich von Amandas Mann. Ein Ort, an dem er gebastelt und gewerkelt hatte, kurz, ein Ort, der Männerherzen höherschlagen ließ. Isa lächelte, als sie die riesige Werkbank sah, auf der eine Konstruktion stand – ebenfalls selbst gemacht –, in der alle möglichen Arten von Schraubenziehern untergebracht waren. Außerdem lagen Reste von Holz herum, Klebertuben und ein paar vereinzelte Schrauben. Isa spürte, wie ihr Magen sich zusammenzog, als ihr bewusst wurde, dass es tatsächlich so sein musste, wie gedacht: Amandas Mann war dabei gewesen, etwas zusammenzuzimmern, das Amanda und sein Traumhaus verschönern sollte, als er schwer krank wurde und schließlich starb. Und das Paradoxe an dieser Situation war, dass alles in diesem Keller wirkte, als würde er jeden Augenblick zur Tür hereinkommen und weiterarbeiten.

Plötzlich begriff Isa, wie es sich für Amanda anfühlen musste, weiterhin in diesem Haus zu leben, wo jeder Gegenstand, jeder Raum an ihren über alles geliebten Mann erinnerte. Natürlich verstand Isa, dass sie es niemals fertigbringen würde, einfach auszuziehen und das Haus zu verkaufen. Amanda war quasi gefangen in einer Umgebung, die ihr das Gefühl vermittelte, zu Hause zu sein und auch wieder nicht. Weil eben ein wesentlicher Teil dessen fehlte, der ein Haus erst zum Zuhause machte – die Familie. Und Amanda und ihr Mann hatten nur einander gehabt.

Isa schluckte gegen die Tränen an, als sie die Kellertreppe nach oben ins Erdgeschoss stieg.

Sie knipste das Licht an und sah sich im Gang um, ging dann weiter in die Küche, schickte ein stilles Stoßgebet zum Himmel, dass Amanda ihr den unbefugten Zutritt verzeihen möge, falls sie doch zu Hause war und nur ihre Ruhe haben wollte.

In Gästetoilette, Speisekammer und Küche schien alles in bester Ordnung zu sein. Alle drei Räume waren picobello aufgeräumt und sauber geputzt. Auch im Wohnzimmer sah alles wie gestern aus. Einzig der Tisch vor der gemütlichen Sofalandschaft war bedeckt von Zeitungsstapeln, Magazinen und Notizblöcken, was Isa allerdings nicht weiter seltsam vorkam, denn Amanda schien sehr belesen und politisch interessiert zu sein, machte wahrscheinlich wie der Großteil älterer Menschen gerne Kreuzworträtsel. Ihr Herz hämmerte, als sie die Treppe in den ersten Stock hochging und schließlich vor einer Tür stehen blieb. Zögernd drückte sie die Klinke hinunter, sah, dass es sich um das Ankleidezimmer der Williams' handelte. Als Nächstes kam das Badezimmer, in dem es nach einem erfrischenden Duschgel roch, was bedeutete, dass Amanda vor Kurzem noch geduscht oder gebadet hatte. Vor der Tür ganz hinten im Gang blieb Isa stehen. Irgendetwas hielt sie davon ab, die Klinke runterzudrücken und ins Zimmer zu treten, doch sie konnte nicht anders, streckte die Hand aus und stieß die Tür auf, trat ein.

Als sie über die Schwelle des tiefdunklen Zimmers trat, bemerkte sie auf Anhieb den metallisch unangenehmen Geruch sowie die eiskalte Atmosphäre, die ihr einen kalten Schauer über den Rücken jagten. Sie schluckte, tastete nach dem Lichtschalter, schloss instinktiv die Augen. Es dauerte eine kleine Ewigkeit, bis Isa es wagte, sie wieder zu öffnen und sich im Zimmer umzusehen. Als ihr Blick das Bett erfasste, setzte ihr Herz einen Atemzug lang aus. Dort lag Amanda, inmitten ihrer von Blut dunkelrot gefärbten Kissen und Bezüge und schien ins Nichts zu starren. Isa schluckte gegen die aufsteigende Übelkeit an, trat näher, schnappte nach Luft, als sie die tiefen Schnitte auf ihrem linken Unterarm sah.

Ihre Hand zitterte, als sie Amandas Halsschlagader befühlte. Dann fiel ihr ein, dass es wahrscheinlich keine gute Idee war, überhaupt hier zu sein, geschweige denn, Amanda, die ohne Zweifel mausetot war, anzufassen.

Isa wich vor der Leiche zurück, unfähig, den Blick abzuwenden, versuchte zu erfassen, was geschehen war.

Erst gestern hatte sie die Frau hier in diesem Haus kennengelernt. Sie hatte Amanda ihre Traurigkeit über den Verlust ihres Mannes zwar angesehen, allerdings den Eindruck gewonnen, dass sie gewillt war, ihr Leben weiterzuleben. Auf gar keinen Fall hatte die Frau ausgesehen, als stünde sie kurz davor, sich das Leben zu nehmen. Isa schlug ihre Hand vor den Mund. Und jetzt lag sie hier, in ihrem Ehebett, inmitten einer Blutlache und mit aufgeschnittenem Arm, als Zeugnis dessen, wie sehr man sich in einem anderen Menschen täuschen konnte.

Isa starrte Amanda einen Moment einfach nur an, bemerkte den Gesichtsausdruck der Toten, der alles andere als friedlich wirkte. Stattdessen sah Amanda aus, als hätte sie in den letzten Augenblicken ihres Daseins große Schmerzen und Angst gehabt, denn ihr Kiefer wirkte verkrampft, der Mund wie zum Schrei geöffnet, die Augen weit aufgerissen.

In Isas Kopf drehte sich alles. Dann wurde ihr speiübel.

Was sollte sie jetzt nur tun, fragte sie sich im Stillen.

Die Polizei rufen?

Und was sollte sie denen sagen, weshalb sie, eine Fremde, in diesem Haus war?

Plötzlich fiel ihr Inspector Jonas … Stevens ein, der Mann, von dem sie Amandas Kontaktdaten bekommen hatte. Sie zog ihr Smartphone hervor, rief beim Notruf an und bestand darauf, mit Stevens verbunden zu werden, stammelte eine Entschuldigung in den Hörer, als er wenig später tatsächlich am anderen Ende der Leitung war.

Die Stimme des Polizisten zu hören, fühlte sich seltsam vertraut und beruhigend an. Es war für Isa, als würde eine Schleuse in ihrem Innern geöffnet. Ein Schluchzen drang aus ihrer Kehle, dann schaffte sie es schließlich, sich zu sammeln. »Sie müssen herkommen«, stieß sie aus und versuchte, ihrer Stimme einen festen Klang zu geben. »Ich bin im Haus der Williams. Amanda … sie ist … tot.«

Kapitel 18

London
Mai 2016

Jonas seufzte, nachdem er aufgelegt hatte. Diese junge Deutsche … Isabell … begann, ihm auf die Nerven zu gehen. Er hatte eine Ermittlung zu leiten, eine Mordserie aufzuklären und machte sich – er konnte es nicht länger leugnen – furchtbare Sorgen um Sandy.

»Amanda … sie ist … tot.«

Die Frau hatte hysterisch geklungen, panisch fast und von Eva wusste er, dass sie sich extra hatte zu ihm durchstellen lassen. Deswegen konnte er nicht – so gern er dies auch in Betracht gezogen hätte – jemand anders schicken. Stattdessen war er gezwungen, sich jetzt mit dieser leidigen Sache abzugeben, anstatt weiter Befragungen durchzuführen, die ihn – so hoffte er zumindest – dem Irren ein Stück näher brachten. Auf dem Weg zum Parkplatz überlegte er, was es mit dem Tod dieser Ex-Polizistin auf sich haben könnte. Natürlich fiel ihm zuerst Suizid ein, schließlich hatte Sandy ihm gesagt, dass sie seit dem Tod ihres Mannes an furchtbaren Depressionen litt, sie zudem mit ihrer Pensionierung haderte. Der Anflug eines schlechten Gewissens machte sich in ihm breit. Er war es gewesen, der die junge Frau zu Amanda geschickt hatte, seinetwegen hatte sie jetzt ein Trauma davongetragen, seinetwegen hatte sie eine Tote vorgefunden.

Wiederum – was hatte sie denn in Amandas Haus verloren? Sie hatte sicherlich geklingelt und angerufen, niemanden erreicht. Weshalb hatte sie sich einfach Zutritt zum Haus verschafft?

Jonas beschloss, ein ernstes Wörtchen mit der jungen Dame zu sprechen, ihr einen Denkzettel zu verpassen. Während er auf der Schnellstraße in Richtung Vorstadt entlangfuhr, schweiften seine Gedanken wieder zu Sandy ab. Sie hatte sich noch immer nicht bei ihm gemeldet und auch bei sonst niemandem. Es war, als hätte sie komplett ausgeblendet, dass sie sich in einer wichtigen Ermittlung befanden, das komplette Team Urlaubssperre hatte, sie es sich nicht leisten konnten, jemandem aus dem Team ein paar freie Tage zuzugestehen. Die Sache war nur die: Sandy wusste all das, hatte sich trotzdem abgeseilt, kümmerte sich einfach um ihr eigenes Ding, ließ sie alle hängen.

Jonas schluckte. Das alles sah Sandy überhaupt nicht ähnlich. Dass sie die aktuellen Ermittlungen hinten anstellte und ihrer Arbeit fernblieb, für niemanden erreichbar war. Seit er mit ihr zusammenarbeitete, hatte sie noch nie auch nur einen Tag gefehlt, kam sogar mit Kopf unter dem Arm zur Arbeit, anstelle sich krankzumelden. Jonas wusste, dass genau wegen dieser Einstellung Sandys zu ihrem Job ihre Ehe zerbrochen war, sie hatte der Belastung nicht standgehalten, dass es etwas in Sandys Leben gab, das noch vor Familie stand oder ihr zumindest gleichgestellt war.

Andererseits – konnte es nicht sein, dass sie einen Sinneswandel vollzogen hatte? Machte sie sich Vorwürfe, ihrem Sohn und ihrem Ehemann gegenüber? Versuchte sie, auf diese Art und Weise wiedergutzumachen, dass sie ihre Familie aufs Abstellgleis geschoben hatte? Und falls ja, was bedeutete das für ihn?

Doch irgendwas in seinem Innern sagte Jonas, dass alles ganz anders war, sie alle sich täuschten, Sandy ein ernsteres Problem hatte als ein schlechtes und von Vorwürfen gebeuteltes Gewissen.

Er trat aufs Gas, raste die letzten zwei Kilometer der Schnellstraße, kam schließlich mit quietschenden Reifen vor dem Haus von Amanda Williams an. Er wunderte sich einen Augenblick über den gepflegten Vorgarten des hübschen Häuschens, musste insgeheim zugeben, dass er etwas anderes erwartet hatte. Von Sandy wusste er, dass Amanda ein ernstes psychisches Problem hatte, sie zeitweilig die Kontrolle über ihre Emotionen verlor, sie bereits einen Suizidversuch unternommen hatte, nachdem ihr Mann verstorben war.

Er stieg aus dem Wagen aus und ging auf den Eingang zu, wo die junge Frau völlig aufgelöst auf ihn wartete.

»Amanda«, stammelte sie und gab ihm die Hand, »ihr Arm … sie hat sich die Pulsader geöffnet.«

Jonas ergriff ihre Hand und nickte aufmunternd, wies die Frau an, hier draußen auf ihn zu warten.

»Wo ist ihre Leiche?«, fragte er über die Schulter gewandt, bemerkte, wie Isabell zusammenzuckte.

»Im Schlafzimmer«, kam es tonlos über ihre Lippen. »Es ist einfach furchtbar.«

Jonas nickte und machte sich auf den Weg nach oben, bemerkte schon am Treppenabsatz den penetrant metallischen Geruch. Im Schlafzimmer fand er Amanda Williams auf dem Ehebett liegend vor, inmitten einer riesigen Blutlache, die Kissen, Laken und Bezüge dunkel gefärbt hatte. Plötzlich verstand er den Schockzustand der jungen Frau, begriff, weshalb sie bereitwillig draußen wartete. Amanda Williams' Gesicht war zu einer Maske des Leidens erstarrt, man konnte darin ihre Traurigkeit, ihre Hoffnungslosigkeit und ihren Kummer über den Tod hinaus erkennen, was es selbst für ihn schwierig machte, die Tote mit der Frau in Verbindung zu bringen, die ihm und seinem Team in netter Regelmäßigkeit auf die Nerven gegangen war.

Er ging nach unten, wählte die Nummer von Eva, bellte eine knappe Anweisung in den Hörer, damit sie ihm ein Team vorbeischickte.

Anschließend ging er nach draußen, um die junge Frau zu befragen. Er schlug sein Notizbuch auf und sah sie nur an, schon plapperte sie wie wild drauflos.

»Gestern war sie vollkommen normal, keine Anzeichen dafür, dass sie mit ihrem Leben haderte, sich umbringen wollte. Wir haben uns ganz normal über ihre frühere Arbeit unterhalten, sie hat mir von Richards erzählt, Collins ehemaligem Partner.« Sie verstummte, fixierte einen unbestimmten Punkt am Boden.

»Sie wissen, dass Sie eine Straftat begangen haben, als Sie in dieses Haus eingedrungen sind?« Jonas versuchte, seiner Stimme einen milden Klang zu verleihen, sah die junge Frau aufmerksam an.

Sie nickte, seufzte schließlich. »Ich hab mir solche Sorgen gemacht. Als Amanda und ich gestern auseinandergingen, sah es nicht so aus, als plante sie, sich umzubringen. Sie wirkte psychisch stabil, deswegen kam es mir seltsam vor, als sie den ganzen Vormittag nicht ans Telefon ging. Dann hab ich beschlossen, herzufahren, und nachdem sie die Tür nicht aufmachte, der Keller offen war …« Sie hob die Schultern. »Ich weiß, dass es falsch gewesen ist, doch ich musste wissen, ob alles in Ordnung ist.«

»Amanda hätte auch einfach nur einkaufen sein können«, wandte Jonas ein.

Die junge Frau nickte. »Das hab ich mir zuerst auch versucht, einzureden. Aber irgendwie …« Sie verstummte, suchte nach Worten. »Irgendwie wusste ich auf einmal, dass da was nicht stimmt. Das war wie eine Stimme in meinem Innern. Ein Zwang. Ich musste einfach nachsehen, mich vergewissern, dass Amanda nichts Schlimmes …« Sie brach ab, schluchzte.

Jonas legte seinen Arm um sie, führte sie die Treppen hinunter zu dem Wagen, von dem er annahm, dass es ihrer war. »Hat Amanda Ihnen eigentlich weiterhelfen können?«

Sie sah ihn verwirrt an.

»Ich meine bei der Nachforschung rund um Ihre Familiengeschichte?«

Isabell nickte. »Von ihr hab ich die Adresse und Telefonnummer von Collins damaligem Partner bekommen. Sie hat mir auch viel von Collin erzählt, ich weiß zum Beispiel, dass auch sie es für möglich hielt, dass jemand ihn reingelegt hat.«

Jonas räusperte sich. »Und was wollten Sie heute von ihr? Warum sind Sie noch mal hergekommen?«

Isabell sah betreten zu Boden. »Nachdem ich gestern Amandas Haus verlassen habe, war ich bei Richards. Sein Sohn hat mich reingelassen, er wohnt bei seinem Vater, seit dieser sterbenskrank ist. Er hat Krebs.«

»Was wollten Sie bei diesem Richards?«

»Ich wollte Amandas Bedenken nachgehen. Richards war nicht nur Collins Partner, sondern auch sein bester Freund. Ich wollte von ihm wissen, was er über seine angeblichen Taten dachte, ob er Amandas Ansicht teilte, dass Collin unschuldig sein könnte.«

»Und?«

Isabell hob die Schultern. »Laut Richards war Collin ohne Zweifel der Täter. Als ich fragte, ob es nicht sein könne, dass er sich geirrt habe, rastete Richards aus, bekam einen Anfall.«

Jonas trat ein Stück näher, fixierte Isabells Gesicht. Ihm fielen die Sommersprossen auf ihrer Nase auf, die winzigen honigfarbenen Sprenkel in ihren ansonsten stahlblauen Augen. »Warum sind Sie noch mal hergekommen?«

Isabell wand sich, schien krampfhaft nach einer Antwort zu suchen. »Ich wollte ihre Meinung über Richards wissen«, gab sie schließlich zu. »Ob er sich nicht doch getäuscht haben könnte, evtl. jemanden gedeckt hat oder Collin aus einem anderen Grund ans Messer lieferte.«

»Wie kommen Sie darauf? Kannten Sie Collin denn persönlich?«

Sie schüttelte den Kopf, wirkte auf einmal viel gefasster als zuvor, fast trotzig. »Ich kannte ihn nicht persönlich«, sagte sie mit erstaunlich fester Stimme. »Aber dennoch spüre ich einfach, dass damals bei den Ermittlungen was schiefgelaufen ist, der Falsche beschuldigt wurde.«

»Was genau wollen Sie damit sagen?«

»Ich will sagen, dass es sein könnte, dass Collin den echten Täter gefunden hat, von ihm aufs Kreuz gelegt wurde. Und Richards hat es schlicht und ergreifend nicht draufgehabt, eins und eins zusammenzuzählen, hat die Hinweise und Spuren fehlgedeutet.«

»Und das haben Sie Richards ins Gesicht gesagt?«

Isabell grinste verlegen. »Nicht so deutlich, aber … ja.«

Jonas nickte, konnte sich ein Schmunzeln nicht verkneifen. »Versprechen Sie mir was?«

Isabell zögerte, dann nickte sie.

»Sie haben einen Sohn, wenn ich mich recht erinnere?«

Wieder ein Nicken.

»Fahren Sie zu ihm, überlassen Sie den Rest uns. Ich bin momentan mit einer furchtbaren Mordserie beschäftigt, habe noch ein paar andere Probleme zu lösen. Sobald ich eine freie Minute habe, verspreche ich, sehe ich mir den Fall von damals noch mal an.«

Isabells Augen begannen zu leuchten. »Das würden Sie wirklich tun?«

Jonas hob die Schultern. »Es ist mein Job. Egal, wie viel Zeit vergangen ist, Mord bleibt Mord und natürlich bin ich daran interessiert, dass der wahre Täter seine Strafe bekommt, ein Unschuldiger im Fall der Fälle rehabilitiert wird.«

Isabell atmete tief durch. »Kann ich jetzt gehen?«

Jonas überlegte. »Haben Sie irgendwas da drinnen angefasst?«

Isabell schluckte. »Amandas Hals. Ich wollte ihren Puls fühlen, sehen, ob sie noch lebt.«

Jonas nickte seufzend. »Ich sehe mich jetzt im Haus um, bevor meine Kollegen kommen und es vorbei ist mit der Ruhe. Wenn

Sie so nett wären, im Wagen zu warten, bis jemand kommt, um Ihre Aussage aufzunehmen?«

Sie nickte, machte sich auf den Weg zu ihrem Auto, setzte sich hinters Steuer. Kurz bevor Jonas im Haus verschwand, sah er sich noch einmal nach ihr um, empfand beinahe etwas wie Mitleid für die Frau. Sie wirkte vollkommen entkräftet, noch immer verwirrt und geschockt, auch wenn sie sich alle Mühe gab, dies nicht zu zeigen. Mit einem letzten prüfenden Blick in ihre Richtung verschwand er im Haus.

Bis zum Abend schweiften Jonas' Gedanken immer wieder ab, sodass es mit seiner Konzentration wirklich nicht weit her war. Er dachte entweder an Sandy, schickte Stoßgebete zum Himmel, in der Hoffnung, dass sie sich meldete, dann wieder tauchte Amandas verzerrtes Gesicht vor seinem inneren Auge auf. Die Angst in ihrem starren Blick, die Traurigkeit, das Entsetzen. Sie hatten das ganze Haus auf den Kopf gestellt und keinen Hinweis auf Fremdverschulden oder gar auf ein Verbrechen gefunden, sodass außer Frage stand, dass es tatsächlich Suizid gewesen war.

Doch warum, um Himmels willen, fühlt sich der Gedanke daran so falsch an?, fragte Jonas sich. Amanda hatte ihren Mann verloren, beide hatten keine Kinder gehabt, sie war also mutterseelenallein auf der Welt. Doch reichte dies bereits aus, um seines Lebens überdrüssig zu werden? Er seufzte. Und falls dem so war, weshalb wirkte ihr Haus wie die Herberge der personifizierten Lebensfreude? Weshalb sah selbst der Vorgarten so aus, als lebte in diesem Haus jemand, der die schönen Seiten des Lebens schätzte, die Sonne genoss, das Erblühen der Natur in sich aufzusaugen schien?

Und dann war da noch Isabell, die junge Deutsche, die genau wie er der Meinung war, dass Amandas Tod seltsam überraschend kam.

Er suchte im PC nach den abgespeicherten Fotos von den Zimmern in Amandas Haus, ging jedes einzelne davon akribisch genau durch. Bei dem Bild, das Amandas Wohnzimmer zeigte, stockte er. Auf dem Tisch lagen mehrere Stapel Zeitungen und Magazine, herausgetrennte Seiten aus Zeitungen, ausgeschnittene Artikel und Berichte. Was war das? Womit hatte Amanda sich in den letzten Augenblicken ihres Lebens beschäftigt? Er nahm den Hörer ab, wählte die Nummer der Spurensicherung, bat den Kollegen, ihm die Zeitungen aus dem Wohnzimmer von Amanda Williams zu bringen, damit er sie sich genau ansehen konnte. Während er wartete, zog er sein Smartphone aus der Tasche, checkte den Empfang, schaltete es aus und wieder an, legte es schließlich frustriert zur Seite, als feststand, dass alles in bester Ordnung war.

Als sein Kollege ihm die gewünschten Sachen brachte, machte er sich sofort an die Arbeit. Jonas runzelte verwundert die Stirn, als ihm aufging, dass all diese Zeitungen und Ausschnitte sich mit den Mordserien damals und heute beschäftigten. Erst jetzt fiel ihm Amandas Anruf wieder ein. Sie hatte behauptet, ihr sei etwas Wichtiges aufgefallen, doch Jonas war so in die Sache mit Sandy vertieft gewesen, dass er sich nicht darum gekümmert und sie sogar zurechtgestutzt hatte. Sein Innerstes zog sich zusammen, als er sah, was genau Amanda umkringelt hatte. Es waren die Namen der Opfer der damaligen Mordserie. Ihm wurde übel.

Das erste Opfer hieß Elisabeth, das zweite Linda, dann Stefanie, Britney, Norma, Sandra und Collins Frau Kate, seine Tochter Annie und er selbst. Er räusperte sich, las alles noch mal. Die Namen stimmten bis auf zwei mit der heutigen Mordserie überein. Das war es, das Amanda aufgefallen war und das sie ihm hatte sagen wollen. Er kam sich wie ein Arschloch vor, als er sich erinnerte, wie harsch er sie zurechtgewiesen und ihr gesagt hatte, dass sie nicht mehr anrufen dürfe.

In Gedanken ging er die Namen noch mal durch.

Elisabeth – Elisabeth

Linda – Linda

Stefanie

Britney – Britney

Norma

Sandra

und die Familie des Täters.

Ein Kribbeln erfasste ihn, wie immer, wenn er kurz davor stand, etwas zu durchblicken, über dem er zuvor tagelang gegrübelt hatte.

Dann durchfuhr ihn ein Stromschlag.

Sandra – Sandy.

Sandra.

Sandra!

Er riss seinen kleinen Taschenkalender aus der Schublade, verglich das Datum. Der nicht autorisierte Artikel in der Zeitung. Sandys Verschwinden. Die Namensgleichheit. Der Unfall samt Fahrerflucht. Das Verschwinden seines Schlüssels.

Ihm wurde übel.

Dann versuchte er, sich selbst zu beruhigen, sagte sich, dass zwei der Namen nicht passten.

Stefanie damals – Mia heute.

Norma damals – Sophia heute.

Seine Hände zitterten, als er die Nummer von Henriette Collins wählte.

»Sagt Ihnen der Name Norma etwas?«, kam Jonas ohne Umschweife auf den Punkt.

Die Frau schnappte hörbar nach Luft. »Norma war Sophias … Künstlername, unter dem sie aufgetreten ist. Warum?«

Er stieß die Luft aus, räusperte sich. »Ich melde mich wieder«, sagte er düster, unterbrach die Verbindung, wählte die Nummer von Mias Mitbewohnerin. Es dauerte eine Weile, bis er sie schließlich am Handy an die Strippe bekam. »Es geht um Mia«, kam er sofort zur Sache. »Sagt Ihnen der Name Stefanie etwas?«

»Stefanie«, die Stimme der Frau klang verwaschen, lallend. »Ich weiß nicht, was Mia mit einer Stefanie zu tun hatte.«

»Bitte, Sie müssen sich konzentrieren«, rief Jonas. »Hat Mia irgendwann mal etwas über den Namen Stefanie gesagt?«

Jonas vernahm Gemurmel, das lauter wurde, dann war auf einmal jemand anderes in der Leitung. »Ich bin Vanessa. Mia hat mir mal erzählt, dass ihr eigentlicher Vorname Stefanie laute, sie ihn aber nicht mochte, weil er sie an ihre Kindheit erinnere. Sie hat ihn vor einiger Zeit in Mia ändern lassen, es sollte der Startschuss in ein neues Leben werden.«

In Jonas' Kopf drehte sich alles, nachdem er aufgelegt hatte. Wieder starrte er auf die Liste der Opfernamen.

Elisabeth
Linda
Stefanie (Mia)
Britney
Norma (Sophia)
Sandra (Sandy)
Collins Familie.

Er suchte sich Einzelheiten zum damaligen Fall im internen Datenspeicher heraus, las innerhalb weniger Minuten alles zweimal. Er lehnte sich zurück, schloss die Augen. Dann wusste er es plötzlich.

Collins Partner Jo Richards musste es gewesen sein. Er hatte genau wie Collin Zutritt zu den Leichenfundorten gehabt, hätte die Möglichkeit nutzen können, vergessene Spuren zu beseitigen, hatte Zugriff zu den Ermittlungsakten, zu den Beweismitteln. Es wäre ein Leichtes für ihn gewesen, alles Collin in die Schuhe zu schieben.

Jonas atmete tief durch. War das des Rätsels Lösung? Hatte Collins Partner damals all diese Frauen und Collins Familie getötet? Und danach Collin selbst, um alles ihm in die Schuhe schieben zu können?

Hatte er anschließend zwanzig Jahre seine Mordlust unterdrückt, um jetzt erneut zuzuschlagen? Doch sagte diese junge Deutsche nicht, dass Richards todkrank sei? Er hob den Hörer ab, wählte Bachmanns Nummer.

»Sind Sie sicher, was das Alter unseres Täters betrifft?«, fragte er den Professor. »Ich meine, könnte es nicht sein, dass er älter ist? Oder dass es zwei sind?«

Er hatte Isabells Stimme im Ohr, als diese ihm vom Besuch bei den Richards erzählt hatte.

Bachmann räusperte sich. »Was das Alter angeht, bin ich sehr sicher«, sagte er. »Und wie kommen Sie darauf, dass es zwei sein könnten?«

Jonas schluckte, als sich in seinem Kopf die Bausteine ineinanderfügten.

All die toten Mädchen.

Sandys Verschwinden nach dem Bericht.

Sein Unfall.

Der Verlust des Schlüssels.

Und zu guter Letzt Amandas Suizid, der, wie es aussah, gar keiner gewesen war. Sie hatte Isabell gesagt, dass sie nicht an Collin als Täter glaube. Und Isabell hatte dies Richards gesagt. Richards, dessen Sohn bei ihm im Haus lebte, weil er sich angeblich um den kranken Vater kümmerte. Jetzt war Amanda tot und auch Isabell schwebte höchstwahrscheinlich in allergrößter Gefahr.

Von Sandy mal ganz abgesehen – falls sie überhaupt noch am Leben war.

Jonas sprang auf, wurde plötzlich von unbändigem Zorn erfasst.

Wie hatten damals alle so falsch liegen können?

Wie hatte er selbst so dermaßen falsch liegen können? Er rief Eva an, ließ sich von ihr die Adresse von Jo Richards raussuchen, hoffte, nicht zu spät zu kommen. Auf dem Weg nach draußen pfiff er sich zwei Kollegen heran, wies sie an, ihn zu begleiten.

Die ganze Fahrt über trat er das Gaspedal durch, hoffte verzweifelt, dass er sich nicht irrte und vor allem nicht zu spät kam, um Sandy, die Frau, die er liebte – so viel stand inzwischen unumstößlich fest –, retten zu können.

Als sie schließlich vor dem Haus der Richards hielten und ausstiegen, musste Jonas sich selbst bremsen, damit er sich nicht über Vorschriften hinwegsetzte und, ohne zu klingeln, ins Haus eindrang.

Er klingelte mehrmals, sah sich im Garten um, versuchte, durch die Schlitze der verschlossenen Rollläden zu erkennen, was sich im Innern des Hauses abspielte. Gerade als er enttäuscht wieder abziehen wollte, spürte er eine Art Kribbeln in seinem Bauch, ein Gefühl der Erregung, das ihm sagte, dass er keineswegs falsch lag. Er schluckte, trat schließlich auf die Haustür zu. Es war nur ein Gefühl, der Hauch einer Ahnung, Hoffnung vielleicht sogar, das ihn zum nächsten Schritt trieb. Er sah seine Kollegen an, machte eine Kopfbewegung zur Tür. »Es scheint niemand da zu sein, aber wir gehen trotzdem rein. Irgendwelche Einwände?«

Keiner der beiden sagte etwas, deswegen ließ Jonas ohne weitere Worte seine Schulter mehrmals gegen das Türblatt krachen, wies seine Kollegen an, es ihm gleichzutun. Am Ende traten sie zu dritt mit dem Fuß gegen die Tür, bis sie mit einem Krachen aus den Angeln brach. Sie teilten sich auf. Jonas machte sich auf den Weg ins Obergeschoss, fand in einem der Zimmer einen alten Mann in seinem viel zu großen Bett vor, der dem Tod näher zu sein schien als dem Leben. Der Mann röchelte vor sich hin, schien nicht bei Bewusstsein zu sein, starrte ins Nichts. Selbst in diesem Zustand fiel es Jonas auf, dass die Augen des Mannes nichts Menschliches hatten. Sie wirkten wie die kalten, emotionslosen Augen eines Reptils.

Jo Richards.

Allein beim Anblick des Mannes packte ihn der Ekel.

Wo war sein Sohn?

Er zog die Waffe aus dem Holster, machte sich auf den Weg, die anderen Zimmer zu durchsuchen, als einer seiner Kollegen etwas zu ihm hinaufrief, das klang wie »*Wir haben sie gefunden!*«

Sein Herzschlag beschleunigte sich, als er mehrere Stufen auf einmal nach unten nahm, schließlich hektisch atmend im Keller ankam. Als sein Blick auf das wimmernde Bündel am Boden in einem der Kellerräume fiel, setzte sein Herz für einen Moment aus.

Sandy.

Sie lebte!

Am liebsten hätte er vor Erleichterung geheult, stattdessen stieß er einen nicht jugendfreien Fluch aus.

»Sie ist eingesperrt«, erklärte einer seiner Kollegen überflüssigerweise.

Jonas nickte und machte eine Handbewegung, die aussagen sollte, dass sie zurücktreten mussten. Sekunden später hallte ein entsetzlicher Knall durch den Keller.

Das Schloss fiel zu Boden, das Gitter sprang auf. Jonas hastete auf Sandy zu, riss sie in seine Arme, spürte, wie alle Anspannung von ihm abfiel. »Gott sei Dank«, flüsterte er immer wieder, drückte ihren bebenden Körper fest an sich. »Bist du okay?«

Sie begann zu weinen. Dann ein zaghaftes Nicken. »Er hat mich nicht angefasst. Noch nicht …«

»Was meinst du damit?«, wollte Jonas wissen und hob ihr Gesicht an, sodass sie ihm direkt in die Augen sehen musste.

»Er ist vorhin vollkommen überstürzt abgehauen. Irgendwas muss vorgefallen sein, denn er war außer sich vor Wut. Zuerst wollte … wollte er mich erschießen, doch dann …« Sie brach ab, weinte erneut.

Jonas strich ihr beruhigend über den Rücken.

»Er sagte, er bringe es zu Ende, sobald er diese Nervensäge losgeworden ist.«

Jonas' Alarmglocken meldeten sich.

»Seit wann ist er weg?«

Sandy überlegte. »Ein paar Stunden.«

Dann meinte er nicht Amanda, sondern Isabell. Ihm fiel ein, dass sie ein kleines Kind hatte.

Kate und Annie.

Isabell und … wie hieß gleich ihr Sohn?

Egal!

Er musste handeln, bevor es zu spät war. Und aufpassen, dass ihm nicht dasselbe wie Collin widerfuhr. Sein Magen machte einen Hüpfer, als ihm einfiel, dass die junge Frau etwas davon erzählt hatte, dass das Haus ihrer Tante in Bognor Regis stand.

»Verdammte Scheiße«, schrie er und wählte Evas Nummer.

»Hör genau zu«, rief er in den Hörer. »Das Leben zweier Menschen hängt davon ab. Du musst die Adresse von Collin Stiles herausfinden. Collin war vor zwanzig Jahren Polizist bei uns in der Dienststelle und angeblich ein Serienkiller.«

»Ich kenn die Story«, unterbrach Eva ihn. »Was muss ich tun?«

»Finde seine damalige Adresse raus, geb diese an die Kollegen in Bournemouth weiter. Die sollen sich sofort auf den Weg dorthin machen und diese junge deutsche Frau und ihren Sohn in Sicherheit bringen. Falls sich dort ein Typ rumtreibt, dessen Nachname Richards lautet – ohne Kommentar festhalten, verstanden?«

Eva seufzte. »Was gibt's daran nicht zu verstehen? Erklärst du auch, was für einen Grund es gibt?«

Jonas holte tief Luft. »Wie es aussieht, ist nicht Collin für die damalige Mordserie verantwortlich gewesen, sondern sein Partner Jo Richards. Und eben dieser Mann hat einen Sohn, der es sich wohl zur Aufgabe gemacht hat, die Mordserie seines Vaters in allen Details zu wiederholen.«

Eva stieß die Luft aus. »Dann haben wir unseren Killer?«

Jonas schluckte. »Sieht ganz danach aus.«

»Fährst du auch nach Bognor raus?«, wollte Eva wissen.

Jonas stieß einen wütenden Grunzton aus. »Der Drecksack hatte Sandy in seiner Gewalt. Wollte sie genau wie die anderen Frauen abschlachten. Gott sei Dank ist ihr nichts passiert. Ich will dem Scheißkerl in die Augen sehen, wenn ich ihm sage, dass er dafür lebenslänglich kriegt und in der Hölle schmoren wird.«

Er beendete das Gespräch, wandte sich seinen Kollegen zu. »Ihr bleibt hier, wartet, bis der Krankenwagen kommt und Sandy in Sicherheit bringt.« Die beiden Männer nickten.

»Und du ...« Er ging neben Sandy in die Hocke. »Du siehst zu, dass du dich erholst und wieder auf den Damm kommst, okay?«

Sie schluckte angestrengt, nickte dann. »Ich muss dir was sagen.« Plötzlich klang ihre Stimme warm und liebevoll, ganz anders als jemals zuvor.

»Ja?« Jonas' Herzschlag wurde schneller.

»Ich bin schwanger.«

Er schluckte, schnappte nach Luft. Dann legte er den Kopf in den Nacken und lachte aus vollem Hals. Als er sich wieder im Griff hatte, beugte er sich zu ihr hinunter, ignorierte die Blicke seiner Kollegen, gab ihr einen langen Kuss.

Ihre Blicke trafen sich, als sie sich voneinander lösten. »Deswegen dein seltsames Verhalten in der letzten Zeit?«

Sie lächelte schwach. »Ich hatte Angst vor deiner Reaktion. Was weiß ich denn, wie du zum Kinder...?« Jonas gab ihr einen letzten Kuss auf den Mund, verschluckte ihre Worte, stand dann auf. »Ich muss jetzt wirklich weg.«

Sie nickte. »Bitte, du musst auf dich aufpassen. Dieser Kerl ist irre.«

Jonas biss sich auf die Unterlippe. »Ich weiß.«

»Versprichst du, dass du auf dich aufpasst?«

»Tu ich doch immer«, erklärte er leichthin. »Wir reden, wenn ich wieder da bin.«

Sandys Augen füllten sich mit Tränen. »Ja, okay.«

Als er schon fast aus dem Kellerabteil draußen war, drehte er sich noch einmal nach ihr um. »Du weißt, was das bedeutet?«

Sandy runzelte die Stirn und wischte sich die Tränen aus dem Gesicht. »Was bedeutet was?«

Er sah sie liebevoll an. »Eigentlich wollte ich ja noch ein wenig warten.« Jonas grinste. »Aber unter den Umständen … Am besten ist, du stellst dich seelisch und moralisch schon mal auf eine Veränderung ein. Du und ich … das Ganze wird jetzt verdammt noch mal endlich offiziell!«

Kapitel 19

Bognor Regis
Mai 2016

Der Abend mit Tim verlief relativ ruhig. Seitdem Isa ihn bei Paula und Lenny abgeholt hatte, plapperte er ununterbrochen, erzählte von der großen Sandburg, die Lenny und er gebaut hatten, von der toten Krabbe, die sie gefunden und gründlich inspiziert hatten und vom neuesten Ice-Age-Teil, den sie sich angesehen hatten und den Tim zwar nicht verstanden, ihm aber trotz der Sprachbarriere weitestgehend hatte folgen können. Isa erfuhr, dass Paula mit den Jungs nach Bognor Regis ins Wavery zum Mittagessen gefahren war, wo sie alle sich mit den leckersten Fish und Chips der Gegend vollgestopft hatten. Außer ihnen waren ein paar Männer dort gewesen, hatten Bier getrunken und Gitarre gespielt. Paula hatte ihm erzählt, dass es sich bei den Männern um eine sehr bekannte Rockband handelte, deren Leadsänger hier in Bognor Regis lebte. Tim erinnerte sich nicht mehr an den Namen der Band, dafür aber daran, dass der Sänger seltsame Haare hatte und geschminkt war, irgendwie gruselig aussah.

Isa folgte seinen Ausführungen nach außen hin interessiert, in Wahrheit kreisten ihre Gedanken unaufhörlich um Amandas Leiche, ihren schrecklich leidenden Gesichtsausdruck, die Blutlache. Zwar hatte Inspector Stevens beteuert, dass es nicht ihre Schuld war, Amanda unter Depressionen gelitten hatte, trotzdem stellte Isa sich unaufhörlich die Frage, ob Amanda noch leben könnte, wenn sie gestern nicht zu ihr gegangen wäre und die Vergangenheit aufgewirbelt hätte.

Isa atmete tief durch, als Tim endlich in seinem Bett lag und zu schlafen schien, sie in Ruhe über alles nachdenken, den Tag Revue passieren lassen konnte.

Amanda.

Isas Herz setzte für einen Schlag aus, nur um dann umso heftiger loszuhämmern. Ihre Atmung ging nur stoßweise, dann kam die Traurigkeit.

Warum hatte Amanda das nur getan?

Egal, wie sie es auch drehte und wendete, sie hatte ihr am gestrigen Tag absolut nichts angemerkt. Amanda war wegen ihres Mannes traurig gewesen, ja, aber dennoch hatte nichts darauf hingedeutet, dass sie beabsichtigte, ihr Leben zu beenden. Sie hatte nach wie vor ihre Zeit in das hübsche Haus investiert, zu Ehren ihres Mannes das gemeinsame Traumhaus gehegt und gepflegt, den Garten in Schuss gehalten. Warum sollte ein Mensch, der keinen Lebenswillen mehr hatte, Kraft in seinen Garten stecken? Das ergab keinen Sinn.

Isas Haut fühlte sich wie elektrisiert an, als sie ihren Gedanken zu Ende dachte.

Was, wenn es gar kein Suizid gewesen war?

Sie schluckte schwer.

Was, wenn … es Mord war?

Die feinen Härchen in ihrem Nacken richteten sich auf.

Doch wer sollte ein Interesse daran haben, Amanda aus dem Weg zu räumen?

Die Erkenntnis krachte wie ein Blitzschlag in ihr Bewusstsein.

Amanda hatte ihr die Kontaktdaten der Richards' gegeben. Ihr gesagt, dass auch sie glaube, Collin sei in Wahrheit unschuldig gewesen.

Sie selbst war es gewesen, die Richards danach gefragt hatte. Ihn quasi auf Amanda aufmerksam gemacht hatte. Sowohl bei ihrem Besuch gestern als auch heute, als sie zum zweiten Mal dort aufgekreuzt war und den Alten gefragt hatte, ob er damals nicht doch den Falschen beschuldigt haben könnte. Jo Richards war diesmal nicht wütend geworden, hatte sich aber zu ihr gedreht, sie amüsiert angesehen und war in ein irres Gelächter ausgebrochen, das Isa schließlich in die Flucht geschlagen hatte. Zuerst hatte sie die Krankheit für seine Reaktion verantwortlich gemacht, doch jetzt war sie nicht mehr sicher. War Richards, Collins damaliger Partner, selbst für all die Morde an den Frauen und schließlich für die Auslöschung der Stiles verantwortlich? Diese Option ergab definitiv Sinn, das musste Isa zugeben, doch wie sollte es ein sterbenskranker Mann schaffen, eine gesunde Frau, eine Ex-Polizistin, dazu zu bringen, sich die Pulsadern aufzuschneiden, damit es nach einem Selbstmord aussah? Das wiederum ergab keinen Sinn. Isa stöhnte. Wo war der Denkfehler? Wo die Schwachstelle ihres Lösungsansatzes? Kurz erwog sie, Stevens anzurufen, ihm von ihrer Vermutung zu erzählen, ließ es dann aber. Sie bei Amanda anzutreffen, hatte ihn schon nicht gerade erfreut, wenn sie sich jetzt in alte Ermittlungen einmischte, würde sie wohl erst recht zur paranoiden Irren abgestempelt werden. Wer weiß, vielleicht warf man ihr am Ende ja sogar den Mord an Amanda vor.

Irre tötet Ex-Polizistin!

Allein der Gedanke an diese Schlagzeile verursachte Isa Übelkeit.

Sie sah auf die Uhr. Schon kurz nach neun. Sie musste noch Tims und ihre restlichen Sachen in den Taschen verstauen, eine Mail an Higgins schreiben, ihn darüber in Kenntnis setzen, dass sie von Deutschland aus Sanierungsfirmen und einen Makler beauftragen würde, er sich lediglich um die Verkaufsabwicklung bemühen musste. Sie hatte sich dazu entschlossen, für den Rückweg nach Berlin den Flieger zu nehmen, auch wenn das bedeutete, dass sie einen Wahnsinnsbetrag wegen Übergepäck bezahlen musste. Sie wollte ihren Sohn einfach so schnell wie möglich hier wegbringen, damit er all das Grauen dieses Ortes, den Mord an Annie, Annie selbst, schnellstmöglich vergaß.

Damit auch sie vergessen konnte.

Ein Rascheln weckte sie. Benommen richtete Isa sich auf, nahm ihr Smartphone, sah aufs Display. Es war kurz nach ein Uhr, sie hatte also gerade mal eine Stunde geschlafen. Sie schaltete die Licht-App an, leuchtete das Zimmer aus, seufzte erleichtert, weil alles völlig normal wirkte. Wahrscheinlich hatte Tim sich bewegt, ein Geräusch von sich gegeben, das sie geweckt hatte. Sie beugte sich zu ihm, sah, dass er tief und fest schlief, strich ihm liebevoll über die Wange. Sie legte sich zurück, wollte sich gerade zudecken, als sie wieder ein Rascheln vernahm. Es schien aus dem Wohnzimmer zu kommen, vielleicht auch aus der Wohnung obendrüber, so genau konnte Isa es auf Anhieb nicht ausmachen.

Sie schlug die Decke zurück, stand auf, schlich zur Tür hinaus. Mit klopfendem Herzen tastete sie nach dem Lichtschalter, seufzte, als der Gang sich erhellte, sie sehen konnte, dass niemand da war, die Ursache des Raschelns nicht von hier kam. Langsam ging sie in Richtung Wohnzimmer, streckte den Arm aus, griff nach der Klinke, drückte sie hinunter. Sie zuckte zusammen, als die Tür mit einem leisen Quietschen aufsprang. Doch auch im Wohnzimmer war alles wie immer. Niemand zu sehen, alles total normal. Ein Knarzen hallte durch die Nacht, ließ Isa zusammenzucken. Dann ein Knall, als wäre jemand im oberen Stockwerk gestürzt. Plötzlich glaubte sie, ein schmerzerfülltes Wimmern zu hören.

Ihr wurde übel.

Die Umgebung begann vor ihr zu verschwimmen.

Sie wusste nicht mehr, was Einbildung war und was Realität, nur die Angst, ihre unglaubliche Panik war allgegenwärtig.

Trotzdem … oder gerade deswegen machte sie sich auf den Weg ins obere Stockwerk. Einen Teil von ihr – den mutigeren, unerschrockenen Teil – zog es nach oben, um nachzusehen, was in diesem Haus vorging. Sie musste ihr Kind beschützen, dafür Sorge tragen, dass sie beide morgen früh unversehrt das Land verlassen und wieder in Frieden leben konnten. Allein der Gedanke amüsierte Isa auf eine Weise, die nichts Freudiges an sich hatte. Sie stieß ein bitteres Kichern aus, als sie die erste Stufe hochtrat, stellte sich das Gesicht ihres Exmannes vor, wie er vor Gericht gegen sie aussagte, alles versuchte, um zu erwirken, dass Tim künftig bei ihm wohnte. Seltsamerweise machte Isa der Gedanke nichts aus. Gut Bernd hatte sie verprügelt und Tim war des Öfteren Zeuge dessen gewesen, dennoch hatte er nie … niemals die Hand gegen sein Kind erhoben, seine Aggressivität nur gegen sie gerichtet. Und war nicht alles besser für Tim, als hier zu leben und sich Geschichten um ein totes Mädchen zusammenzufantasieren?

Oben angekommen, fiel Isa ein, dass sie den Schlüssel vergessen hatte. Sie wollte gerade wieder nach unten gehen, als ihr auffiel, dass die Tür nur angelehnt war. Ihr Herzschlag beschleunigte sich, als sie eintrat und den vertrauten Duft nach weißem Moschus und Minze wahrnahm.

Bernd!

Hier roch es ohne Zweifel nach seinem Parfüm, das Isa anfangs so geliebt und von dem sie später Brechreiz bekommen hatte.

Sie schluckte gegen die Angst an, suchte Zimmer für Zimmer ab, bis sie ihren künftigen Exmann auf dem Sofa sitzen sah. Er starrte sie mit weit aufgerissenen Augen an, den Mund zum Schrei geöffnet. Isa brauchte einen Augenblick, ehe ihr aufging, dass etwas an Bernd seltsam war.

Alles in ihr schrie danach, wegzulaufen, Tim und sich in Sicherheit zu bringen, stattdessen trat sie näher, versuchte zu erfassen, was an dieser beängstigenden Situation so merkwürdig war. Plötzlich drang ein Geruch in ihre Nase, der anders als Bernds Parfüm roch. Strenger. Übelkeiterregend. Er rief eine ganz bestimmte Erinnerung in ihr wach, die ihr das Gefühl gab, die Beine würden unter ihrem Körper wegsacken.

Amanda!

Hier roch es metallisch, nach Blut und Fäkalien, genau wie gestern bei Amanda. Erst jetzt fiel Isa auf, dass Bernd seine Hände auf seinen Bauch gepresst hatte und dass eine dünne hellrote Flüssigkeit durch seine Finger hindurchsickerte, sein Shirt rot verfärbte.

Blut!

Unglaublich viel Blut.

Sie trat näher auf Bernd zu, wusste nicht, was sie tun sollte, hob verwirrt die Hände, schlug sie entsetzt vors Gesicht.

Ein Röcheln erklang.

Dann ein heiseres Husten.

»Weg … du musst Tim holen und hier weg.«

Irritiert sah Isa ihren Mann an. »Warum bist du hier?« Sie schüttelte den Kopf angesichts dieser vollkommen unnützen Frage, zumindest in dieser Situation.

»Susi«, stieß Bernd hervor, sah aus, als würde er jeden Moment die Besinnung verlieren.

»Was ist passiert?«, fragte Isa und deutete auf die Wunde unter seinen Händen.

Doch anstatt zu antworten, begann Bernd zu zucken, verdrehte schließlich die Augen. »Tim … du musst auf ihn …« Er verstummte mit einem letzten Zucken, dann war alles still.

Still bis auf das bösartige Kichern, das von irgendwo hinter ihr kam.

Still bis auf das leise Schlurfen, das immer näher kam.

Still bis auf den Windhauch hinter ihr.

Isa wollte gerade herumwirbeln, als ein furchtbarer Schmerz sie erschütterte, ihr den Boden unter den Füßen wegriss.

Tim! Sie musste ihn doch beschützen – war der letzte Gedanke, bevor es dunkel um sie wurde.

Als sie wieder zu sich kam, tobte der Schmerz so extrem in ihrem Kopf, dass Isa alle Kraft und Konzentration aufbringen musste, um nicht loszuschreien. Ihre Gedanken rasten, vermischten sich zu einem konfusen Brei, hinterließen am Ende aber nur Leere in ihrem Hirn. Was war hier geschehen?

Der Bruchteil einer Erinnerung flackerte auf.

Bernd.

Er hatte sie gefunden, weil Susi, ihre Freundin, ihm verraten hatte, wo sie war.

Bernd, der jetzt auf dem Sofa saß und mit hoher Wahrscheinlichkeit verblutet war.

Isa atmete gegen den Schmerz an, versuchte, sich bequemer hinzusetzen, blickte sich um. Sie war auf einem Stuhl gefesselt, geknebelt, quasi absolut wehrlos.

Ausgeliefert.

Aber wem?

Ein Mann trat aus der Dunkelheit, leuchtete ihr mit der Taschenlampe ins Gesicht. Sie schloss die Augen, stöhnte, weil ihr Kopf sich anfühlte, als würde er jeden Augenblick explodieren.

»Du hättest dich um deine Angelegenheiten kümmern sollen«, sagte eine dunkle Stimme, die ihr vage bekannt vorkam. Sie öffnete die Augen, um sie an die Helligkeit zu gewöhnen, erkannte ein vertrautes Gesicht.

Carl Richards.

Jo Richards' Sohn. Sein eigentlich hübsches Gesicht war zur hasserfüllten Maske verzerrt. Isa wurde auf Anhieb klar, dass er Tim und sie töten würde, wenn sie es nicht schaffte, sich zu befreien. Doch wo war Tim? Sie riss den Kopf herum, konnte ihn nirgendwo entdecken. Dann fiel ihr ein, dass sie diesem

Mann gegenüber gar nicht erwähnt hatte, dass sie Mutter war. Er dachte also, sie lebte allein in diesem Haus.

Isa schloss die Augen, betete, dass Tim nicht aufwachte, nicht hierherkam, der Irre ihren kleinen Schatz nicht entdeckte. Sie bündelte all ihre Kräfte, riss an den Fesseln, stemmte sich gegen das Holz des Stuhls – vergebens.

Der Mann kicherte, kam auf sie zu, einen Schlagstock in der Hand.

»Weißt du eigentlich, dass es dank deiner Hilfe zum Meisterwerk wird?«

Isa runzelte die Stirn. Wovon sprach dieser Irre?

Sie räusperte sich, überlegte, was sie sagen sollte, um Zeit zu schinden.

»Warum tun Sie das?«, brachte sie schließlich hervor und ärgerte sich angesichts dieser einfallslosen Frage.

Andererseits – wofür sollte sie Zeit schinden? Niemand wusste, dass sie in Gefahr waren, niemand würde kommen, um sie zu retten. Wäre es deswegen nicht besser, er würde es schnell zu Ende bringen und verschwinden, vielleicht bemerkte er dann gar nicht, dass sich außer Isa noch ein kleiner Junge im Haus befand.

Isa wurde schwindelig, als sie sich vorstellte, dass Tim morgen früh die leblosen Körper seiner Eltern finden und ganz allein sein würde.

Paula.

Er würde nach dem ersten Schock zu ihr laufen, sie zu Hilfe holen. Dann käme die Polizei, würde ihn nach Deutschland zurückbringen. Ihre Freundin Susi war Tims Taufpatin, sie würde sich rührend um den Kleinen kümmern, dafür sorgen, dass er sein Trauma verarbeitete, so viel stand fest. Sie sah dem Mann ins Gesicht. »Tun Sie es einfach, Sie Feigling.« Sie zuckte zusammen, wunderte sich selbst über den unerschrockenen Klang ihrer Stimme.

Doch der Mann vor ihr ließ sich zu Boden fallen, legte den Stock neben sich, fixierte sie stumm. Nach einigen Sekunden ging ein Ruck durch seinen Körper.

»All die Jahre«, stieß er aus, »all die langen Jahre hat er mich verachtet, weil ich ihn an sie erinnerte. An meine Mutter.« Seine Brust hob und senkte sich, dann schnappte er nach Luft. »Er hat sie geschlagen, vergewaltigt und gedemütigt, verstehst du? Wieder und wieder, bis sie eines Tages einfach verschwand. Ich hab sie seither nie mehr wiedergesehen, hab alles versucht, um sie zu finden, doch sie war und blieb verschwunden.« Er barg sein Gesicht in den Händen, schluchzte. »Dann ging das Morden los. Zuerst wusste ich nicht, dass es Vater war, doch irgendwann wurde mir klar, dass diese Frauen ihn irgendwie an Mutter erinnerten, er sie dafür bestrafte, was sie getan hatte. Sein Partner, Collin, er war der Einzige, der den Zusammenhang irgendwann begriff, ihn damit konfrontierte – ein großer Fehler, wie wir inzwischen wissen, denn mein Vater tötete zuerst seine Frau, dann seine Tochter und schließlich auch ihn, schob alles ihm in die Schuhe.« Er schluckte, starrte Isa finster an. »Kannst du dir vorstellen, wie das ist, mit jemandem zu leben, der Hass empfindet, wenn er dir ins Gesicht blickt?«

Isa nickte vorsichtig, versuchte, mitleidig auszusehen.

»Ich musste doch etwas tun, um ihm zu beweisen, dass ich seine Liebe verdient habe.« Er stand auf, ging ans Fenster. »Die Erste fiel mir am schwersten. Elisabeth war ihr Name, ich hab sie im Umkleideraum der Klinik überwältigt, in dem ich mich als neuer Arzt ausgegeben habe. Ich höre ihre Schreie heute noch, das Knacken ihrer Knochen, das Winseln, als sie um ihr Leben bettelte.« Er brach ab, suchte nach Worten. »Dann kam Linda, diese Ziege aus dem Kindergarten, die Nutte, Britney – die naive kleine Schauspielerin, Sophia und Sandra, die Polizistin.« Er brach in ein irres Kichern aus, strich sich die dunklen

Haare aus der Stirn. »Zu guter Letzt Amanda Williams – diese herumschnüffelnde Scheißkuh, dein Mann und du – fehlt nur noch die kleine Göre, aber man kann nicht alles haben.« Er sah Isa finster an, verzog das Gesicht. »Vater wird entzückt sein, wenn ich ihm mein Werk präsentiere. Dann wird er verstehen, dass ich mehr wert bin, als er jemals geglaubt hat. Er wird mich lieben, über seinen Tod hinaus, wir werden für immer vereint sein, durch unsere Taten.«

»Und deine Mutter«, warf Isa ein. »Was ist mit ihr? Sie ist damals weggelaufen, weil dein Vater sie quälte. Was wird sie sagen, wenn sie mitbekommt, dass du ein Mörder bist, genau wie dein Vater?«

Der Gesichtsausdruck des Mannes veränderte sich. Zuerst starrte er Isa hasserfüllt an, dann begann sein Blick zu flackern. »Sie hat mich verlassen«, würgte er nach einer Weile hervor, sah plötzlich wie ein kleiner Junge aus, zusammengesunken, hilflos. Isa begriff, dass der Mann vor ihr tatsächlich geisteskrank war, was ihn noch gefährlicher machte.

Ein Schatten huschte hinter ihm vorbei, dann surrte etwas durch die Luft, das das Gesicht des Mannes explodieren ließ. Zumindest sah es ganz danach aus. Blut spritzte aus einer Stelle hinter seinem Ohr hervor, dann quoll es aus seiner Nase. Der Mann fiel seitlich um wie ein Brett, wimmerte, würgte und röchelte.

Ein Klirren ertönte.

Isa sah den Schürhaken neben sich am Boden, dann spürte sie hinter sich einen Windhauch. Kleine Hände machten sich an ihren Fesseln zu schaffen.

Tim!

Sie drehte den Kopf, bemerkte, dass ihr Sohn seltsam abwesend wirkte, irgendwie mechanisch.

Ihr Herz raste, als der Mann vor ihr sich langsam aufrappelte, zu sich zu kommen schien.

»Du musst weg«, stieß sie hervor und wand sich. »Lass mich einfach hier, ich komm schon zurecht. Aber du, mein Schatz, du musst hier raus.« Plötzlich spürte sie, wie die Schnur um ihre Unterarme sich löste, sie frei war – zumindest oben herum. Sie beugte sich nach unten, den stöhnenden Mann immer im Blick, fummelte gemeinsam mit Tim an ihren Fußfesseln, die der Killer um einiges fester gezogen hatte.

Vergeblich.

Sie bekam den verdammten Knoten einfach nicht auf.

Inzwischen war Richards auf allen Vieren, stemmte seine Hände und Knie in den Boden, versuchte, aufzustehen.

Plötzlich glaubte Isa, den Klang eines Martinshorns in der Ferne zu hören, und seufzte erleichtert. Hatte Tim die Polizei informiert? Doch der Junge fummelte weiterhin verbissen an dem Strick an ihren Füßen herum, schien nichts um sich herum wahrzunehmen. Erst als der Mann es fast geschafft hatte, sich mit einem lauten Ächzen auf die Beine zu hieven, erwachte Tim aus seiner verbissenen Starre. Er ließ von Isa ab, griff nach dem Schürhaken, stand auf. Dann ging er in aller Seelenruhe um Richards herum, bis er in etwa dreißig Zentimeter Entfernung zu seinem Kopf stand.

Isa bemerkte, dass die Augen ihres Sohnes voller Zorn und Verachtung blitzten, als er den Haken mit beiden Armen umklammerte, ihn langsam über seinen Kopf in die Höhe hob.

»Schöne Grüße von Annie«, sagte er in perfektem Englisch und ließ das Metall mit voller Wucht auf Richards' Schädeldecke krachen.

Danach war es still, bis das immer näher kommende Martinshorn das Eintreffen der Polizei ankündigte.

Isa sah zu ihrem Sohn, der noch immer vor Richards stand, den Schürhaken fest umklammert, bereit, noch einmal zuzuschlagen, sollte er sich bewegen.

Sie schickte ein Dankesgebet zum Himmel, schloss erleichtert die Augen.

Es war vorbei.

Alles.

Für immer.

Jetzt gab es nur noch sie beide.

Kapitel 20

London
Mai 2016

Als Jonas ins Büro kam, brach ein Begeisterungsturm über ihm zusammen. Alle seine Kollegen, inklusive der Chefetage, standen beieinander und klatschten, riefen ihm Glückwünsche entgegen. Es war ihm peinlich, das musste er zugeben und doch war da etwas in ihm – Stolz – darüber, dass er es gewesen war, der den richtigen Riecher gehabt hatte. Amandas Gekritzel in den Zeitungen, die Namen der Opfer hatte ihn letztendlich auf die richtige Spur gebracht, sodass er sowohl diese Isabell als auch ihren Sohn Tim als auch Sandy hatte retten können. Wobei … eigentlich war es nicht er und auch nicht seine Kollegen aus Bournemouth gewesen, die die junge Deutsche und ihren kleinen Sohn gerettet hatten, sondern der kleine Junge selbst. Er hatte sich bei der Befragung vor Ort nicht mehr genau erinnern können, wusste aber immerhin noch, dass er von einem Geräusch wach geworden war und seine Mutter nicht finden konnte. Den Rest hatten sich er und seine Kollegen zusammengereimt. Der Junge musste in die obere Wohnung gegangen sein, hatte dort seinen toten Vater auf dem Sofa sitzen sehen und den Killer beobachtet, wie er sich seiner Mutter näherte, sie töten wollte. Tim hatte in dieser Situation das einzig Richtige getan. Er hatte sich einen harten Gegenstand – in dem Fall einen Schürhaken – gesucht und auf den Kopf des Mannes eingeschlagen. So war es dem mutigen Kind gelungen, nicht nur sich selbst, sondern auch seine Mutter zu retten. Lediglich für den Vater war bedauerlicherweise jede Hilfe zu spät gekommen. Der Killer selbst war zur großen Überraschung aller noch am Leben und würde – dank Isabells Aussage – unmittelbar nach seiner Genesung ins Gefängnis überstellt und schnellstmöglich verurteilt werden. Anders Richards Senior, der inzwischen erwiesenermaßen schuldige Täter von damals –, den man anhand seiner fortgeschrittenen Erkrankung nicht ins Gefängnis stecken konnte, sondern in ein staatliches Hospiz überstellt hatte. Jonas verzog das Gesicht, denn in seinen Augen hatte dieses Monster eine dermaßen menschliche Behandlung nicht verdient.

Er bedankte sich bei seinen Kollegen für die freundlichen Glückwünsche und machte sich auf den Weg in sein Büro, um den Abschlussbericht des Falles schreiben zu können.

Als er die Tür öffnete, schrak er zurück, denn auf seinem Stuhl saß Sandy, die Füße auf dem Tisch und grinste ihn an. »Überraschung«, sagte sie, stand auf, kam auf ihn zu. Dann nahm sie ihn ohne weitere Worte bei der Hand und führte ihn wieder zu den Kollegen zurück, die verstummten, als sie sie beide in so vertrauter Pose zusammen sahen.

Eine Zeit lang war Jonas nicht imstande, sich zu bewegen, starrte nur ins Gesicht der Frau, die er liebte und von der er bis vor Kurzem geglaubt hatte, dass er sie nie wieder würde in seine Arme schließen können.

Sandy lächelte, drückte seine Hand fester, ging – etwas schwerfällig – vor ihm auf die Knie. »Ich bin nicht mehr die Jüngste«, flachste sie grinsend, als sie seinen besorgten Blick sah, doch er wusste, dass die Schmerzen, die sie litt, von der Gefangenschaft kamen, die sie durchgemacht hatte, von dem Schock, der ihr noch immer in den Gliedern stecken musste. Sie räusperte sich, wurde ernst, was Jonas das Gefühl gab, gegen einen Kloß in seinem Hals zu atmen.

»Mein Schatz«, sagte Sandy und Jonas bemerkte, wie wackelig ihre Stimme auf einmal klang. »Du hast mir nun schon zum zweiten Mal das Leben gerettet. Zum ersten Mal, als du in mein trostloses Leben getreten bist und mir den Glauben an die Liebe zurückgabst, und gestern, als du mich aus den Fängen des Wahnsinnigen gerettet hast. Was meinst du, jetzt, wo ich dein Baby bekomme, hast du Lust, mich zu heiraten, oder hast du schon andere Pläne?«

Zuerst herrschte Stille im Büro, dann brach der Jubel über sie beide herein. Jonas konnte seine Tränen nicht länger zurückhalten, ging vor Sandy in die Hocke, umschloss ihr Gesicht mit seinen Händen, küsste sie. Es war nicht der Antrag selbst, der ihn derart rührte, ihm die Gewissheit gab, in Sandy die Frau gefunden zu haben, mit der er alt und grau werden wollte. Stattdessen war es die Tatsache, dass sie ihre Angst, ihre Bedenken, ihre Vorbehalte über Bord geworfen und sich vor allen zu ihrer Liebe und zu ihm bekannt hatte. Er wusste, wie schwer es Sandy fiel, offen über Gefühle zu sprechen, wie schwer es ihr fiel, sich fallen zu lassen, zu vertrauen und die Meinung anderer zu ignorieren, umso glücklicher war er, dass sie all das für ihn … IHN getan hatte. Ganz abgesehen davon, dass ihr Geständnis zur Folge haben würde, dass sie beide nicht weiterhin zusammenarbeiten konnten, es wahrscheinlich war, dass man einen von ihnen auf eine andere Dienststelle versetzte.

All das war ihr egal.

Egal!

Er küsste sie wieder, sah ihr schließlich in die Augen. »Es gibt nichts auf dieser Welt, was ich lieber täte, keinen Ort, an dem ich lieber wäre, als hier bei dir.«

Epilog

Bognor Regis
Juni 2016

Als Isa mit Tim an der Hand den Friedhof betrat, registrierte sie erstaunt all die Polizisten und Menschenmassen, die mit Kränzen und Gestecken herumstanden, darauf zu warten schienen, dass die Friedhofsmitarbeiter Collins Sarg brachten. Dass er nun doch noch neben Kate und Annie – seiner Familie – beerdigt werden durfte, war Isa zu verdanken, die nicht lockergelassen und dafür gesorgt hatte, dass man seinen Leichnam oder zumindest, was davon noch übrig war, exhumierte und hierher überführte.

Eine Beerdigung in Würde war genau das, was Isabell sich für den Mann wünschte, der vor zwanzig Jahren kurz davor gestanden hatte, einen Serienmörder zu verhaften. Seine unumstößliche Loyalität dem Freund und Kollegen gegenüber war ihm zum Verhängnis geworden, hatte ihn vor der Öffentlichkeit selbst zum Monster werden lassen, obwohl sein einziger Fehler gewesen war, an das Gute im Menschen zu glauben – trotz allem. Isa lächelte, als sechs Männer um die Ecke kamen, die den schwarzen und mit kupferfarbenen Beschlägen verzierten Sarg in Richtung des Familiengrabes trugen. Langsam setzte sich die Trauergesellschaft in Bewegung. In erster Reihe liefen Isa und Tim. Hinter ihnen Inspector Jonas Stevens und seine Kollegin. Dahinter ein Großteil der Londoner Polizei sowie etliche Menschen, die aus der Zeitung von Collins Unschuld gelesen hatten und dem Mann auf diese Art und Weise ihre Ehrerbietung entgegenbringen wollten. Vielleicht waren aber auch –

so vermutete Isabell – ein paar Leute dabei, die einfach gekommen waren, um ihr schlechtes Gewissen reinzuwaschen, nachdem sie früher schlecht über Collin geredet hatten, sich für ihn gewünscht hatten, dass er in der Hölle verrotten solle.

Isa schluckte, als die Männer den Sarg in die Tiefe hinunterließen, der dramatischen Geschichte der Familien Normann und Stiles somit einen Abschluss ermöglichten, mit der die Welt und auch sie – Isa und Tim – künftig würde leben müssen. Denn dass diese Geschichte beendet war, davon zeugte auch die Tatsache, dass Tim seit jener Nacht, in der sie beinahe gestorben wäre, Annie nicht mehr gesehen hatte. Es war fast, als hätte es das Mädchen nie gegeben. Inzwischen war Isa – auch nach einem langen Gespräch mit Paula – sicher, dass er sich Annie in Wahrheit nicht nur eingebildet hatte. Stattdessen musste sie hier und heute der Tatsache ins Auge sehen, dass es doch mehr zwischen Himmel und Erde gab, das nicht einfach mit wenigen Worten erklärt werden konnte. Sie musste zulassen, an das Unmögliche zu glauben, begreifen, dass sich nicht alles erklären ließ. Deswegen hatte sie letztendlich auch beschlossen, ihrem Leben in England eine zweite Chance zu geben. Sie würde das Haus sanieren, es – die Lage sprach dafür – zum Ferienhaus umfunktionieren, welches Tim und ihren Lebensunterhalt für die Zukunft sichern sollte. Sie hatte sich außerdem eine kleine Wohnung für Tim und sich in der Innenstadt von Bognor Regis gemietet, in der Hoffnung, dass die Ferienwohnungen irgendwann so viel Gewinn abwarfen, dass sie sich ein kleines Häuschen am Strand finanzieren konnten. Für den Augenblick jedoch wünschte Isa sich von ganzem Herzen nur eines: nämlich dass ihre Großtante Adele und ihre Tochter, wo immer sie auch sein mochten, diesen Moment miterleben durften, sehen würden, dass es nicht ihr Sohn und Enkel gewesen war, der für all das Grauen verantwortlich war.

Tim drückte ihre Hand fester, lächelte sie an, als könnte er ihre Gedanken lesen. Dann deutete er auf den Grabstein, auf dem sich eine freche Blaumeise niedergelassen hatte und ihr blaugelbes Gefieder putzte. Kurz darauf folgten noch zwei weitere Blaumeisen, die in wildes, fröhliches Pfeifen ausbrachen und der Trauerzeremonie etwas Tröstliches verliehen. Als Isa zu Tim sah, bemerkte sie, wie sich sein kleines Gesichtchen zu einem Lächeln verzog. Er winkte der Vogelfamilie zu, die sich kurz darauf in die Lüfte erhob. Dann sah er zu Isa auf, küsste sie auf den Arm.

Isabell verzog fragend das Gesicht.

Tim deutete zu den drei Vögeln, die noch immer pfeifend über ihnen hinwegflogen, sich des Lebens freuten. Dann sah er zu dem offenen Grab, trat näher und warf die Rose hinein, die Isa ihm gegeben hatte.

»Jetzt ist endlich alles gut«, sagte er schließlich leise und strahlte seine Mutter an. »Sie sind wieder zusammen und Annie wird nie mehr einsam sein.«

Danksagungen

Ein Buch zu beenden, ist harte Arbeit. Glücklicherweise hatte ich Menschen um mich herum, die für mich da waren, mich unterstützt haben.

Herzlichen Dank an:

Claudia Heinen von SKS Heinen für das tolle Lektorat!

Meinen Kolleginnen und Kollegen, die mich während meiner Arbeit unterstützt haben, indem sie mir mit Rat und Tat zur Seite standen.

Heike Fröhling, Melisa Schwermer und Andreas Otter für ihre Unterstützung in Cover und Klappentextfragen. Des Weiteren danke ich meiner Coveragentur Zero aus München für die grandiose Arbeit, die sie am Cover für Tränenmädchen vollbracht hat.

Ein besonderer Dank gebührt dabei Kristin Pang für ihren Ideenreichtum und die Art und Weise, wie sie meine Vorstellungen so umsetzte, dass mir am Ende vor Staunen der Mund offen stand! Ich bin absolut BEGEISTERT! So stelle ich mir eine tolle Zusammenarbeit vor. Vielen, vielen Dank :-)

Meinen Leserinnen: Nicole Nadine Schönberg und Emilia, für ihre nette Unterstützung in Bezug auf die Titel und Cover-Motivwahl – Ihr glaubt ja gar nicht, WIE SEHR Ihr mir geholfen habt!

Der Pressestelle der Polizei Augsburg, insbesondere Herrn Siegfried Hartmann, der mich mit allen wichtigen Informationen rund um das Thema Polizeiarbeit versorgte. Sämtliche Abweichungen von der Realität bezüglich der Ermittlungsarbeit der Polizei gehen einzig und allein auf mein Konto.

Auch möchte ich anmerken, dass ich mir einige künstlerische Freiheiten genommen und die örtlichen Begebenheiten in der Gegend rund um den Lake Distrikt zu Gunsten der Geschichte verändert habe.

Meinem Mann, der, wann immer möglich, mit anpackte, um mich während der intensiven Schreibphase zu unterstützen.

Danke auch für all die Leckereien (den Prosecco und die Schokolade) mit denen du mich quasi gefüttert hast, wenn ich den Weg in die Küche im Schreibrausch mal wieder nicht gefunden habe.

Meinem Sohn Tim, der mich aufbaute und anspornte weiterzuschreiben, als ich davor stand, alles hinzuschmeißen. Du bist das Wertvollste, das ich auf dieser Welt habe, ich kann es nicht oft genug sagen!

Zu guter Letzt danke ich Ihnen, liebe Leser, dass Sie dieses Buch gekauft haben. Ich hoffe von Herzen, dass Sie beim Lesen genauso viel Spaß hatten wie ich (fast immer) beim Schreiben.

Über Mails mit Anregungen und Kritik freue ich mich unter: **autorin@daniela-arnold.com**

Ihre Daniela Arnold

Leseproben weiterer Romane

Tränenmädchen

Thriller
von
Daniela Arnold

Über das Buch:

Wie weit würdest du gehen, um jene zu schützen, die du am meisten liebst?

Mathildas Leben gerät aus den Fugen, als sie hinter ein düsteres Familiengeheimnis kommt.

Ihre Schwester kam nicht wie bisher geglaubt bei einem Unfall ums Leben, sondern verschwand spurlos vor 20 Jahren während eines Schüleraustauschs am Lake District in England.

Bei ihren Nachforschungen stößt Mathilda auf einen mysteriösen Todesfall.

Ein junges Mädchen aus Ravenstonedale starb exakt an dem Tag, an dem Mathildas Schwester verschwand.

Als sie herausfinden will, ob und wie die beiden Fälle zusammenhängen, stößt sie auf eine Mauer aus Schweigen und Hass, gerät bald selbst in tödliche Gefahr.

Was haben die Bewohner der englischen Kleinstadt zu verbergen?

Prolog

März 1996, Ravenstonedale

Ihr Herz donnerte hart gegen ihre Rippen, als sie zwischen den Baumstämmen hindurch auf die schwach beleuchtete Lichtung starrte. Immer wieder drangen Wortfetzen zu ihr herüber, mit denen sie zwar nichts anfangen konnte, durch die sie sich aber trotzdem irgendwie … dazugehörig fühlte. Sie wusste nicht, um was es in dem Gespräch der beiden ging, doch an Mimik und Gestik konnte sie erkennen, dass es wichtig zu sein und die Gemüter zu erhitzen schien. Die Taschenlampe in der Hand des blonden jungen Mädchens fing an zu wackeln, als Worte wie Nutte und Schlampe fielen.

Die Stimmen wurden immer lauter. Ein wütendes Schnauben erklang, dann ein empörter Aufschrei.

Intuitiv drückte sie sich weiter in ihr Versteck hinein, hielt die Luft an. Was zuerst wie ein nächtliches Treffen ausgesehen hatte, entwickelte sich langsam, aber sicher zu einem handfesten Streit.

Sie spürte, wie ihr Mund sich zu einem erwartungsvollen Grinsen verzog, weil dieser Moment so ziemlich der Spannendste war, den sie innerhalb der letzten Monate erlebt hatte.

Sie sog den Atem scharf ein, als sie Worte vernahm, die an eine Art Liebesbekundung erinnerten.

Wurde sie hier gerade Zeugin eines Dramas größeren Ausmaßes?

Ihr Innerstes kribbelte vor Anspannung, als sie die natürlichen Geräusche des Waldes ausblendete und sich ganz auf den Streit der beiden Menschen vor sich konzentrierte.

Mit angehaltenem Atem verfolgte sie, wie plötzlich und wie aus dem Nichts ein faustgroßer Stein durch die Luft flog und das blonde Mädchen mit voller Wucht an der linken Schläfe traf. Sie beobachtete, wie die Verletzte wimmernd zu Boden sank, ein letztes lang gezogenes Stöhnen von sich gab und schließlich regungslos liegen blieb. Entsetzt schnappte sie nach Luft. Versuchte zu begreifen, was soeben geschehen war.

Was sie gesehen hatte.

Eine eisige Hand griff nach ihren Innereien, als ihr klar wurde, dass fortan nichts mehr so sein würde wie bisher.

Ein Mensch war verletzt, vielleicht sogar getötet worden.

Ein hübsches Mädchen mit dem Gesicht eines Engels, das sie aus der Schule kannte.

Jetzt lag es auf dem feuchtkalten Waldboden und rührte sich nicht mehr.

Sie versuchte, auszumachen, ob der Brustkorb des Mädchens sich hob und senkte, doch sie war viel zu schockiert, um etwas anderes wahrzunehmen, als all das Blut, das aus der Wunde an der Schläfe strömte und in der Erde versickerte.

Ein Schrei gellte durch die nächtliche Stille des Waldes und erschütterte sie ins Mark.

Es dauerte einige Sekunden, ehe ihr bewusst wurde, dass sie selbst es gewesen war, die dieses Geräusch verursacht hatte. Panisch presste sie sich eine Hand auf den Mund und kniff die Augen zusammen. Voller Inbrunst wünschte sie, der Boden unter ihr würde sich auftun und sie mit Haut und Haar verschlingen.

Dann durchzuckte es sie mit der Wucht eines Hammerschlags.

Sie musste hier weg!

So schnell wie möglich!

Ihr Herz hämmerte wie wild in ihrer Brust, als sie aus ihrem Versteck hervorkroch und sich aufrichtete. Ihre Knochen und Gelenke schmerzten, fühlten sich einige Sekunden lang an, als hätten sie ihren Dienst aufgegeben. Ein Adrenalinstoß schoss durch ihr Innerstes, schärfte ihre Sinne, aktivierte ihren Fluchtreflex. Sie holte tief Luft, fing an zu rennen, schlüpfte wendig zwischen den Bäumen hindurch, immer einen Schritt nach dem anderen, schnell und konzentriert wie ein Raubtier auf der Jagd nach Beute. Nur dass in diesem Fall sie die Gejagte war.

Nicht umdrehen, sagte die Stimme der Vernunft in ihrem Kopf, *lauf einfach immer weiter, bis Hilfe in Sicht ist.*

Doch so schnell sie auch rannte, so sehr sie sich auch anstrengte, spürte sie doch, dass ihre Kräfte sie langsam verließen und die Angst ihre Glieder zu lähmen begann.

Als sie in etwa zweihundert Metern Entfernung einen hellen Fleck wahrnahm, atmete sie tief durch. Die Straße … gleich hatte sie es geschafft. Sie holte noch einmal tief Luft, spannte jeden Millimeter ihres Körpers an, rannte noch schneller. Plötzlich stieß ihr Fuß gegen einen harten Widerstand, knickte nur Sekundenbruchteile später weg, was sie zum Stolpern brachte. Hart schlug sie auf dem Waldboden auf, knallte mit dem Gesicht auf einen knorrigen Wurzelvorsprung. Sie stöhnte, spürte, wie das Blut heiß und pulsierend aus ihrer Nase schoss. Aus letzter Kraft versuchte sie, sich auf alle viere zu hieven, was kläglich misslang. Sterne tanzten vor ihren Augen, in ihrem Kopf drehte sich alles. Sie öffnete den Mund, um nach Hilfe rufen zu können, doch es war vergebens. Kein Laut drang über ihre Lippen, stattdessen vernahm sie etwas wie ein heiseres Röcheln, das sie beinahe mehr verstörte als alles zuvor Dagewesene.

Sie hob ein letztes Mal den Kopf.

Vergrub ihre Finger in der feuchten Erde, bevor sie schließlich zusammenbrach und das Bewusstsein verlor.

Ein harter Stoß gegen den Brustkorb ließ sie aus ihrem Dämmerzustand hochfahren. Benommen riss sie die Augen auf, doch um sie herum war nur Dunkelheit und … Kälte.

»Wo bin ich?«, stieß sie hervor und versuchte, sich zu orientieren. Als ein scharfer Schmerz von ihrer Nase bis ins Gehirn schoss, stieß sie einen Schmerzensschrei aus.

»Es ist gleich vorbei.« Die Stimme kam aus dem Nichts, klang seltsam monoton, beinahe emotionslos. »Du bist gestürzt und hast das Bewusstsein verloren. Ich würde dir ja ein Schmerzmittel geben, fürchte aber, dass es erst anschlägt, wenn es längst zu spät ist.«

Ein leises Schlurfen erklang, dann ein Geräusch, als glitte Holz über Beton. Schließlich ging das Licht an, blendete sie.

Erst jetzt wurde ihr klar, dass sie gefesselt war. Jemand hatte ihre Beine mit Kabelbinder fixiert und ihre Hände im Rücken so fest zusammengebunden, dass ihr jeder Muskel im Körper wehtat.

Nachdem ihre Augen sich an die gleißende Helligkeit gewöhnt hatten, konzentrierte sie sich auf die Person auf dem Stuhl vor ihr, registrierte entsetzt, dass … dass sie den Mann kannte.

»Guten Morgen, meine Kleine. Und sorry wegen der Umstände.« Er lächelte kurz, dann wies er mit dem Kopf in Richtung des Kabelbinders um ihre Unterschenkel. »Du wirst mir zustimmen, dass es absolut nötig war, dich zu fesseln, denn wie ich dich kenne, wärst du anderenfalls jetzt nicht so brav, stimmt's?«

Sie schluckte. »Warum tun Sie das?« Das Mädchen im Wald fiel ihr wieder ein und sie erschauderte. »Warum tut ihr das?«

Seufzen. »Es gibt Situationen im Leben, die sich einfach nicht planen lassen. Und dann gibt es Menschen, die genau während solcher Momente zur falschen Zeit am falschen Ort sind.« Er hob bedauernd die Schultern. »Du bist einer dieser Menschen. Und leider Gottes auch noch selbst schuld an deinem Dilemma. Ich meine, warum musstest du deine Nase auch in Dinge stecken, die dich nichts angehen? Warum hast du dich nicht um deine eigenen Angelegenheiten gekümmert?«

Sie schluckte, spürte, wie ihr der kalte Schweiß ausbrach. »Bitte«, stammelte sie. »Ich werde nichts sagen. Das alles geht mich doch überhaupt nichts an.«

»Ganz recht«, erwiderte der Mann und nickte. »Es geht dich nichts an und trotzdem hast du gelauscht. Und nun wirst du die Konsequenzen tragen müssen. Nicht, dass du am Ende noch Probleme machst, wo keine sein müssten.« Er stand auf, lief zu einem Holzregal an der linken Wand des Kellerraums, nahm ein kleines Fläschchen zur Hand. Er sah zu ihr hinüber, verzog das Gesicht, wirkte für den Bruchteil einer Sekunde, als würde er es sich doch noch anders überlegen. »Ich habe so etwas noch nie zuvor gemacht«, erklärte er schließlich leise. »Und heute muss ich es gleich zweimal tun.« Er räusperte sich, drehte den Verschluss der Flasche auf. »Aber ich bin kein Unmensch.« Er kam zu ihr, ging vor ihr in die Hocke, sah ihr direkt in die Augen. »Du wirst nichts spüren, das verspreche ich dir.«

An seinen Augen erkannte sie, dass er es ehrlich meinte. Er wollte das wirklich nicht tun. Ihr keinen Schaden zufügen und auch sonst niemandem, doch er hatte tatsächlich keine andere Wahl. Natürlich konnte sie weiterhin all ihre Kraftreserven, ihre Nerven, ihre letzten Gedanken dazu verschwenden, um Hilfe zu schreien oder um Gnade zu flehen – es würde nichts nützen. Gar nichts. Was er getan hatte und noch tun musste, hatte nicht das Geringste mit ihr persönlich zu tun, sondern lediglich das Ziel, seinen Kopf aus der Schlinge zu ziehen, solange es noch ging. Er musste sie beseitigen, weil sie die einzige Zeugin eines Verbrechens geworden war. Denn dass das blonde Mädchen tot war, daran bestand inzwischen kein Zweifel mehr. Und sie würde reden, musste reden, das wusste er. Das wusste sie. Niemand, der etwas Derartiges gesehen hatte, würde dieses Wissen dauerhaft für sich behalten können. Und genau das – nur das – war der Grund dafür, dass ihr junges Leben hier und heute enden würde. Sie schluckte und sah dem Mann vor sich in die Augen. »Ich habe Angst.«

Er nickte. »Ich weiß.«

»Und ich bin traurig, weil da so viel ist, was ich noch nicht erlebt habe.«

Er schluckte.

Wandte den Blick ab.

Dann straffte er die Schultern und zog sie am Arm in eine aufrechte Position. »Ich weiß, wie furchtbar das alles ist, aber je länger wir hier sitzen und nur darüber reden, desto mehr Angst wirst du haben.« Er räusperte sich. »Lass es uns einfach zu Ende bringen.« Mit diesen Worten zog er ein Tuch aus seiner Hosentasche und schüttete eine großzügige Menge der Flüssigkeit darauf, bückte sich zu ihr herunter. Er sah sie ein letztes Mal an, zog seine Augenbrauen fragend nach oben, als wollte er von ihr die Bestätigung, dass sie bereit war, zu sterben.

Sie schloss die Augen, hielt instinktiv den Atem an, wohl wissend, dass dieses Unterfangen lediglich einen minimalen Aufschub mit sich brachte.

»Das Schlimmste ist gleich überstanden«, sagte er leise, während er ihr den stinkenden Lappen fest auf Nase und Mund presste. »Vom Rest wirst du nicht allzu viel mitbekommen.«

Sie spürte, wie ihr der Sauerstoff ausging, kämpfte in panischer Verzweiflung dagegen an, nach Luft zu schnappen, spürte wie ihr langsam die Sinne schwanden. Als sie den Hammer in seiner Hand bemerkte, ging ein panischer Ruck durch ihren Körper.

Es war zwecklos.

Der letzte Gedanke, bevor sie ins Nichts glitt, galt ihrer Mutter. »Es tut mir so leid«, stammelte sie mit letzter Kraft in den feuchten Stoff des Lappens, dann umfing sie ein gnädiges Schwarz.

Kapitel 1

Augsburg, Juni 2016

Das Klingeln des Telefons riss sie aus dem Schlaf. Benommen fuhr sie aus dem Bett hoch, versuchte, sich zu orientieren. Es war noch dunkel im Zimmer, also hatte sie, wenn es hochkam, gerade mal drei Stunden geschlafen. Mathilda seufzte und beugte sich zum Nachtkästchen, tastete nach ihrem Smartphone, warf einen verschlafenen Blick aufs Display. Ein kurzer Anflug von Angst zuckte durch ihren Körper. War ihrem Vater etwas passiert? Sie drückte auf *Annehmen* und meldete sich.

»Frau Sandmann?« Die Stimme der jungen Frau am anderen Ende der Leitung klang aufgeregt. »Sie müssen so schnell es geht herkommen. Ihr Vater, er wirkt zum ersten Mal seit Wochen wieder völlig klar und will mit Ihnen reden. Er sagt, es sei extrem wichtig und gehe um Leben und Tod.«

Mathilda verzog das Gesicht. »Sind Sie neu in der Einrichtung?«

Schweigen. Dann ein Seufzen. »Ja, ich bin neu. Trotzdem kann ich sehr gut erkennen, wann ein Alzheimer-Patient klar ist und wann nicht.« Die Frau klang beleidigt.

Mathilda stieß die Luft aus. »Tut mir leid, wenn ich Ihnen zu nahe getreten sein sollte, aber Sie ahnen nicht, wie viele solcher Anrufe ich schon erhalten habe. Mal wirkt mein Vater vollkommen klar, behauptet aber, sobald ich da bin, ich sei seine Exfrau. Dann wieder denkt er, ich sei eine seiner früheren Patientinnen.«

»Dieses Mal ist es anders, wirklich. Er hat nach Ihnen verlangt, Frau Sandmann, nach seiner Tochter Mathilda. Er sagt, er müsse Ihnen etwas Wichtiges über Vanessa erzählen und dass Sie bei ihm sein müssen, solange es ihm gut gehe.«

Ein Kribbeln erfasste ihren Körper. Ihr Vater hatte sich – selbst als er noch gesund war – stets geweigert, mit ihr über Vanessa zu sprechen und auch jeden Versuch ihrerseits abgeblockt. Seit er an der aggressiven und schnell fortschreitenden Alzheimer-Erkrankung litt, hatte sie es nicht übers Herz gebracht, ihn in seinen wenigen lichten Momenten damit zu belasten. Vanessa, ihre neun Jahre ältere Halbschwester war zu so etwas wie einem Tabu-Thema innerhalb ihrer Vater-Tochter-Beziehung geworden. Bis heute.

Sie schluckte schwer. »Was denken Sie, wie lange dieser Zustand noch anhält?«, fragte sie mit klopfendem Herzen.

Für einen Moment herrschte Schweigen am anderen Ende der Leitung. Dann atmete die junge Pflegerin tief durch. »Sie sollten sich nicht zu viel Zeit lassen. Es kann wirklich jeden Augenblick wieder vorbei sein.«

Nicht einmal fünf Minuten später saß Mathilda in einem Taxi in Richtung Pflegeheim und fragte sich, ob sie noch rechtzeitig kommen würde. Ihr Herz hämmerte hart gegen ihren Brustkorb, erschwerte ihr das Atmen. Seit dem Anruf fühlte sie sich dermaßen durch den Wind, total aufgekratzt und überreizt, dass es ihr nicht möglich gewesen war, in ihren kleinen Opel zu steigen und selbst zu fahren. Sie lehnte ihren Kopf zurück und schloss die Augen. Es war Wochen, wenn nicht Monate her, dass ihr Vater zuletzt bei so klarem Verstand gewesen war, dass er sich an ihren Namen erinnerte. Dabei hatten die Ärzte und Therapeuten wirklich alles versucht. Ihr Vater bekam regelmäßig Logopädie- sowie Ergotherapiestunden und wurde von den besten Neurologen der Stadt behandelt. Vor seiner Erkrankung hatte er als Pulmologe gearbeitet, war Teilhaber einer großen Gemeinschaftspraxis gewesen. Er hatte das großartige Leben eines Spitzenmediziners geführt, bis das Schicksal in voller Härte zugeschlagen, ihm zuerst die ältere Tochter, seine Ehe und fünfzehn Jahre später die geistige Gesundheit genommen hatte.

Alzheimer.

Bis zu dem Zeitpunkt, als ihr Vater daran erkrankt war, hatte Mathilda nichts über diese Krankheit gewusst. Das hatte sich inzwischen geändert. Mittlerweile hatte sie etliche Bücher über dieses Thema gelesen, mit Ärzten darüber gesprochen, neulich sogar einen großen Bericht für das Magazin geschrieben, für das sie als freie Journalistin arbeitete. Der Artikel hatte ihr eine Auszeichnung eingebracht, von der sie gehofft hatte, dass sie ihren Vater stolz machte, doch am Ende hatte er nicht einmal gewusst, wer vor ihm stand, als sie ihn an jenem Tag besuchte. Mathilda spürte, wie ihr die Tränen kamen. Sie konnte nicht in Worte fassen, wie sehr sie ihren Vater verehrte, ihn über alles auf der Welt liebte. Seit Jahren lebte sie mit der Angst, ihn eines Tages ganz an seine grausame Krankheit zu verlieren, deswegen verfluchte sie sich innerlich, so viel gemeinsame Zeit verschenkt zu haben. Sie war gerade acht Jahre alt gewesen, als das mit Vanessa geschehen war. Daher erinnerte sie sich auch nur noch vage daran, wie die Ehe ihrer Eltern innerhalb weniger Jahre zuerst Risse bekam und schließlich komplett zerbrach. Die Scheidung war seltsamerweise genau auf Vanessas Geburtstag gefallen – ein böses Omen, wie ihre Mutter später behauptet hatte.

Seither hatten sich beide – sowohl ihr Vater als auch ihre Mutter – geweigert, mit ihr, Mathilda, über ihre Halbschwester zu sprechen.

Sie atmete tief durch, versuchte, sich Vanessa in Erinnerung zu rufen. Sie hatte ihre ältere Schwester Zeit ihres Lebens um ihre Haarpracht bewundert, denn im Gegensatz zu Vanessa war sie selbst mit dünnen Flusen gestraft worden, während Vanessa eine atemberaubende Wallemähne besessen hatte. Mathilda erinnerte sich an die wenigen Momente schwesterlicher Verbundenheit, als Vanessa ihr während der Besuche bei ihrem gemeinsamen Vater erlaubt hatte, ihr die Haare zu kämmen und zu Zöpfen zu flechten.

Mathilda öffnete die Augen und sah die beleuchtete Augsburger City an den Seitenscheiben des Taxis vorüberfliegen. Im Grunde wusste sie so gut wie gar nichts über Vanessa. Weder, was sie gemocht oder nicht gemocht hatte. Ob sie beliebt gewesen war und viele Freunde gehabt hatte oder ob sie, ähnlich wie Mathilda, eher Außenseiter war.

Als das Taxi vor dem beleuchteten Hintereingang hielt, zog sie ihr Portemonnaie aus der Handtasche und reichte dem Fahrer zwei Scheine. »Stimmt so«, sagte sie beim Aussteigen und warf die Tür zu. Als sie auf den Eingang zuging, spürte sie, wie ihr Puls sich beschleunigte. Sie hoffte von Herzen, dass es ihrem Vater noch immer gut ging und sie nicht umsonst hergekommen war. Sie drückte auf den Knopf des Nachtportiers und meldete sich an. Dann wartete sie, bis dieser sie abholte und nach oben begleitete.

Im vierten Stock empfing sie der vertraute Geruch nach Desinfektionsmitteln, Kölnisch Wasser und Schweiß.

Sie konnte nicht in Worte fassen, wie sehr sie diesen Geruch verabscheute, sich vor ihm ekelte, hielt daher instinktiv den Atem an, bis sie vor dem Stationszimmer stand. Andrea, die junge Pflegerin, mit der sie telefoniert hatte, musterte sie mitfühlend und lächelte schließlich beruhigend. »Keine Sorge, es ist alles in bester Ordnung. Ihr Vater hat eben noch eine Tasse Kaffee für Sie nach oben bestellt, weil er wusste, dass Sie müde sein würden. Sie kommen also gerade richtig.«

Andrea ging Mathilda voraus den schwach beleuchteten Gang entlang. »Hat was Trostloses, nicht wahr?«, fragte sie schließlich und warf ihr einen Blick über die Schulter zu. »An die einsamen Nachtdienste werd ich mich wohl nie gewöhnen.« Sie blieb vor dem Apartment mit der Nummer 417 stehen und klopfte vorsichtig an, drückte nach einigen Sekunden des Wartens die

Klinke hinunter. »Herr Sandmann? Ihre Tochter ist angekommen.« Sie öffnete die Tür und ging beiseite, damit Mathilda eintreten konnte. »Dann lass ich Sie beide mal allein.«

Als die Pflegerin die Tür hinter sich geschlossen hatte, atmete Mathilda tief durch. »Hallo Papa … ich«, sie brach ab, spürte, wie sie langsam die Fassung verlor, rang nach Luft.

Es dauerte nur wenige Augenblicke, bis sie sich wieder unter Kontrolle hatte. Sie straffte die Schultern und ging auf den alten Ledersessel zu, der im Hauptraum – einer Art Wohnzimmer – an der riesigen Fensterfront stand und auf dem ihr Vater Platz genommen hatte. Er musterte sie liebevoll, schien krampfhaft darum bemüht, relaxed auszusehen, doch Mathilda bemerkte seine Anspannung trotzdem. Schnell ging sie auf ihn zu, umschlang ihn fest mit beiden Armen, drückte ihm einen liebevollen Kuss auf die Stirn. »Ich bin so froh, dass du …« Sie verstummte. Über was war sie froh? Dass er einen lichten Moment hatte, sich an sie erinnerte, ihnen beiden unverhofft einer jener seltenen Augenblicke geschenkt worden war, in denen sie einander so nahe sein konnten wie früher vor Vanessas Unfall? Sie schluckte die aufsteigenden Tränen weg, ließ den vorigen Satz unvollendet, setzte sich vor ihren Vater auf den Fußboden, umschlang ihre Knie mit beiden Armen. »Was wolltest du mir erzählen?«

Ihr Vater griff mit zitternden Fingern nach der Tasse Kaffee auf dem kleinen Beistelltischchen neben dem Sessel und reichte ihn ihr. »Trink zuerst ein paar Schlucke, du wirst es brauchen.« Sein Blick verdüsterte sich.

Mathilda tat, wie ihr geheißen, und nippte an dem viel zu starken Gebräu, verzog angewidert das Gesicht. »Also Kaffee können die hier ja überhaupt nicht.«

Ihr Vater lächelte liebevoll und beugte sich vor, strich ihr eine widerspenstige Strähne aus der Stirn. »Hab ich dir schon mal gesagt, wie sehr ich dich liebe?«

Mathildas Herzschlag beschleunigte sich. Wenn er sich an ihr altes Wortspiel erinnerte, musste es ihm tatsächlich so gut wie schon lange nicht mehr gehen. Sie lächelte. »Nein, das weiß ich nicht. Du musst es mir erklären.«

Ihr Vater lachte. »Ich liebe dich bis zum Mond und wieder zurück.«

Mathilda stieß in gespielter Empörung die Luft aus. »Das ist ja gar nix, Papa. Ich liebe dich bis zur Sonne und wieder zurück.«

Seine Augen funkelten vor Vergnügen, während er überlegte. Dann wurde er schlagartig ernst. »Ich liebe dich so sehr, dass mir das Herz blutet, wenn ich darüber nachdenke, was ich dir in der Vergangenheit angetan habe, nachdem das mit Vanessa passiert ist. All die Jahre des Leidens während der Ehe mit deiner Mutter, die Trennung samt anschließender Scheidung. Du warst damals noch so jung und musstest trotzdem so viel einstecken. Ich würde mein Leben dafür geben, um das wiedergutmachen zu können.« Er seufzte, fixierte sie. »Dennoch muss ich dich hier und heute um das größte Opfer bitten, das du vielleicht jemals wirst bringen müssen – deine Unbeschwertheit.« Tränen schossen aus seinen Augen, tropften von seinen Wangen übers Kinn bis auf das Oberteil seines Schlafanzugs.

Mathilda erschrak. »Papa, was ist los? Soll ich die Schwester rufen?«

Er hob abwehrend die Hand. »Es geht mir körperlich gut, meine Kleine. Was schmerzt, ist meine Seele. Und die wird wohl nie wieder vollkommen gesund werden.« Er seufzte, beugte sich vor, um nach ihrer Hand zu greifen, drückte sie sanft. »Damit du verstehst, muss ich ganz von vorn anfangen. Vanessa, deine Halbschwester – alles, was du über sie und ihren Tod weißt, ist gelogen. Wir haben dir damals erzählt, dass sie bei einem Unfall ums Leben gekommen ist.« Er hielt inne und schnappte nach Luft. »Wir haben dies getan, um dich zu beschützen. Du solltest nicht unter dieser furchtbaren

Geschichte leiden müssen, doch im Endeffekt haben wir dir durch unsere Lügen nur noch mehr geschadet.« Er seufzte, ließ ihre Hand los, lehnte sich zurück. Nach einem Moment des Schweigens sah er Mathilda an. »Deine Schwester war neugierig und lebensdurstig, musste immer mit dem Kopf durch die Wand, ohne Rücksicht auf Verluste. Als es damals darum ging, ob ihre Mutter und ich ihr erlaubten, zum Schüleraustausch nach England zu fahren, kam es zum Riesenkrach zwischen uns dreien. Vanessa und ich waren einer Meinung, dass es für ihre Entwicklung wichtig sei, diese Erfahrung zu machen, etwas von der großen Freiheit zu schnuppern.« Er lächelte wehmütig. »Im Gegensatz zu ihrer Mutter, die vollkommen dagegen war. Sie litt damals bereits seit Jahren unter schweren Depressionen, was einst auch der Anlass für unsere Trennung gewesen war. Sie klammerte sich an Vanessa, ließ ihr kaum Luft zum Atmen. Am Ende musste ich ihr begreiflich machen, dass sie unserem Kind schadete, wenn sie ihm dieses Abenteuer verweigerte, und ihr versprechen, dass alles gut gehen würde.« Er hielt inne, kämpfte gegen die Tränen. »Am Tag ihrer Abreise war Vanessa so glücklich, dass selbst Ludmilla erkannte, dass unsere Entscheidung, sie ziehen zu lassen, die einzig richtige war.« Er schluckte, suchte nach Worten. »Sechs Monate sollte ihr Gastaufenthalt am Lake District dauern, doch am Ende kam sie nie wieder zurück nach Hause.« Er schüttelte den Kopf, sah Mathilda unendlich traurig an. »Ludmilla, ihre Mutter, gab natürlich mir die Schuld daran, weil ich es gewesen war, die sie dazu überredet hatte, Vanessa nach England gehen zu lassen. Ludmilla verzweifelte am Verlust ihres einzigen Kindes, unternahm etliche Suizidversuche, drehte am Ende vollkommen durch, kam in eine geschlossene Einrichtung.« Er seufzte und hob die Schultern. »Alles wegen mir, verstehst du? Weil ich vor meiner Tochter als Held dastehen wollte, als Super-Papa, der niemals Nein sagt.« Er brach in Tränen aus.

Mathilda, die unfähig war, auch nur einen klaren Gedanken zu fassen, starrte ihren Vater fassungslos an. »Was bedeutet das alles, Papa? Was versuchst du hier, mir zu sagen? Was ist wirklich mit Vanessa geschehen?«

Der Mann hob den Kopf, sah plötzlich um Jahrzehnte gealtert aus. »Was ich dir zu erklären versuche, ist, dass deine Halbschwester seit zwanzig Jahren vermisst wird. Niemand hat sie seither gesehen oder etwas von ihr gehört. Sie ist spurlos verschwunden, einfach nicht mehr da, als wäre sie ausgelöscht worden.«

Mathildas Mund klappte auf. Sie wollte ihren Vater so viel fragen, doch sie brachte keinen Laut über die Lippen. Es dauerte fast zwei Minuten, ehe sie imstande war, einen Gedanken in eine Frage zu verpacken. »Was ist mit Vanessas Grab?« Sie hob die Schultern. »Wenn meine Schwester verschwunden ist, wen haben wir damals beerdigt?«

Ihr Vater seufzte. »Die Psychologen waren sich einig, dass es für Ludmillas Genesung wichtig ist, sich verabschieden zu können. Und wenn auch nur durch ein trauriges Ritual. Wir haben an jenem Tag einen leeren Sarg beerdigt, weil es hier nun mal so ist, dass ein Mensch erst nach zehn Jahren für tot erklärt werden kann.«

Mathilda schluckte. »Dann liegt Vanessa gar nicht auf dem Südfriedhof?«

Kopfschütteln. »Nur Gott weiß, wo deine Schwester ist und was mit ihr geschah. Ich habe damals versucht, sie zu finden, bin nach England geflogen, habe mit allen möglichen Leuten gesprochen, leider ohne Erfolg. Irgendwann habe ich aufgegeben, weil es mich sonst genauso zerrissen hätte wie Vanessas Mutter. Heute bereue ich es, zu früh aufgegeben zu haben.«

»Aber sie kann doch nicht einfach verschwunden sein? Da muss es doch Hinweise geben? Hat die Polizei denn nicht ermittelt? Irgendjemand muss was darüber wissen oder sie gesehen haben!«

In Mathildas Kopf drehte sich alles. Sie stand auf, ging zum Fenster hinüber, blickte auf den schwach beleuchteten Innenhof hinunter. Diese furchtbare Geschichte setzte ihr so extrem zu, dass ihr Magen sich anfühlte, als brenne ein Feuer darin. Sie stöhnte leise, presste ihre Hände fest gegen die Bauchdecke.

»Warum erzählst du mir gerade jetzt davon?«, fragte sie schließlich leise und sah ihren Vater an.

Der blickte reuevoll zu Boden. »Ich habe schon oft darüber nachgedacht, es dir zu erzählen, doch dann konnte ich es einfach nicht. Doch jetzt, wo meine Krankheit immer schlimmer wird, von Monat zu Monat schneller fortschreitet, wurde mir bewusst, dass meine Zeit begrenzt ist.« Er stieß die Luft aus. »Jeder Tag, an dem ich für ein paar kostbare Augenblicke zurück ins Hier und Jetzt finde, könnte der Letzte sein, an dem mein Geist zulässt, dass ich mich daran erinnere, wer ich bin und was mich ausmacht. Außerdem werde ich auch nicht mehr ewig leben …« Er brach ab. »Bevor ich mich vollkommen verliere, muss ich erfahren, was Vanessa passiert ist. Ich muss wissen, ob sie ermordet wurde, und wenn ja, von wem und warum. Das ist es, worum ich dich bitte, meine Kleine. Fliege nach Manchester und fahre von dort aus zum Lake District. Die Polizei in Kendal hat damals in dem Fall ermittelt, vielleicht kann dir jemand weiterhelfen. Und es gibt eine kleine Zeitungsredaktion vor Ort, die innerhalb der letzten zwanzig Jahre einige Berichte darüber verfasst hat. Damals konnte oder wollte man mir nicht weiterhelfen, höchstwahrscheinlich weil alles noch ganz frisch war. Doch inzwischen sind zwanzig Jahre vergangen und über diese ganze Sache ist Gras gewachsen. Vielleicht gibt es jemanden, der die ganze Zeit über geschwiegen hat und jetzt das Bedürfnis verspürt, darüber … darü… ber …«

Die plötzliche Stille wirkte erdrückend.

Mathilda fixierte ein helles Licht in der Ferne, in der Hoffnung, ihr Vater hätte nur kurz den Faden verloren, doch als sie

wieder zu ihm sah, wirkte sein Blick verloren und leer.
Die Krankheit hatte ihn wieder.

Kapitel 2

Augsburg, Juni 2016

Zurück in ihrer Wohnung fühlte Mathilda sich so erschöpft wie lange nicht mehr. Ihr Kopf schmerzte und ihr Magen fühlte sich an, als hätte sie seit Wochen keine anständige Mahlzeit zu sich genommen. Sie befüllte die Kaffeemaschine und inspizierte den Inhalt ihres Kühlschranks. Doch außer einem kläglichen Rest Hartkäse, etwas salziger Butter und ein paar nicht allzu frischen Eiern gab es nichts, mit dem sie das Loch in ihrem Bauch stopfen konnte. Sie seufzte und kramte eine Schüssel hervor, schlug die Eier hinein, roch vorsichtshalber an der glibberigen Flüssigkeit. *Was soll's,* dachte sie schließlich, gab etwas Butter in eine Pfanne und schüttete die Eimasse dazu. Nachdem ihr Frühstück fertig war, warf sie einen Blick auf die Uhr oberhalb der Küchentür.

Kurz nach fünf.

Mathilda schob sich eine Gabel voll beladen mit Rührei in den Mund, kaute und schluckte, ohne auf den Geschmack zu achten. Sie aß wie automatisiert, war in Gedanken bei dem Gespräch mit ihrem Vater.

Als sie aufgegessen hatte, schrieb sie ihrer Freundin und Kollegin Sandra eine Nachricht über WhatsApp und überlegte, ob sie es sich leisten konnte, bei der heutigen Themenkonferenz durch Abwesenheit zu glänzen. Stattdessen wollte sie einfach nur hier sitzen, über alles nachdenken und am Ende des Tages eine Entscheidung treffen. Beim Gedanken an Vanessa wurde ihr erneut flau im Magen, was diesmal aber nichts mit Hunger zu tun hatte. Vielmehr machte ihr die Wut über das jahrelange Lügen ihrer Eltern zu schaffen sowie die Tatsache, dass sie anscheinend die

Einzige war, die über das wahre Ausmaß des Familiendramas nicht Bescheid gewusst hatte. Sie seufzte und griff nach dem Telefon, wollte gerade auf die Taste eins drücken – welche für die Kurzwahl ihrer Mutter stand. Dann überlegte sie es sich anders und ging ins Bad, um sich frisch zu machen.

Als sie fünfundvierzig Minuten später vor dem Haus ihrer Mutter und deren neuen Lebensgefährten stand, spürte sie, wie ihr Herz nervöse Hüpfer machte. Sie drückte mehrmals kurz hintereinander auf die Klingel, dann zog sie ihren Schlüssel hervor und öffnete die Haustür. Gerade als sie in den Flur getreten war, kam Heide, ihre Mutter, mit zerzaustem Haar und eingewickelt in einen Morgenmantel um die Ecke. Sie starrte Mathilda erschrocken an. »Was machst du denn um diese Zeit hier? Ist etwas passiert?«

Mathilda schluckte und funkelte ihre Mutter bitterböse an. »Du wusstest das mit Vanessa, nicht wahr? Ich meine, dass es kein Unfall war.« Sie wartete ab, ballte ihre Hände zu Fäusten.

»Schatz … ich«, Heide Sandmann stockte und verzog das Gesicht. »Woher weißt du das denn nur?« Sie schluckte, dann riss sie ihre Augen auf. »Dein Vater …?«

Mathilda nickte. »Er hatte letzte Nacht einen lichten Moment und ließ mich von einer der Schwestern rufen.«

»Hat er dir alles erzählt?«

»Ich weiß nicht?« Sie legte den Kopf schief, sah ihre Mutter durchdringend an. »Hat er?«

»Soll ich den Damen eine gute Tasse Cappuccino zubereiten?«, unterbrach Peter, Heides Lebensgefährte, das Streitgespräch und lächelte Mathilda beschwichtigend zu.

»Schatz, ich wollte dich nicht belügen«, setzte ihre Mutter zur Erklärung an. »Du warst gerade acht Jahre alt, als deine Schwester spurlos verschwand, was zur Hölle hätte ich dir sagen sollen? Wie erklärt man einem kleinen Mädchen, dass seine große Schwester wahrscheinlich einem Verbrechen zum Opfer gefallen ist?«

Sie seufzte und griff nach Mathildas Hand, zog sie mit sich ins Wohnzimmer. Nachdem sie sich auf das gemütliche Sofa gesetzt hatten, atmete Heide Sandmann tief durch. »Ich musste es deinem Vater versprechen, verstehst du? Er wollte nicht, dass du es erfährst. Nur deswegen hab ich all die Jahre meinen Mund gehalten. Auch noch, nachdem du längst erwachsen warst. Es war sein Wunsch, hörst du? Vanessa ist seine Tochter, nicht meine, das hat er mich all die Jahre sehr deutlich spüren lassen. Das war auch einer der Gründe, weshalb ich irgendwann den Entschluss gefasst habe, mich von ihm zu trennen.«

»Weil er um seine älteste Tochter trauerte?« Mathildas Augen funkelten wütend.

Ihre Mutter schüttelte den Kopf. »Nein, weil er dich und mich darüber hinaus vollkommen vergessen hat. Wir beide waren für ihn einfach nicht mehr da.« Sie seufzte. »Ich glaube, es war die Ungewissheit, nicht zu wissen, was mit Vanessa geschehen war, die ihn krank machte. Zuerst ging unsere Ehe daran zugrunde, dann er selbst.«

»Ludmilla … hast du sie seither gesehen?«

Heidi schüttelte den Kopf. »Sie und ich sind zu verschieden, verstehst du? Wir haben einander nie gemocht, daher fand ich es einfach zu verlogen, zu ihr zu gehen und ihr mein Bedauern auszusprechen.«

Gibt es sonst noch etwas, das ich wissen sollte?«, fragte Mathilda und fixierte ihre Mutter. Sie zuckte zusammen, als Peter plötzlich auftauchte und ein Tablett mit zwei dampfenden Tassen vor ihnen abstellte.

Ihre Mutter schluckte schwer. »Ich verstehe nicht, was dein Vater damit bezweckt, dass er dir auf einmal die Wahrheit erzählt«, lenkte sie von Mathildas Frage ab. »All die Jahre verlangte er von mir, mein Kind zu belügen, und jetzt soll ich diejenige sein, die einen Fehler gemacht hat?«

»Niemand behauptet, dass nur du falsch gehandelt hast. Vater trägt daran mindestens genauso viel Schuld.« Mathilda atmete tief durch. »Er hat es mir gesagt, weil er hofft, dass ich nach England fliege und nach der Wahrheit suche. Ich glaube, er hat große Angst davor, zu sterben, ohne je zu erfahren, was damals mit seinem Kind geschah.«

Ihre Mutter wurde blass. »Du denkst doch wohl nicht ernsthaft darüber nach, ihm diesen Wunsch zu erfüllen?«

Mathilda nickte langsam. »Doch. Weil ich sicher bin, dass Vanessa für mich dasselbe tun würde.«

»Was weißt du schon von deiner Schwester? Du warst damals noch viel zu jung, um zu begreifen, was für ein Mädchen Vanessa war. Ich denke nicht, dass sie für irgendjemanden ein Opfer gebracht hätte. Geschweige denn für eine von uns.«

Mathilda hob die Schultern. »Und wenn schon. Ich bin nicht wie sie. Das müsstest du inzwischen wissen.«

Heide lächelte ihre Tochter zärtlich an. »Du bist der liebenswerteste Mensch, den ich kenne. Leider auch der sturste.«

»Ich muss es tun, Mama.«

Heide nickte seufzend. »Deine Frage von vorhin … Die Antwort lautet ja. Es gibt noch etwas, das du wissen solltest.« Sie griff nach Mathildas Hand und drückte sie sanft. In ihren Augen schimmerten Tränen. »Ich habe Angst.«

»Warum?«, fragte Mathilda besorgt. »Vor dem, was ich herausfinden könnte?«

Heide schüttelte den Kopf. »Es heißt, Vanessa habe ein Verhältnis zu einem verheirateten Mann gehabt und sei schwanger von ihm gewesen.«

Mathilda schüttelte verständnislos den Kopf. »Und warum hast du deswegen Angst?«

Die Frau senkte den Blick. Als sie wieder aufsah, hatte sich ein düsterer Schatten über ihr Gesicht gelegt. »Wenn es stimmt, dass Vanessa dabei war, eine Ehe zu zerstören, könnte ihr damaliger Geliebter im Grunde auch ihr Mörder sein.« Die Frau seufzte leise. »Vielleicht wollte er seine Familie schützen und hat Vanessa deswegen zum Schweigen gebracht.«

»Um das rauszufinden, gibt es die Polizei«, warf Mathilda ein.

Heide verzog das Gesicht. »Natürlich wurde auch in dieser Richtung ermittelt«, sagte sie schließlich leise. »Doch am Ende konnte man dem Mann nichts beweisen und musste ihn wieder freilassen.« Sie schnappte nach Luft. »Wer auch immer für Vanessas Verschwinden verantwortlich ist – ich will mir gar nicht ausmalen, was er dir antut, um zu verhindern, dass zwanzig Jahre später doch noch die Wahrheit ans Licht kommt.«

»Wahnsinn!« Sandra starrte Mathilda aus weit aufgerissenen Augen an. »Das wäre die Schlagzeile schlechthin: *Zwanzig Jahre nach dem Verschwinden einer Siebzehnjährigen lüftet deren Halbschwester das Geheimnis um den bis dahin ungelösten Fall.*«

Mathilda verspürte ein leichtes Frösteln. »Ich weiß nicht, ob ich die Richtige bin, um den Wunsch meines Vaters zu erfüllen. Vielleicht sollte ich jemanden damit beauftragen.«

»Du meinst so etwas wie einen Privat-Inspector?«

Mathilda nickte und sah ihre Freundin an.

»Du hast zu viele schlechte Filme gesehen«, sagte Sandra kopfschüttelnd. »Diese Typen schieben einen Haufen Kohle ein und bringen rein gar nichts zustande. Ganz davon abgesehen, dass eine solche Suche immer auf dem Vertrauen der Menschen, auf die man währenddessen angewiesen ist, basiert. Ich meine, mit wem werden die Einheimischen da drüben eher über diese furchtbare Sache sprechen wollen – mit einem Fremden oder mit dem Mädchen, das damals acht Jahre alt war und bis heute vergebens auf die Rückkehr ihrer Schwester wartete?«

Mathilda seufzte und starrte auf den Bildschirm ihres Laptops, ließ die Finger über die Tastatur fliegen. »Es gibt etliche

Artikel darüber im Netz, doch in keinem steht etwas, das ich nicht schon weiß.« Sie seufzte. »Der Mann, mit dem meine Schwester angeblich eine Affäre hatte, bestreitet alles. Er behauptet, meine Schwester niemals angefasst, geschweige denn sie geschwängert zu haben.«

»Wie sieht er denn aus?«, fragte Sandra interessiert und spähte über Mathildas Schulter auf den Bildschirm. »WOW«, stieß sie hervor und musterte den dunkelhaarigen Mann mit dem schwarzen Balken über den Augen. »Also Geschmack hatte sie ja …« Sie pfiff anerkennend und grinste Mathilda an. »Sorry, ich will nur die Stimmung auflockern. Ehrlich gesagt mache ich mir Sorgen um dich. Was, wenn du bei deiner Suche jemandem zu nahe kommst?«

Mathilda zuckte bei den Worten ihrer Freundin zusammen. »Dasselbe hat meine Mutter vorhin auch gesagt«, gab sie schließlich zu.

»Und trotzdem willst du mit dem Kopf durch die Wand?«

»Ich habe keine Wahl«, sagte sie. »Was soll ich meinem Vater sagen? Dass es mir egal ist, was er empfindet?«

Sandra, die noch immer über Mathildas Schulter auf den Bildschirm starrte, wurde plötzlich blass.

»Was?«, fragte Mathilda.

Sandra schluckte. »Der Artikel mit dem Bild des Mädchens …«

Mathilda zog die Augenbrauen nach oben und sah die Freundin fragend an. »Was meinst du?«

Sandra kam näher, nahm ihr die Maus aus der Hand und klickte auf einen Artikel, dessen Schlagzeile vom Unfalltod einer Rachel M. aus der Gegend um Ravenstonedale handelte.

Beide starrten sekundenlang auf den Artikel, ohne etwas zu sagen. »Fällt dir gar nichts auf?«, brach Sandra schließlich das Schweigen.

Mathilda schüttelte den Kopf.

»Das Datum, sieh doch nur.« Sandra zeigte auf den ersten Absatz des englischsprachigen Berichts. »Dieses Mädchen ist am gleichen Tag gestorben, an dem auch Vanessa verschwand.«

»Und?« Mathilda runzelte die Stirn. »Glaubst du etwa an einen Zusammenhang?« Sie konzentrierte ihre Aufmerksamkeit auf den Inhalt des Berichts. »Hier steht jedenfalls nichts dergleichen. Rachel stammte zwar aus genau der Gegend, in der Vanessa im Rahmen ihres Schüleraustauschs wohnte, doch das scheint mir auch schon der einzige Punkt zu sein, der passen könnte.«

»Vielleicht gingen beide auf dieselbe Schule? Am Ende kannten sie sich sogar. Hast du darüber mal nachgedacht?« Sandra sah Mathilda unheilschwanger an. »Laut des Berichtes ist die Todesursache auf ein bedauerliches Unglück zurückzuführen.« Sie brach ab, wischte sich aufgeregt eine Strähne ihres widerspenstigen schwarzen Haars aus der Stirn. »Das kann kein Zufall sein«, murmelte sie und sah Mathilda aufgeregt an. »Und sag jetzt ja nicht, dass du nicht genauso denkst! Immerhin ist Vanessa deine Schwester.« Sandra wirkte plötzlich wie elektrisiert, starrte immer wieder ungläubig von Mathilda auf den Bildschirm. »Ich meine, das gibt es doch gar nicht! Da sind zwei junge Mädchen, denen am selben Tag etwas Fürchterliches zustieß. Die eine ist seither wie vom Erdboden verschluckt und die andere mausetot. Ist diesen dämlichen Inselkackern da drüben bisher nicht in den Sinn gekommen, dass beide Fälle miteinander zu tun haben könnten? Dass der Tod des Mädchens doch kein Unfall war?«

10117349R00148

Printed in Germany
by Amazon Distribution
GmbH, Leipzig